丫頭有福了 4 完

風文創 618

秋鯉 著

目錄

第八十八章

中使們本來追隨太子，趾高氣揚，後來太子失敗，個個如同喪家之犬，戰戰兢兢，現在聽說大將軍「明理」，不處置他們，立即來了精神，一窩蜂地來拜訪褚翌，獻上各自搜刮的珍寶無數。褚翌都含笑收下，溫言寬慰。

拜隨安所賜，他覺得自己與人周旋的能力飆升，不耐煩了，就哭訴自己這邊軍費緊張，步履維艱，反倒收了不少好處。

隨安收不到褚翌的回音，又聽說了傳聞，心情漸漸著急。

褚琮不會對陳刺客做什麼，只是關押，她跟衛戌卻經常去，發現這刺客是一根筋之後，衛戌常拿他比劃，指導隨安怎麼近身搏擊才能四兩撥千斤，以小謀大，以弱勝強。衛戌和隨安不避諱在陳刺客面前討論，陳刺客因此知道，隨安是混跡軍中的女子。

陳刺客雖然哇哇大叫，但態度上總算沒那麼刺。假如說他從前是一隻炸毛的刺蝟，那麼現在就是一隻順毛的刺蝟。

可隨安一連好幾日沒來，陳刺客心裡沒底了。

等衛戌再帶她來時，陳刺客道：「我就說了，朝廷派來的什麼將軍肯定跟那個太子一樣，是一丘之……那什麼，『坑害一氣』！」說著用眼神剜隨安。

褚翌的心思現在不好琢磨，但隨安覺得他就是再變態，也不會說留著這些中使們給大軍扯後腿，微笑著摸了摸陳刺客的頭。

陳刺客立即爆炸。「男人的頭、女人的腰怎麼能隨便亂摸?!」

隨安立即回道：「這都什麼年代了，你還這麼老古板？」

陳刺客被她這一句話反問得有點發傻，半晌才不恥下問。「現在難道時興摸頭、摸腰？」

衛戌翻了個白眼，不過看隨安在陳刺客面前比在王子瑜那裡要自在，心裡更覺得隨安跟王子瑜之間有事。

這麼說吧，隨安在其他男人面前，也是個男人，可在王子瑜面前，她就變成女人了。

不過隨著隨安跟王子瑜接觸得越來越多，衛戌的這種看法也就越清晰。

很顯然，隨安在王子瑜面前會不好意思、手足無措，王子瑜換衣服，她就等在外面，而衛戌等其他男人即便光著膀子，隨安看了也無所謂。

饒是衛戌心性穩定，也忍不住傳信問衛甲：隨安跟王子瑜王表少爺是？

衛乙看了，先在心裡維護隨安。「衛戌是不打仗，閒的！」

衛甲摸了摸下巴問衛乙。「這事要不要跟將軍說？」

衛乙防備地看著他。「要說你去說，我是不說。」

衛甲猶豫了。「還是算了，將軍最近心情看上去還不錯，我要是去說，沒準兒他心情變壞了。」關鍵是將軍要是揍人，他也扛不住。

但當衛戌再次傳來消息，衛甲跟衛乙也坐不住，兩個人都覺得屁股要開花了。

衛戍信裡內容簡單，畢竟他也寫不了複雜的東西，就是將隨安跟王子瑜的對話記下。

王子瑜說：「妳現在孑然一身，想法還會一如從前嗎？我的想法一直沒變，如果妳願意，就算給不了妳正室之位，但我發誓終生只有妳一人……」

隨安當時並未說話。

可衛戍看著王子瑜臉上微微的淺笑，就覺得隨安大概還是心動了。

衛甲跟衛乙八卦。「能不心動嗎？換了我，我也心動。」

衛乙問：「那你是想跟王表少爺，還是想跟隨安？」

衛甲憤怒地跳起來揍衛乙。「老子先跟你！」

衛乙回嘴。「你想得美，你要是跟了我，你得給我賺錢養家，給我洗腳疊被，給我暖床，給我搓背……」

兩個人打鬧得太投入，竟然沒有發現外面的褚翌。

褚翌覺得自己養氣的功夫還不到家，他怒火中燒，從頭髮到寒毛都氣得豎了起來。

褚隨安……這個女人！好、好，原來她扔了他是看上了王子瑜！對了，還有王子瑜！虧他拿他當兄弟，他竟然蹲在他家牆角等著摘紅杏！

這兩個人他都不原諒，絕對不原諒！

褚翌轉身就走，才邁兩步，看見一棵樹，抬腳一踹，比碗口粗的大樹從中斷了。

衛乙跟衛甲面面相覷，衛乙突然皺眉問：「上次去抱將軍的腿是你還是我？」

衛甲不理衛乙。這種找死的事他是不會再幹了，死就死在戰場上，被將軍踢死這種死法，說出去也太沒面子了。

別看褚翌胸中怒火滔天，可他平靜下來也只是一瞬間的事。

有將士經過，看見樹倒了，大大吃驚，過來拜見。「將軍？」

褚翌點點頭。「無事，只是想試試自己的力道。」

這句話傳出去之後，軍中開始流行一種踹樹遊戲，以褚翌為榜樣，倒是不少人開始苦練武藝，就是苦了附近的大樹、小樹。

另一頭，隨安正跟衛戌說話。

「你發現了沒有？」她伸出手指，偷偷指了指跟褚琮說話的魏中使。

衛戌看了一眼，點頭道：「嗯，長胖了十斤。」

隨安慢慢轉過頭，呆愣愣地看了他一會兒，才欽佩地道：「你說得對。」

衛戌問：「那妳發現了什麼？」

「我覺得他的氣勢比以前強了不少，以前對著褚將軍都是點頭哈腰，現在你看他，抬頭挺胸，好像褚將軍是他的下屬似的。」

魏中使一會兒走了，隨安跟衛戌過去，問褚琮。「將軍，中使大人過來有什麼事嗎？」

褚琮嘆了口氣。「讓我盡快處置了那個刺客。」

「他這是心虛了。」隨安說。

衛戌心道，魏中使還是有腦子的，知道刺客的話絕對會對自己不利，刺客死了，便是死無對證；刺客活著，那就是人證。
隨安又問：「您打算怎麼辦？」
褚琮道：「中軍那邊還沒有消息傳來嗎？會不會是妳漏掉了？」
隨安搖頭。「最近一封信也沒有。」一封信都不來，她想漏也沒機會啊！
褚琮看了看她，突然道：「茲事體大，現在也顧不得別的，要不妳親自去一趟？」
隨安瞪眼，指著自己。「我？」
褚琮猶豫，看向衛戌。「要不讓衛戌去？」
「我不去。」
隨安再看向褚琮，目光帶著一種「大人，你這個將軍當得好窩囊」的悲哀。
褚琮嘆了口氣。「我不能離開軍中，要不問問王中尉去不去吧？」
隨安閉上嘴。寫信是她的底線，讓她去見褚翌，還不如讓她想辦法幹掉魏中使呢！

褚翌自是沒等來隨安。
王子瑜來見他，他很心平氣和地招待了。
王子瑜問褚翌。「那名刺客如何處置？何時押解進京？還有中使們，你是如何打算的？總不能真教他們瞎指揮一通吧？」
褚翌笑得淡如水，躺在靠椅裡，雙腳搭在跟靠椅齊平的腳踏上，抬手給他倒了一杯茶水。「咱們兄弟好不容易相聚，暫且不說這些煩心事。」

王子瑜有點著急，這不僅是隨安的事，他也覺得軍中存在中使之事就如附骨之疽，不除不快。

褚翌面上從容，心裡惱火，尤其是看到王子瑜的煩心樣。

褚翌看著王子瑜，笑道：「你跑去西路軍做什麼？既然來了，就留在中路軍幫我。」

王子瑜有點猶豫。「我在這邊能幫你做什麼？」他跟褚琮在一起，雖然沒血緣關係，但有親戚關係啊！褚琮待他特別客氣，因此他比較喜歡褚琮，何況那邊還有親切的隨安。

褚翌道：「肅州兵精將勇，可不是沒有弱點。常年用兵，農業荒廢，耕地荒蕪，老弱出逃者不在少數，只是這群人並不知道朝廷優容之策，我正想找個人負責這些事情，你來了可不正好，當年你在華州後方也做得拿手。」

王子瑜張大了嘴。「你是想瓦解肅州民心？」

褚翌笑。「我瓦解那個做什麼？我又不是造反。你得曉得，天下既然是皇上的，民心自然也是向著皇上，我這叫撥亂反正。」

他的聲音平和清澈，被風沙吹曬而變得硬朗的肌膚，無不向王子瑜展示一個成熟的男人樣子。

王子瑜突然胸中湧起一股豪情。他走過很多路，看過山山水水，然而內心深處卻覺得漫無目的，或許心裡一直期待的，其實是像褚翌一樣建立一番功業，畢竟男兒當如是！

他目光變得明亮起來，笑著道：「好，我聽你的，你想叫我怎麼做？」

褚翌神情不變，臉上的笑容一如既往，將腳從腳踏上放了下來，從一旁的紙堆裡略找了找，翻出一本帳冊遞給他。「這是此地附近空置的荒地位置及數目，我打算就在——」他又翻出一份輿圖，指著其中一處道：「就在這裡，先安置那些從肅州跑出來的農戶，給地、給種子，讓他們種地去。」

王子瑜一邊看帳本，一邊看輿圖，問：「現在有多少戶流離失所？」

「不多，五百戶左右。收容這些人也是浪費糧食，他們要是能打仗還好些，不過要是真能打，也輪不到我收留他們，李程樟也不會放過。想來以後逃出來的人還會更多，所以你得把這件事做好，只有這樣，才會有更多的人出來，大家有了想望，總是比餓死得強。」

於是，王子瑜便留在中路軍。

西路軍裡，褚琮看著王子瑜一去不回，也沒話說。過了不久，褚翌那邊終於傳來消息，不僅有王子瑜的調令，還有有關流民安置的問題。

褚翌上表請皇上允准在附近置縣，安置肅州流離失所的百姓。

皇上連同對中使的那份奏摺一起極其快速地批了下來，褚翌也帶了人親自去視察王子瑜的成果。

蓋房子、種地都非一日之功，並且都是需要前期投入的工程，王子瑜正為了銀錢發愁，褚翌來了，就抓著他說話。

褚翌笑著給他出餿主意。「軍中的糧草我可以分撥一點給你，但是也只能維持一時。我聽說雁城裡多豪強，你之前在雁城待過，總有三分人情，讓褚琮帶著你敲詐那些大戶們好了。」

王子瑜是真被錢愁得不行。沒錢就沒法買耕牛，沒法買蓋房子的木料，除了土地，其他都沒辦法買，是以聽到褚翌這個主意，他立即拊掌。「行，我跑一趟雁城！」

他這麼爽快，褚翌心中就不爽了，總覺得自己這是給那一對「什麼夫、什麼婦」創造了機會。

而隨安見到王子瑜也是高興，聽說他忙著安置流民，而且是褚翌的主意，心裡略微複雜，覺得褚翌天生是個將軍。

但其他的，她告訴自己不用多想了。

不是說女人狠起來總是比男人要厲害，她硬是一句不問褚翌。

這種情況連王子瑜都察覺出不對勁來，輕聲問：「隨安，妳跟九表兄……」

隨安垂下面，卻說起林頌鸞。「林頌鸞害了我父親，還想坑了我去給她爹當小妾。」

王子瑜皺眉。「啊？我不知其中還有這樣的內情……那妳想怎麼辦？」

隨安想起林頌鸞懷孕的樣子，胸中只覺一口惡氣憋住，難受得想發洩卻找不到管道，她將頭歪到一旁。「我不能怎麼樣，等林頌鸞生完孩子再說。」

王子瑜「啊」了一聲，那句「林氏懷孕了」被自己嚥了回去，待要抬手安慰她，卻不知道該說什麼？林頌鸞是褚翌的妻子，也就是他的表嫂……

「褚先生已經走了，活著的人還是要好好活著……」他低低安慰。

隨安聽他提起褚秋水，只覺渾身血液滾燙湧動，雙手緊緊攥在一起，過了半晌才將頭側了側。「是的，好好活著。」

等她回帳篷，發現裡面放了一本地藏菩薩本願經。她眉頭一揚，外面的衛戍進來了。

「我給妳的，抄吧，迴向給妳爹，讓他早日投胎。」

隨安臉上露出一個笑，垂首拿了紙筆過來。

遙遠的周薊大城裡，某人捂著胸口大喊一聲。「我不活了！讓我死了吧！」圍著的男人、女人們紛紛上前安撫，其中一個花白鬍子的老頭顫巍巍地對著一個穿祭服的白鬍子老頭道：「我王不會……」

後者的鬍子一翹一翹地安慰他。「不會的，以後就會慢慢好了。唉，看來找的這個男人不大管用，我們給王再找些吧！王畢竟到了年紀，也是該生個孩子，延續王嗣了……」

抄過了經書，衛戍又提了些紙錢過來，領著隨安去燒給褚秋水。

隨安一邊哭，一邊燒紙錢，衛戍就等在十多步遠的地方等著，看見她眼眶紅腫也只做沒看到。

隨安卻突然道：「衛戍，我認你做大哥，與你結拜為兄妹，以後互幫互助、相互扶持好不好？」

衛戍看了她一眼。「不好。」將軍要是知道會殺人的。

隨安略尷尬之後，很快就從被拒絕的挫敗裡緩過勁來，笑了一下。

衛戍雖然沒答應，但是之後帶她去了一處山谷空曠之處，望眼所及，山花爛漫，隨安忍不住放開嗓子大喊了一聲。

山谷裡頓時傳來她的無數回音，像是有了姊妹同伴一樣。

王子瑜在雁城的收穫不大，待要走的時候，略微遲疑地問隨安。「做個文書雖然清閒，卻不如做些實事來得快活……」

隨安很猶豫。「我想想。」

王子瑜也沒強勸，只是臨走之前道：「妳好好想想……其實，看到那麼多農戶人家掙扎求生，相比之下的我們，有什麼不能熬過去的呢？」聲音唏噓，不知道是在說他自己還是說隨安？

隨安就去問衛戌，衛戌沒意見。「去就去，不去就不去，反正一樣要打仗。」

隨安道：「那就不去了，等著打仗好了。」

王子瑜去了一趟雁城，鎩羽而歸，褚翌知道了，心情好了不少，把中使們都集中到一處，然後笑咪咪地跟大家說：「陛下召集各位中使大人回京，已經有了旨意。」

褚翌一番布置，將諸路軍中監陣的宦官中使押回上京，各路軍中將士得知，紛紛相慶賀，自此在戰場上，諸將得以獨斷專行，戰多有功，有功則賞，有過則罰，賞罰分明。

消息傳到西路軍中，隨安也是高興，去了牢房跟陳刺客說。

不料陳刺客一臉灰敗之色。

第八十九章

隨安乘興而來，忍不住問：「你這是怎麼了？現在總算出一口氣了吧？這次那個魏中使也被押解進京了。」

陳刺客道：「哼，押解進京有什麼用？照我看來，還是就地格殺了索利。妳想啊，皇上跟娘娘們身邊都是些什麼人？是太監！正所謂惺惺相惜，到時候這些中使進了京，怕不是要被他們的同黨，整日裡在皇上身邊說好話啊？到時候皇上一個心軟，說不定就放了他們。哼，我又無人打點，恐怕死在上京才是歸宿！」

隨安啊了一聲。「你也要押解進京嗎？反正你行刺未遂，再說皇上都撤了那些中使們，自然是因為他們做事不對，這樣的話，就算你之前莽撞了些，也不值得把你押回去吧？」

陳刺客不滿道：「什麼叫不值得？」

「哎呀，我不是看不起你，只不過當初你不是沒有得手嗎？」

陳刺客氣得嚷嚷，險些弄破已經結痂的傷口。「我沒有得手是因為誰？是妳！」他轉頭，惡狠狠地看了一眼衛戌。「還有你！」

陳刺客說完就緊緊地盯著隨安，見她臉色飄過一絲愧疚，立即抓住時機，繼續添油加醋。「算了，死就死吧，都進了上京，我還能有什麼辦法？左右他人為刀……我為魚肉罷了！哼哼，都來魚肉我吧！」

隨安正想辦法，忽然聽到他後面兩句，突然憋不住，特別想笑。好在知道此時要是笑出來太不禮貌，於是使勁憋住，努力讓臉上的表情轉為深思。

但陳刺客一直看著她呢，見狀就道：「怎麼，我哪裡說得不對？哼，妳有學問，我沒有！」

衛戌看了他一眼，他立即看回去。「你看我做什麼？隨安是幫凶，你就是主犯；還有你們那個什麼將軍，也不是好東西！就是他看我不順眼，見我玉樹臨風、才貌雙全，嫉妒我討人喜歡——」

「唉！」隨安嘆氣，打斷了他的自吹自擂，苦笑著對他說：「越說越不著調了。你進京恐怕真是律法如此，你沒見過褚將軍，他不是這樣的人。」褚琮真的是很好了，沒架子，跟士兵們同進同出，就像個士兵一樣。

「律法、律法，律法讓那些太監當官了？再說我說的可不是這個褚將軍，妳看看他那矬樣，那天要不是那傢伙攔住我，沒準兒我都得手了。」

陳刺客不滿隨安維護褚琮，恨恨不平。

隨安撓撓頭。「你說的是大將軍？大將軍有空管你一個小小的刺客？再說不知道你是什麼人之前，我也覺得你或許會得手，但……」她說著上下打量他一下，然後道：「知道你是什麼人後，我覺得我也能打趴你……」

陳刺客立即跳腳。「妳什麼意思?!有種放開我，咱們單挑啊！」

隨安看了他一眼，又回頭看衛戌。她近來所有時間都被衛戌用來訓練，打敗別人她沒什麼自信，但打敗個如此不著調的刺客，倒是很有信心。

衛戌衝她點了點頭。

陳刺客道：「慢著，我有條件，要是我輸了，我隨便被處置；要是我贏了，你們不許送我去上京啊！」

「那我不跟你打了。」隨安立即道。

「妳這個人怎麼這樣？年紀輕輕，一點活力都沒有！」

「是，我沒活力，我就沒想著當刺客。」隨安哼哼。

衛戌在一旁突然道：「隨安妳跟他打，檢驗一下。」

隨安張了張嘴，好半天無語，道：「我是覺得打架就打架，用什麼輸贏來衡量？你說他輸了，隨便我處置，我能怎麼處置？他贏了，讓我不把他送上京，我怎麼做？劫牢嗎？」

衛戌道：「打吧，他要是贏了，我們一起想辦法。」

隨安沒想到，一向不動如山的衛戌今天這麼熱情，結結巴巴道：「什麼辦法？不會是殺人滅口吧？」

陳刺客立即炸毛，衛戌白了他一眼，道：「他贏不了。」

隨安這才放下心來，看了一下自己衣裳。「我先回去準備。」

衛戌點頭，陳刺客乘機道：「喂，把我鬆開，我也準備準備。」

衛戌閉目養神，充耳不聞。

隨安一會兒回來，上衣、下褲，褲腿紮起來，一身幹練短打。

衛戌將陳刺客鬆綁，帶著兩個人到空地上，道：「敲鑼就開始。」

隨安的體力和力量跟男人懸殊，要制勝只能靠速度跟技巧。

陳刺客當胸抱拳。「請！」

鑼聲一響，隨安立即往前衝。陳刺客客氣，她沒客氣，往他胸前虛晃一招，陳刺客側身一避，正好給了她機會，身體迅速左閃，左腳上前插至陳刺客身後，左臂拐肘，右手成八字，身體往後，右腿膝蓋往前一頂，勒著陳刺客撲倒在地。

陳刺客悶哼一聲，嘴裡吐出一口唾沫，道：「妳不講禮數！」

隨安不理他，問衛戌。「算他輸還是算我贏？」

衛戌沈思片刻道：「都算。」

隨安這才起來，發現陳刺客的衣裳被自己頂破了，十分不好意思，但是隨即發現陳刺客並未注意，她站在衛戌身後，暗暗地鬆了口氣。

衛戌打發隨安。「回去繼續練習。」

隨安遲疑地看了看陳刺客，問衛戌。「我贏了，是不是他就隨我處置？」

陳刺客委頓在地的心頓時一縮，可憐中帶著防備，防備中帶著警惕地問：「妳想幹什麼？」

衛戌也很好奇。他沒想到隨安這麼快就贏了，或者換種說法，他沒想到陳刺客這麼不中用……所以他把隨安勝利之後的賭約給忘了。

隨安抿了抿唇，雙手揪在一起，心臟猛地抖了抖，道：「我爹他就只有我一個閨女，我想讓他過繼給我爹……」

陳刺客抱胸大叫。「我不要！」

隨安衝他齜牙咧嘴。「不要也得要！」

陳刺客道：「有種妳殺了我！」

「殺了你，在墓碑上也跟我姓，刻上褚秋水之子。」

衛戌立刻示意陳刺客滾回牢房。

隨安本想跟著過去，想了想，覺得下次再打，自己未必能打得過他，便抓緊時間練習去了。

陳刺客見不到隨安人影，問衛戌。「你說話還算不算？」

衛戌雙手抱胸，十分無語，過了一會兒才道：「你要是贏了她，當然算。」現在是輸了，還輸得窩囊。

陳刺客不滿。「那是因為她不按牌理出牌。」

衛戌看他一眼，眼裡意思是——「你都輸了，說這個有意思嗎？」

陳刺客用鼻子哼氣。「我不管，反正你要是不幫我，我就告訴隨安，你跟我合夥坑她！」

他娘的，好想殺人滅口！

都是衛甲跟衛乙出的餿主意。衛甲跟衛乙覺得，隨安要是去中路軍，沒準兒跟褚翌的關係能夠緩和，所以想透過拿捏陳刺客進京這件事，讓隨安主動去找褚翌，可誰也沒想到陳刺客這麼不中用。

衛戍想了想，終是妥協道：「她不是贏了你，還想讓你跟她一起姓？你去找她，就說只要能放了你，你就答應唄！」

隨安練習臂力跟腿力，綁了四個沙袋在身上，正練習著，衛戍來問：「妳……叫我跟妳結拜，給妳當義兄，也是為了給妳爹延續香火？」

隨安從身上解下沙袋。「不是。」

衛戍放心了。他可不敢做將軍的大舅子，會夭壽的。

衛戍捏了捏她的胳膊跟小腿，覺得肌肉小有所成，就道：「以後每天上午加半個時辰，下午加半個時辰，反正文書的活不累。」

「我覺得現在就夠累了。」

看守牢房的老卒過來傳話。「大人，那個刺客說不活了，要自殺。」

隨安要過去，衛戍一把攔住她。「妳別去了，遲早是要進京。」

「那就不管他了？」隨安問。

「怎麼管？妳想怎麼管？」

「我找將軍試試吧！」她其實心裡也沒底。

衛戍臉頰肌肉動了一下，放下手。

隨安去找褚琮，結果不出衛戍所料，褚琮並未給出好辦法。衛戍差點就要說，妳去求大將軍吧！

其實中使們都已經走了，陳刺客就跟雞肋似的，處置不處置，誰會惦記這麼個人？不過是例行公事，隨便就能處理了，是衛甲跟衛乙多管閒事，想撮合隨安跟將軍，總覺得事情已經過去這麼久，而且看將軍的樣子不像無情。不過他們也不能跑過來說：「隨安啊，將軍好像對妳還有點意思。」顯得他們跟拉皮條似的。

衛戌被這兩個人攪弄得煩不勝煩，找了陳刺客，讓陳刺客跟隨安打賭，只要陳刺客贏了，自然可以要求隨安去求褚翌，沒想到陳刺客這麼不中用。

隨安倒是真心為陳刺客考慮，去找他商量。「你得爭取減刑。」

陳刺客一呆。「怎麼減？讓魏中使捅我兩刀，還是讓你們將軍捅我兩刀？」

「不是這個意思。你想想，那些中使做了那麼多壞事，雖然他們得到了報應，可當初受了冤屈的人還沒有平反啊！這樣一直冤假錯下去，將士們心也冷了；就算中使們走了，是不是應該為受了冤屈的人平反，是不是那些當初冒功的要懲治，那些被冒功的人應該得到應有的賞賜？」

陳刺客猛點頭。「妳說得對，要是這樣，我是不是就不用押解去上京了？」

隨安抿了抿唇。「你還得做些事，爭取將功折罪。」

陳刺客道：「我都被關起來了，能做什麼事？」

「嗯……你讓我想想。」隨安蹲在地上。她理解的減刑就是立功，有功勞自然可以減少刑罰；而陳刺客想立功，彷彿眼前只有一條路。過了一會兒，她道：「你是雁城人吧？雁城跟肅州緊挨著，應該對肅州有些了解，譬如肅州的情況，就算不是全知道，有些東西也是有所了解的吧？」

陳刺客想了半天，隨安看他的樣子，心裡忐忑，總覺得他可能真對肅州一無所知，要是那樣，就只剩下最後一個辦法了；然而陳刺客若去充當賤卒，就是士卒中最低下的一種，如果能在戰爭中立功，說不定能夠升為普通士卒。

幸虧陳刺客還沒有無能到那種程度，他想了半天，道：「離雁城不遠的蔟城，我倒有一個親戚，現在為蔟城驍將，叫李成亮。」

隨安眼前一亮。「這個李成亮怎麼樣？」

陳刺客撇了撇嘴。「不怎麼樣，笨得很，要不怎麼會被稱為驍將？要是聰明，就該稱為儒將了。」

隨安點了點頭。「難怪了，你們是親戚。」

陳刺客怒，雙眼瞪圓了。「妳什麼意思？別以為妳是個女的，我就不敢打妳。」

隨安嘿嘿笑，用胳膊肘子撞了撞陳刺客。「好了，偷襲是我不占理，等你出來了，我們再好好地打一架。先說好了，你可不許放水啊！」

這話大大滿足了陳刺客的自尊，以至於他甚至在想，自己家裡還有一兄一弟，作為老二的他夾在中間，爹不疼、娘不愛的，要是自己被過繼出去也不是不行。自己要是真的過繼給隨安她爹，以後他就成了隨安的兄長，是她的娘家人，以後隨安被婆家欺負了，哭哭啼啼地回娘家，自己還是得捋袖子給她做主……

陳刺客想得十分長遠。

衛戍來找隨安。「將軍打發妳去中路軍中要補給。」

隨安撓頭。「這事怎麼也要我做？」

陳刺客看了看衛戍，悄悄拉了下隨安衣角，隨安故意磨蹭兩下，等衛戍走了出去，陳刺客道：「妳哪兒也別去，就在這裡待著，咱們合計怎麼把李成亮給坑過來，這傢伙小時候沒少欺負我！」

隨安頓時對陳刺客說李成亮智商不高的評價產生懷疑。他的智商不高才是真的吧！

陳刺客不敢跟隨安說衛戍要坑妳，因為衛戍太厲害了，他打不過，說不定還會把自己這條命搭進去。

他努力說服隨安。「李成亮這樣的人只能智取，他跟我一樣，屬於堅貞不屈的類型。」

隨安敷衍地點了點頭。「等我回來跟你商量如何智取。」反正現在還沒打仗，不過既然是叫她去催補給，估計這仗應該很快就要打了，而且打起來的話，對大梁軍隊來說，最好是打個勝仗。

在太子被俘虜、大梁軍隊屢屢戰敗的情況下，此次首戰告捷是很有意義的。

陳刺客內心忐忑地看著隨安出去，憂傷地嘆了口氣。隨安這孩子太傻了，他現在沒過繼給她爹，已經快愁白了頭，可以想見她爹年紀輕輕就死了，應該也是操勞過度。這麼一來，自己還得盡快有個孩子，萬一自己死了，孩子照顧姑媽也是應當的……

牢房隔壁，一個猥瑣的囚犯趴在鐵欄杆上喊陳刺客。「喂，剛才那個娘兒們兮兮的小文書是你什麼人？不會是個兔子爺看上你了吧？你要是不願意，你看看我怎麼樣？」
陳刺客大怒。「操你祖宗！等老子出去先弄死你個王八羔子！」
隔壁的囚犯嘖嘖地轉身回到牆角，嘴裡嘟囔。「老子的祖宗隨便你……」

第九十章

褚琮是真的打發隨安去中路軍辦事。糧草、兵器的補給都是褚翌那邊在發放，別看褚琮是哥哥，他這個哥哥當得實在窩囊，打又打不過，說又說不過，占著排行也不敢吱聲。

不知什麼時候起，西路軍的補給成了個大問題。褚琮派了不少人去要都無果，之後託了個熟人才得到衛甲一句話——派個跟大將軍熟悉的來說話，或許會好些。

隨安喊了從前去要補給的軍庫武官來問，見單子上列了五千支長箭、一百張硬弓、戰車兩輛，頓時呆住。「這麼點夠幹什麼用？」

軍庫武官發愁。「就這點我都要了三趟了！」

隨安長出一口氣。「那仗怎麼打啊？」

軍庫武官也沒轍。「你去試試吧！」十分不看好隨安。

隨安低頭看了看單子，找了張紙重新寫過，把長箭改成兩萬支，硬弓改成五百張，另外戰車要五十輛，又加了刀槍矛盾之類的物件。幸虧她做文書，對這些武器有所了解，當然她也覺得自己要得有點多了，因為軍庫武官的眼珠子快瞪出來。

「沒聽過漫天要價、坐地還錢啊？」她將前一張收起來，後面寫的這張吹乾了，拿著去找褚琮蓋印，又問褚琮。「之前中使們惹出那些冒功的事，是不是也讓大將軍給那些受了冤屈的將士們平冤啊？」

褚琮道：「我正想著這事呢！妳寫份公文上來，我一塊兒蓋印，趁這個機會一塊兒送到中路軍大將軍帳好了。」

隨安整理了一下，拿過來給褚琮，褚琮胡亂看了一遍，問：「就這些人嗎？」

「應該不是，但是中使們都走了，沒法去問他們，只好把這些證據確鑿的先平冤，之後若是其他同等遭遇的人看到，知道了朝廷跟將軍的意思，有可能會出來說清楚；若是沒有這樣的情況，那就說明冒功頂替的還是少數，這對我們來說也是好事。」

褚琮覺得隨安說得有理，就打發她。「妳去吧，帶著衛戌，你們兩人行嗎？」

隨安點點頭，剛要出去，想起陳刺客，遲疑地問了一句。「將軍，那個刺客什麼時候押解進京？」

「這個不著急，等妳回來再說。」

隨安放心了，臨行前拿著公文去看陳刺客，讓他放心。

陳刺客怎麼看隨安，都覺得這是肉包子打狗，忍不住悲從中來。

隨安便跟衛戌一起出發，走到半路，突然想起來，跟衛戌道：「其實你自己去就可以了，你看你跟大將軍熟悉，而且還跟衛甲、衛乙他們熟悉……」

衛戌看了她一眼。「妳是不是怕了？」

隨安哼了一聲。「去就去，誰怕了？」

衛戌也跟著哼聲。

兩個人錯過了宿頭，紮營野外，隨安跟衛戌一起啃乾糧，鑽進帳篷裡睡下。

第二日傍晚便到了中路軍所在之地。

衛甲跟衛乙迎了上來，臉上笑靨如花。

隨安跟著笑，上前道：「你們真不地道。」她說的是補給的事，無奈衛甲跟衛乙確實心虛。

隨安拿了補給單子跟公文出來，眼珠一轉。「先帶我去看看軍庫。」

軍庫裡物資十分充足，除了戰車，竟然還有桐油。隨安一看到這個眼睛就亮了，連忙在單子上添了桐油五十桶。

一起陪同來的軍庫武官，眼睛瞪得跟西路軍軍庫武官一樣，因為庫裡一共才兩百桶，中路軍才是攻打肅州的主力啊！

衛戌揣摩隨安的心思，大概就是「死豬不怕開水燙」。

衛甲偷偷戳衛乙，兩個人咬耳朵。「看見沒，這就是有恃無恐！」

衛乙回嘴。「分明是恃寵而驕！」

衛戌雖然心裡也覺得隨安那啥，但他好歹是被隨安列為可為義兄之人，自覺對她有一分照應，便用眼神恐嚇衛甲、衛乙。

你們倆夠了，想打架嗎？

來啊！怕你怎地？

衛戌拍了拍隨安肩膀。「出來，觀戰。」

衛戌深藏不露，衛甲跟衛乙兩個人一起上也是一敗塗地。隨安不想笑，但看著他們倆躺在地上，還是忍不住彎起嘴角。

衛甲跟衛乙乘機裝死，都說受了內傷，沒法替隨安通傳。

隨安看了看手裡的東西，只好拿著去找褚翌。

門口的侍衛看了她的文書、服飾，道：「大將軍不在。」

隨安問去哪裡了，侍衛指了指隔壁帳篷。

隨安皺眉走過去，高聲叫道：「大將軍，西路軍中褚琮將軍帳下文書，褚隨安求見！」

未幾，聽見裡面傳來一陣水聲，她腳步一動，側耳去聽，卻什麼聲音也聽不到。

隨安抿了抿唇，跑到主帳去問侍衛。「大將軍在沐浴？」

「那又怎麼了？你有事只管找他。」

隨安默默運氣。「我一會兒再來。」

剛說完，便聽見那邊帳篷突然傳出褚翌的聲音。「進來。」

進去個頭！隨安假裝沒聽見，跟侍衛道：「我在這裡等等，不著急，等將軍沐浴出來也行。」

侍衛道：「將軍剛才叫你進去了。」

「你肯定聽錯了！」隨安斬釘截鐵。兩個人已經說了狠話，算是絕交了。

才說完又聽褚翌喊。「褚隨安！」

伸頭是一刀，縮頭也是一刀，去就去。她悶著頭進了帳篷，躬身行禮。「見過大將軍。」

褚翌用鼻孔哼了一口氣。「去給我拿衣裳過來！」口氣一如既往地招人恨。

隨安轉身出了帳篷。「伺候的人呢？將軍的衣裳不見了。」

有個小兵跑過來，撓頭道：「將軍平日都是自己沐浴更衣，不叫人伺候的。」

隨安道：「將軍讓你給他拿衣裳過去。」她現在的職務是文書，又不是他的奴婢，用不著管他。

才說完，就見褚翌穿著一身白色秋袍從裡面出來，無視隨安，直接進了帳篷。

小兵用一臉「你騙我」的眼神看隨安。

隨安顧不上了，跟著進去。

褚翌正在換衣裳，轉身一看隨安跟著進來，頓時氣笑了。「許久不見，妳臉皮厚度也跟著見厚啊！」

褚翌說完便轉頭繼續穿衣，隨安也不回嘴，等他穿好了，默默地將手裡的東西放到他面前。褚翌拿過來看了一眼，哼笑。「想著你們也該來了，還以為你們是打算光膀子上陣呢！」

隨安剛想說已經來了好幾趟，怕其中有什麼內情，張開嘴又閉上，把褚大將軍急得差點要掰開她的嘴看看裡面有什麼？當然他心裡雖然急死，但表面上的耐性還是有的，故作高冷、面無表情地將東西看完，然後一一批准。

事情出人意料地順遂，正事辦完了，隨安稍微放心，卻是一句不肯多言地拿了東西就走。

褚翌看著她平板的身材，幾乎忍不住想伸手去摸一摸。從前好歹還有個小籠包，現在簡直能跑馬似的，一馬平川啊！

心裡又怒罵隨安，說聲謝會死啊！可面上卻雲淡風輕，見她出了帳篷，故作很忙地拿起一旁的公文看了起來。看了半天，一行字翻來覆去地看都沒進到腦子裡，只想著她這個無情無義的負心人。

隨安跟褚翌在帳篷裡，衛甲跟衛乙當然不敢偷看、偷聽，等隨安一出來，他們哥倆好地湊上來，笑道：「好不容易來一回，咱們幾個定要大吃一頓敘敘舊。」

隨安看了跟在他們身後的衛戌一眼，笑道：「還是算了，實在是時間來不及，你們若是有心，不如陪我去把補給領出來。」還能替西路軍省下一筆給軍庫武官的開銷。

衛甲、衛乙自然是「義不容辭」，落在褚翌眼中，就是毫無尊嚴、「屁顛顛」地去討好隨安。

衛乙還問：「都來了大半天，也沒喝口水，妳餓不餓？我們這裡的灶頭兵烙餅是一絕，讓他給妳烙一張蔥油餅怎麼樣？」

隨安拍了拍肚子，笑道：「你不說還不覺得，現在一說，口水都要流出來了，要是不麻煩的話，那我跟衛戌一人一張？」歪頭看衛戌的意見。

衛甲、衛乙紛紛嫉妒。

褚翌站在帳篷裡，從帳篷縫中看見了，更是嫉妒。

衛戌背著手，道：「多烙幾張，明日路上吃。」

「要押運補給的話，路上你們走不快，要不再切些肉片，用鹽醃了，給你們當零嘴？」衛甲也胡亂出主意。

隨安淡笑。「肉片就不用了，有鹹菜給我放上些就行。」

「怎麼能光吃鹹菜呢？妳瞧瞧妳，這才幾日工夫就不水靈了，跟那脫了水的蘿蔔乾似的……」

衛戌踹了說話的衛甲一腳，而後對隨安道：「別聽他胡說八道。」

褚翌皺眉走回座位，細細回想剛才見面的驚鴻一瞥。說實話，沒覺得她乾巴……好吧，是有點瘦了，但是精神還好，也不見憔悴，可見在軍中即便不能說是如魚得水，也是比從前有活力。

他在帳篷裡走來走去，煩惱地想抓頭髮，怎麼辦？好想摸……

片刻後，又喃喃自語。「褚翌你個沒出息的，人家都放了狠話，你還戀戀不捨！」

明明是她對自己虛與委蛇，明明是她放了狠話，他也一再告訴自己，好馬不吃回頭草，放下就不要再撿起來，可無數的夜裡，還是會夢到，夢到她的淚、她的笑。

她哭，他會痛；她笑，他也會跟著笑，情不由己，心不由己。

原來以為放下，以為棄了，卻仍在心裡。

衛乙去找灶頭兵烙餅，衛甲帶著隨安、衛戌去軍庫。

那武官看著隨安本來還淡定，等見過褚翌蓋的印子，眼珠子頓時快突出來，可衛甲是將軍身邊的人，他領著人過來，軍庫武官不能嘀咕，便帶著他們往庫房裡走。

男人沒幾個不愛兵器的，衛甲對這些東西的熱愛，就像女人愛胭脂一樣。

「這裡的長箭是兩個地方送來的，我跟衛乙都已經試過了，還是建城送過來的好，妳看看這箭頭，鋒利無比，將軍曾經將一頭野豬射穿，就是用的這種箭。」

隨安點點頭，遞了一支給衛戌，然後自己也拿起一支看。

衛甲吃醋了，低聲問她。「妳認了衛戌當師傅啊？對待他像兒子對爹一樣？」說完就恨不能自打嘴巴。

隨安卻沒有放到心裡。聽見說「兒子對爹」的話，忍不住想起褚秋水，現在她是一心盼著他好好投胎，出生到好人家，再不用受這一世的累。這樣想著，心裡的難受也減輕了不少。

她笑著對衛甲道：「是想認他當義兄來著，不過他沒同意。」

衛甲嫌惡地看了衛戌一眼。「美得他！妳不用認他，我以後會給妳撐腰的。」

衛戌雙手抱拳，看著衛甲一個人找死。

隨安沒法回答，只好轉移話題。「不說這個了。對了，先前你說的野豬，我想問問那野豬肉怎麼樣？好吃嗎？」

「好吃什麼呀！難嚼得很，差點沒把我牙給咬壞了。」衛甲不在意道，看見一旁的長矛，頓時來了精神。「妳現在用什麼武器？我跟妳說，在馬上對敵，當然是長矛好使，用得好了，既傷不到自己，還能早早把敵人給幹下來，要不要我教妳幾招？」說著就去挑長矛。

出來。

隨安也跟著看，乘機問他這個怎麼挑揀？一行人說說笑笑，足用了一個時辰才從軍庫裡

望眼欲穿的褚大將軍看了，立即坐回原處，開始裝模作樣。

衛乙帶了一包熱騰騰的餅給隨安。「你們路上吃。」

衛甲看了，故意道：「你不會把所有的都拿過來了吧？那大將軍吃什麼？」

隨安在一旁假裝沒聽見，問衛戌。「咱們走吧，反正也要在路上過夜，就不差今日、明日了。」連夜趕路，天明的時候休息兩個時辰，再啟程的話，一日一夜應該就能到西路軍了。

衛戌點頭。「走。」

衛甲氣極了，跟衛乙咬耳朵。「這王八蛋從前跟著我們在栗州、華州，八棍子打不出一個屁來，現在乖得像條狗！」

衛戌嘴角一挑，問衛甲。「你在說我？」

衛甲打不過他，連忙搖頭。「不是、不是！」

隨安探出頭來，問衛甲。「難道是在說我？」也太把她當漢子了吧！

「……」

衛乙幫難兄弟解圍。「行了，你們倆快走吧，以後常來啊！」

衛戌跟隨安回到西路軍時，褚琮正忙著操練新兵之事，看見補給，才稍稍鬆了一口氣，

又命隨安趕緊給新兵們的籍貫資料造冊。

隨安剛要叫衛戌幫忙，就見衛戌如同加了磁力懸浮一樣，飄移到了別處。

這算什麼?真正的友誼，敢於將朋友棄之不顧嗎?!

她忙到天黑，又餓又睏，吃貨的本性跟睡神一直在激烈鬥爭，正思量著是先去吃飯，還是先去睡一覺?左右為難之際，突然聞到一陣撲鼻的烤雞香氣。

外面響起聲音。「這是褚文書的帳篷吧?」

隨安揚聲道：「是。」

帳篷掀開，進來的是西路軍軍庫武官。

隨安看見他，嚥了一大口口水。當然不是因為他秀色可餐，而是因為他手裡的燒雞。

武官看見她就像看見菩薩，先奉上燒雞，然後支支吾吾地將自己的困難說了。「算命的說，我命中不適宜往東邊走，你看以後這補給能不能麻煩你去要?」

隨安默默收回伸向燒雞的右手，學衛戌的樣子，冷靜道：「不能，燒雞麻煩拿回去!」

軍庫武官怎麼肯，連忙道：「這是謝禮，謝禮!」不敢再說，轉身逃跑了。

他走後，隨安摸了摸脖子，覺得既然是謝禮，吃起來自然就心安理得，起來洗了把臉，打算先餵飽肚子。

才啃了一隻雞腿，衛戌便進來了。隨安看他一眼，默默轉身，拿著烤雞背對著他。誰教他不幫忙!

在軍中的這段日子，隨安的食量漸長，但是身材仍舊不胖，就是看上去精神好了，不似先前的陰沈蒼白。

帳篷裡一時只有她嚼完肉又啃骨頭的聲音。

過了好久，衛戌才開口，聲音帶著一點笑意。「給我留隻腿。」

隨安已經吃了半飽，瞅了瞅剩下的一半，十分壞心地將自己不喜歡的雞頭、雞脖子、雞屁股、雞翅膀、雞爪子都弄下來給衛戌。

軍中燒雞算是難得的美味，褚琮身為將軍都不一定能天天吃上，因此衛戌也不嫌棄，接過來就拿到自己帳中去吃。

倒是隨安有點不好意思，把剩下的一隻大雞腿撕下來，跟過去遞給他。

最後兩個人蹲在一起啃燒雞。

跟衛戌一塊兒吃飯，就能分出真漢子跟假漢子了。衛戌是骨頭也吃乾淨了，而且嚼起來特別用力；隨安就是啃，像兔子一樣，吃得不少但動靜小。

衛戌這個人太安靜了，不怎麼說話，隨安的思緒就漸漸渙散。

不知怎地，突然想起去年，也是在軍中，也是燒雞，不過當時跟她分享燒雞的是侍衛小順，而給她燒雞的那個人……

「將軍您長得比我好看，地位比我崇高，本領高強，讓我親您，是我占您的便宜。」他的眼底蓄滿了笑意，低頭輕聲。「我讓妳占。」

隨安眨了眨眼，從往日的幻想中掙扎出來，睫毛上一點淚珠一閃而過。

多情卻被無情惱。若是無情，不會心痛。

衛戍吃完擦嘴，見隨安不動彈，捏她肩膀提起來。「腿麻了？」

隨安回神，腳下一轉，回到帳篷裡反而睡不著，便繼續抄寫那些軍籍、文書去了。

晚上睡得晚，早上醒得早，哈欠連天。

第九十一章

這日，軍中管梳剃的人給大家「理髮」。

《孝經》中有云：身體髮膚，受之父母，不敢毀傷，孝之始也。立身行道，揚名於後世，以顯父母，孝之終也。

隨安原以為「身體髮膚，受之父母，不敢毀傷」，是表示古人從不剃頭、不理髮，可等到自己也成為這個時代的一員後就發現，這個毀傷是指自己有意識、惡意地傷害自身，像這種剪頭髮、修剪指甲之類的，古代人淡定得很，遠遠沒有現代人以為的那麼古板。

隨安因為識字，是文書，地位比較高，排隊理髮的位置排在一些將士後面；不過就算這樣，前面也有好些人。

平常有事，都是衛戌站在她前面，不過到這種時候，衛戌就站在她後面了。

隨安搖搖晃晃地站著打盹，醒時，正好輪到她，剛坐到凳子上，跟負責梳剃的人道：「請幫我下面的頭髮再剃掉些，長得太快了，梳頭不方便。」

那人笑道：「你這哪裡長了，顯然是喜歡操心……」

話沒說完，褚琮走過來了，對隨安道：「我又找了個識字的當文書，妳有抄寫的活都交給他，以後補給這部分，妳去催要吧！」

隨安運氣，對剃髮師傅道：「麻煩您老幫我把下面的頭髮刮、乾、淨！」

幾個圍觀的聽見，哈哈大笑起來。

老師傅道：「沒事、沒事，你脾氣好，這點事都不是事；再說，你看你頭髮又黑又滑，可見是個有福氣的！」

隨安哼哼。「我覺得捲毛狗也挺有福氣。」說完覺得自己竟然淪落到跟狗比的地步，頓時有點傷心。其實心裡是有點自卑，覺得自己沒那麼重要，但好似擔負的責任還挺多，壓力還挺重。

軍庫武官諂媚地笑著過來。「褚小弟，恭喜升官啊！哈哈。」

隨安伸手摸了摸自己脖子後面，再次請求老師傅。「再往上剪剪！」

眾人笑聲更大，只有軍庫武官剛過來，有點摸不著頭腦，但覺得大家應該不是在笑話他，也跟著笑了起來。

剃完頭髮，隨安抽空去看陳刺客，陳刺客一見她，就像惡狗盯著肉塊一樣使勁打量。

隨安沒好氣地道：「看什麼看？」

陳刺客聞言卻放了心，小聲嘀咕。「沒個女人樣，難怪……」

隨安磨牙。「你說什麼？」

昨日公文拿回來之後，陳刺客的待遇就提升不少，這會兒雖然還是關著，卻已卸下手鏈、腳鏈，等著明示之後，就能放出去了。

隨安當日說要他過繼給褚秋水的話，雖是特意說的，但陳刺客不願意，她也不會逼迫，因此就將這事給撇開了。

可陳刺客卻仍記在心裡，現在見隨安打賭贏了後還幫自己平冤，便覺得自己先前的拒絕實在是太無情無義。

他哼哼兩聲，突然小聲道：「要不我將來討了媳婦，生兩個孩子，一個跟妳爹姓褚？」

隨安眨了眨眼，陳刺客見她眼眶突然紅了，連忙擺手道：「不用太感動！」

隨安噗哧一下，笑出淚來。

或許這就是緣分。褚秋水也是如此肆無忌憚、天真跳脫，如此真性情……

陳刺客吶吶了，高大的身子佝僂著，最後咬牙伸出袖子。「擦擦眼淚！都說了不用太感動。」

隨安眼中雖然有淚，卻笑著搖頭。「不用，你這身衣裳多久沒洗了！」

陳刺客哼了一聲收回胳膊。「我沒衣裳換，這事該怪誰？該怪誰！啊?!」

隨安討饒。「行了、行了，我去給你找身衣裳穿。」

「喂，順便問問還有多久才將我放出去？」

隨安出來後，撓撓鼻子尖，直接去找褚琮。褚琮給她排了那麼多活，她找他討點人情，免得他良心受到煎熬。

褚琮最近是人逢喜事精神爽，上京來信說媳婦兒懷孕，現在胎已經坐穩，跟他說一聲，再過幾個月就可以當爹了。

他知道錦竹院的林頌鸞懷孕、快要生了，也知道林頌鸞、褚翌跟隨安三人間許多事是不足為外人道，因此看見隨安，收斂起笑意，很嚴肅地同意放陳刺客出牢房。

隨安估算陳刺客的身高，去跟軍庫武官要衣裳，軍庫武官忙答應了。不答應不行，他這個職位最要緊的便是要補給，要是上頭不給，或者卡著點才給，到時候真因為這個打了敗仗，首先是他的責任。當然，管軍庫也是個肥差，油水不少，所以隨安來要這個，他真沒當回事，挑了兩身給她。

隨安拿了衣裳去找陳刺客。

陳刺客轉了轉眼珠子。「去給我弄口吃的。」

真成大爺了！「你中午沒吃飽啊？」牢房裡就關押了兩、三人，他們的伙食就是士卒們剩下的飯，雖然不是多麼好，但是能吃飽。

「妳去不去？」陳刺客真跟她拿喬，斜睨著她。「別忘了李成亮……」

好吧，隨安沒轍，認分地去幫他拿飯。其實她不能算是真慫，只是陳刺客有時候很像褚秋水，這一點，她沒辦法拒絕。

今日的灶頭兵做了鹹菜炒肉絲，隨安看了一眼，要了一份，又另要了兩個窩窩頭。灶頭老兵肚子圓圓，笑起來和藹可親。「今兒幹的活多？這會兒就餓了。」

隨安接過碗跟窩窩頭，笑著道謝。「謝謝您。」

陳刺客吃了一個窩窩頭，又吃了大半碗鹹菜，見隨安看自己。「出去給我弄點水，換新衣裳之前，我得擦擦吧？把衣裳弄髒怎麼辦？」

隨安再也忍不了，抬腳踹了他的背一下。

陳刺客往前一撲，雖然有點踉蹌，但手裡的碗還端得穩穩的，轉頭問隨安。「妳去問問，這肉是什麼肉？好有嚼勁！」

他一說肉，還關在隔壁牢房的那個齷齪貨連忙撲過來，笑得齜牙咧嘴。「兄弟行行好，給我一口嚐嚐……」

陳刺客還在趕隨安。「快去啊！」

隨安生氣。「再不管你了，去他的李成亮！」轉身就走。

陳刺客端著碗走到他跟前。「想吃肉嗎？」

齷齪貨恨不能將頭從欄杆裡擠出來，臉都變形了。「想想想！」

陳刺客將碗叼在嘴裡，一手抓他肩膀，一手握拳打去，把齷齪貨打趴在地上，這才放下碗，伸腳去踹他。「老子想打你很久了！你最好一直在這裡待著，哼，出來就是個死！」

隨安才走了幾步，聽見牢房裡傳來殺豬叫，連忙回去。一進去就見陳刺客在踹人，她心裡一驚。要是打死人，陳刺客這澡都不用洗了，直接重新關進去，而且不是就地處決，就是押解上京處決。

「你幹麼?!」她上前將他扯開，呵斥道：「你不要命了？」

陳刺客哼了一聲，對地上齷齪貨道：「以後看見我們躲著點，否則見一次揍你一次！」

隨安皺眉拉他。「你給我出來。」

陳刺客這才端起碗，跟她出門。

隨安想起他之前幹的那些刺殺蠢事，忍不住教訓他。「一言不合就拳腳相向，是匹夫之勇！你要是再繼續這樣，遲早要把自己的命搭進去，明明不該死，卻死了，這樣值得嗎？」

陳刺客動了動嘴，鼓著腮幫子強嘴。「就是看他不順眼！」見隨安氣得不行，終於有點反省的意思，不過嘴裡卻道：「妳難道沒有衝動地不顧一切的時候啊？整天活得跟個小老頭似的！」

隨安被他氣得頭暈，喃喃道：「我現在就想不顧一切地揍你一頓！」

陳刺客嘿嘿笑。「妳問了嗎，這是什麼肉？這麼好吃。」

「是耗子肉，他們在茅坑裡逮住一窩耗子，就剝皮炒鹹菜了……」隨安隨口道。

陳刺客端碗的手一抖，把之前吃進去的嘩啦嘩啦全吐了。

隨安終於有報仇的感覺，捏著鼻子跑遠。

晚上躺下之後，還在想白天的事，迷迷糊糊睡著了，做了一個夢，夢見褚秋水在哭，她心裡一痛，一下子醒了，從榻上坐了起來。

再緩緩躺下時，想起陳刺客的孤勇。荀子說，輕死而暴，是小人之勇也；義之所在，不傾於權，不顧其利，舉國而與之不為改視，重死持義而不橈是君子之勇也。然而，心中的恨意、冤屈無法平息時，不管是輕死而暴還是匹夫之勇，都不再為人所懼怕。

就像她的恨意，如果殺不了林頌鸞，這恨意在胸中絕不會停歇，永不能熄滅。

她深吸一口氣，起身穿衣，守在外面的衛戌在她出來的時候站了起來。

隨安打了個哈欠。「你怎麼還不睡？」

衛戌沒回答，而是問：「做什麼去？」

陳刺客的稱呼現在已經變成「小陳」了。小陳眼角黏著兩坨眼屎，哈欠連天。「你們倆這麼晚不睡覺，過來幹麼啊？扮黑白無常嚇唬我嗎？」

衛戌恨不能揍他一頓。什麼叫「你們倆這麼晚不睡覺」？若讓將軍聽見，他還有活路？

隨安看了看衛戌一眼。「我真有點小事問他。」

小陳聞言，不安地挪動了一下屁股。

衛戌看了他一眼，再看隨安，覺得現在隨安不一定能被小陳欺負，便轉身出去了。

小陳多日沒有睡在榻上，這會兒彷彿榻上有個美女等著自己一樣，又打了個哈欠，嚷嚷道：「妳問妳的，我躺著回答行不？」

隨安一笑，覺得自己也是神經病了，這麼晚來騷擾個男人。

「我就是想問問，你今天幹麼打那個人，總有個原因吧？我覺得你不是個無的放矢的人，雖然衝動了一點，但心不壞，不會像那些胡亂發瘋、發怒的男人一樣。」

小陳瞬間鼾聲震天。

假！太假了！

隨安歪著頭想來想去。「你不說，那我猜猜？嗯，你長得一表人才，被個人渣喜歡也不是不可能……難不成他言語猥褻你了？」

她的話說到「一表人才」四個字，小陳的鼾聲就打不下去了，嘴角抿著，露出個得意的笑，而後聽到隨安最後一句又怒。「他說妳了！」

隨安嘆氣。「說你沒長腦子，你還真的沒長。」

小陳不服。「妳長了？妳怎麼不長個頭，不長得膘肥體壯？妳看看妳這樣！」

跟小陳這種人交流，隨安自有經驗，不慌不忙地道：「我的意思是，有這種事，你應該早點告訴我，由我來揍他，你在一旁給我觀戰助威不是更好？」

小陳兩眼瞪著，張著嘴不知道該說什麼？

隨安瞧一眼他的傻樣，摸了摸後腦勺道：「我也應該向你道歉，今天你吃的不是耗子肉……」

小陳的心情頓時遭受暴擊。他的肉白吐了！「妳有沒有良心！我是為了誰?!」

隨安嘆氣，點頭道歉。「對不住，我向你道歉。我也是後來才知道，今天新兵們去抓蛇，所以最近我們都要吃蛇肉了……」

小陳吐得奄奄一息，伸手指著隨安。「我不原諒妳！」

隨安拍拍他的背，道：「好了，就這樣吧！」她的問題解決了，可以回去繼續睡了。

西路軍中靜悄悄，中路的大將軍帳卻燈火通明。

雁城那邊不少被冒功的將士們平反之後，中路這邊的幾個城也有人聽說了，不少人都託人來褚翌面前說情。

褚翌雖然都態度極好地應允下來，卻沒有像西路那樣極快去辦這些事，反而讓褚琮連夜趕到，悄悄地商議起西路軍的首擊之戰來。

「你們一擊之後，不必冒進，他們知道西路實力，定然會再來試探中路……」褚翌低聲陳述完畢，看了一眼帳中諸人。現在這些人都是他的嫡系，他在感情上相信他們不會背叛自己，也不會出賣他，但他依舊是牢牢看住了他們的家人、親友，這是一種保護，同時也是一種監視，一種「一朝被蛇咬，十年怕草繩」的後遺症。

最後，他對褚琮說道：「至於這個李成亮，就按你先前說的辦，能降服就降服，不能降服就殺了。」

褚琮點頭，硬朗的面容在燈光下多了幾分溫暖。

褚翌吩咐完畢，又仔細想了一遍，覺得沒有什麼遺漏了，就讓大家都散了。「準備後日的行動去吧！」

軍帳中最後只剩下他們兄弟兩人。

褚翌見褚琮的茶杯空了，起身給他倒水，問道：「八哥想什麼呢，都入神了。」

褚琮回神嘿嘿一笑，褚翌立即明白他肯定不是想戰事，沒想戰事，那鐵定是在想家事。

「好了，不用你說，你繼續想。」他站起來往後面去洗漱。

洗完臉出來，就見褚琮背著手站在帳篷門口。

褚琮聽到他的腳步聲，回過頭。「出去走走？離天明不過還有一個時辰。」

褚翌掀開另一側的帳門向外望去，夜裡各處營帳旁的篝火都快燃燒殆盡，明明滅滅，跟天上的星辰交相輝映，彷彿天地連接成了一片。身處其中，既覺得宇宙浩渺，又覺得前路無盡……

巡邏的士卒打著燈籠從帳前經過，褚琮笑道：「你說他們這些人在想些什麼呢？」

褚翌覺得這個話題沒意思。想什麼去問問不就知道了？猜來猜去有意思嗎？不過他此刻心情浩蕩，有點不想破壞這種空盪盪的情緒，高冷地不說話。

褚琮在自己驕傲的九弟面前，一向是耐心、愛心兼備，不勉強他答話，而是自問自答道：「我知道。男人麼，無非是三十畝田地、一頭老牛、一個賢慧媳婦、幾個孩子跟熱炕頭。其實什麼打仗，大多數人是不喜歡打的，不過不得不打。為國？他們知道國是什麼？說白了還是為家，家國天下，家在最前面，沒有家的時候，覺得這心無處安放。可你說奇怪不，有了個女人，女人又有了自己的骨肉，竟然就覺得心踏實了……」

褚翌默默看著浩渺星空。所以他這是來炫耀來著？

可心裡腹誹完，又覺得空虛。他能理解八哥的心情，就算不能完全理解，但是自己心裡也是曾經有那麼個女人的。

只是千差萬錯的，他們也是錯過了。

傷痕不能縫補，成了裂痕，隨安對他冷漠一分，他的心裡裂痕就擴大一寸。

他從前沒有設想過自己妻子的樣子，可他想過自己的女人是什麼樣子。

或許就像她說的，是他從一開始就錯了，兩個人，兩條不同的路，路的盡頭又在哪裡？緣分不能強求，感情更不能強求。

褚翌當日只覺得自己被傷了，這傷要在心上一輩子了，可前些日子看到她，心還是會亂跳，會有淡淡的喜悅跟淡淡的甜蜜……

第九十二章

天亮時，褚琮帶著他的人馬離開了，褚翌一夜未睡，此時忽然下令道：「走，進山打兔子去！」

駐軍之處有一片山脈，不算太高，植被茂盛，活物頗多。褚翌帶著一半親兵，又帶了些有經驗的老兵，一起到山裡去。

山裡有幾戶人家，原本大軍秋毫無犯還能相安無事，現在褚翌他們一進山，山裡人警覺，嚇得比兔子還要厲害，恨不能也鑽進兔子窩。

沒來得及藏起來的人被帶到褚翌跟前，是一對父女，老頭黑瘦黑瘦，倒是生了個皮膚白皙細嫩的姑娘。褚翌掃了一眼，覺得皮膚比隨安白，但是眼睛沒有隨安亮。想完又覺得自己窩囊，天下女人何其多，自己非要綁在褚隨安的腰上，也忒沒有出息。

衛甲跟衛乙嘿笑低聲道：「這小妞好俊。」

褚翌斜睨了他們一眼，突然開口道：「你想要，八抬大轎使人來正大光明地求娶。」

衛甲跟衛乙都老實了，拱手給老頭賠禮道歉。

山裡人見褚翌雖然看著桀驁不馴，但聽褚翌的話語還算講理，大著膽子說了一句。「軍爺，小女已經訂了人家……」人家還不稀罕衛甲、衛乙。

褚翌本是好心，覺得隨安的心結便是自己不能正大光明地娶她，現在有機會能幫這些人一把就幫一把，沒想到好心沒好報，徒然生了一肚子悶氣。

他生氣，山裡的活物就遭了殃，當然，除了人。衛甲都懷疑，大將軍這是故意讓人家沒獵物可打。

褚翌帶的老兵抓了一窩兔子，正好五隻，個個毛色雪白，無一絲雜色，衛甲要了過來。「將軍說要打兔子來著。」脫下衣裳一兜，等到回了營地，弄了個小籠子，把五隻倒楣兔子關了進去。

褚翌進來時一眼就看到了。一窩雪白的兔子，母兔子在前，四隻小兔子依次排開，不知怎地，他突然想到，那次隨安趴在榻上描摹輿圖時，微微露出的腳趾也是一個大四個小，圓圓滾滾，教人看了就想抓在手裡，愛憐不夠……

五隻兔子被他通紅的目光看得眼眶都發紅了，瑟瑟發抖，比良家小娘子看見惡霸、色狼還要驚懼。

褚翌大喝。「衛甲，滾進來！」

衛甲連忙跑進來，褚翌一腳踢過去。「老子抓兔子，難道抓來是準備自己養嗎?!」軍帳中養兔子，不是被人笑話嗎？將軍尊嚴何在?!

褚翌的意思是，讓衛甲拿出去放在別處，又或者等隨安下次來，看見了沒準兒會問上一句；誰知衛甲會錯意，以為褚翌打兔子是為了吃，提著籠子就去找灶頭兵。

灶頭兵嫌麻煩。「這麼小的兔子，沒有兩兩肉，煮了還不夠費勁！」

衛甲罵了一句「幹你的活」之後幫著烤熟了，放到盤子裡，給褚翌端過去……

第二日，衛戌收到衛乙的信，說將軍把衛甲打得只剩下一口氣，當然，這是後話。

此時，褚隨安正跟小陳、褚琮商議如何智擒李成亮？

小陳雖然自己當刺客不算可靠，可坑別人還是很有水準。

眾人定下計策，就等李成亮上鈎，而後褚琮安排人手準備首戰之事。衛戌想讓隨安去歷練，主動跟褚琮說，褚琮心想有衛戌保護，隨安應該無恙，爽快地答應了。

結果自然是呵呵。衛戌既然有心讓隨安歷練，怎麼可能將她護衛得密不透風？隨安又頭一次對敵，保護了前面，背後卻露出空檔，讓人一槍刺中。

痛是肯定痛的，但不算大傷，這還是多虧了她圍在上身的紗布。紗布透氣性好，而且韌性大，她圍在身上是為了行動方便，免得被人發現自己是個女的，沒想到竟然救了她一命。

西路軍這一戰打得艱難，最終仍舊大獲全勝，並且真的擒住了李成亮。

小陳高興得不行。自己雖然不是個成功的刺客，但頗具謀士的才幹，非要拉著隨安一同去慶祝。

衛戌隔開他拍向隨安的手，讓隨安去休息。

全身的血液都往傷口那裡奔湧，隨安略暈眩，咬了咬舌尖，才勉強說了句。「那我回去了。」

小陳還要說什麼，衛戌突然道：「你立了功勞還不去領賞，不怕被人冒領？」

小陳一心牽掛兩頭，最後決定自己領功再回來，讓隨安好好休息。

打發走小陳，衛戌轉身往隨安帳篷那邊走。

這次他不再貿然進去，只在帳篷外面問：「隨安？」

衛戌略放心。「那妳先休息一會兒。」此時已經是深夜，就算大家都以為隨安是個男子，他也不敢在這種時候進去看她。

隨安趴在榻上昏昏沈沈，記不清自己是答應了還是沒答應，很快就睡了過去。

西路軍大獲全勝的消息被快馬呈報給褚翌。

褚翌的心微定，熄燈休息，才入睡，突然夢見隨安被大火燒，眼看就要烤成兔子，他心中大慟，一下子醒了，再也睡不著。

門口打盹的衛甲聽見動靜，立即清醒，輕聲問：「將軍？」

褚翌的聲音微顫。「備馬，隨我去雁城。」

出了帳，看見衛甲又吩咐道：「你留下，讓衛乙跟我一起過去。」心裡還有點怪衛甲曲解自己的意思。

衛甲哪裡能想到將軍這是遷怒，以為褚翌是不想被人發現他離開大營，連忙答應了，去喊衛乙。

褚翌騎著快馬，一路疾馳，衛乙稍微落後，兩人只用了兩個時辰就到了雁城城下。

西路軍的營帳就在此處，褚琮並未進城擾民，這也省下跟雁城守將糾纏的工夫。衛乙只拿出權杖，說大將軍有信函要親自交給褚將軍，巡邏士卒就引著他往褚琮的營帳走去。

褚翌四下觀望，見處處營帳整齊，微微放心。褚琮披了衣裳從帳中出來，看見褚翌還沒露出吃驚的表情，褚翌就率先開口。「不是來看你。」

褚琮無辜中刀，略一思量明白過來，只是不好說在明處，便吩咐親衛。「領著這兩人去找衛戌。」

看見衛戌，衛乙主動問：「隨安呢？」

衛戌不防在這裡見到褚翌，連忙拜見。「將軍！」

褚翌左右看著兩個帳篷，一個帳篷在左，剛才衛戌從裡面出來，緊挨著的帳篷帳門緊閉，便抬步走了過去。

衛乙見狀，挑眉詢問衛戌，衛戌點頭。

衛乙見褚翌已經進了帳篷，低聲問衛戌。「人沒事吧？」將軍最近脾氣可大了。

衛戌沈默，等到衛乙的心都要涼半截，才道：「應該沒事。」

這話說得衛乙的心立即全涼了。

隨安的帳篷裡並未點燈，褚翌拿出隨身帶的火摺子點了蠟燭，注意到趴在榻上一動不動、鮮血已經浸濕外衣的隨安。這一刻，他心涼的速度不比衛乙慢。

要不是她的呼吸還算清晰，他早就慌了神。

可就算這樣，他的心也是被狠狠揪住，胡亂放下蠟燭大步走了過去。

直到摸到隨安的額頭溫熱，沒有發燒，褚翌覺得自己剛才停止跳動的心才緩過勁來，他吐了口氣，上前將她的衣裳撕開。

帳篷外的衛戍跟衛乙聽見撕扯衣裳的聲音，面面相覷，然後，衛戍道：「去我帳中坐坐。」

殊不知，帳中的褚翌想撕了衛戍的心都有了。

他當初對隨安恨得牙癢癢，也沒動她一根手指頭，衛戍倒好，還真不拿她當女人了！

撕開衣裳，發現隨安背上的紗布血跡更多。褚翌抿著唇，一層層將紗布撕開，見她背上青紫一片，傷口不大，血跡也乾了，這才微鬆口氣，拉過被子給她輕輕蓋上，而後起身出去喊衛乙。

「提熱水過來，把我馬背上的傷藥都拿來。」

隨安昏昏沈沈，一會兒覺得冷，一會兒覺得傷口灼燒地疼，吶吶地動了動嘴，隨即感覺背上一陣清涼，傷口那裡也不復灼痛。

褚翌給她上了藥，見那紗布已經不能再用，就想著抽走扔掉，但這樣勢必就要扶她起來。

也幸虧隨安沒有看到，他張著手，比劃了好幾下才決定從她肩膀下手，將她抱起來。可抱起來就不想放下了。

雖然褚翌自覺能忍，可當初畢竟才嚐男女之味，此時見了面，舊情翻湧上心頭，自然是心動再難忍，低低喊了一聲。「隨安。」

低頭見她嘴唇發乾，便拿水餵她。

這麼哄人還是頭一次，他笨手笨腳的，一碗水有半碗都流出來，順著她的下巴往下淌，他又慌忙放下碗去擦，本還正經的目光順著她的鎖骨，一下子黏到那片粉色上……

褚翌只覺得自己的心口上像潑了油的火，騰地燒了起來，從裡到外，整個人都被灼燒著。

隨安喝了點水，感覺有人在動自己，費力地睜開眼皮，就見朦朧的褚翌，如同霧裡、夢裡的青澀少年一般，眼中有擔憂，更有情誼。

若問相思甚了期，除非相見時。

隨安便喃喃地喊了一聲「褚翌」，聲音裡帶著疑惑，也帶著懵懂，全無從前的劍拔弩張跟冷漠相對。褚翌只覺得她的聲音像一把柔軟的小刷子，心口那裡彷彿被她拿著刷子輕輕掃動，他克制地柔和自己的聲音，壓抑著洶湧的情感，輕輕「嗯」了一聲，而後又問她。「痛不痛？還要喝水嗎？」

這樣溫柔且關愛的褚翌，分外像她心中良人的樣子。

她想去摸摸看是不是真的，可剛動了一下手，就被他按住，聽他繼續溫和地道：「不要亂動，妳受傷了，一會兒要看大夫。」

隨安迷迷糊糊地眨了眨眼，嘴唇動了動，聲音低到幾乎聽不清。「不要看大夫……」卻又往他懷裡靠了靠。

褚翌只覺得自己的心一時間又酸又脹、又痛又麻，說歡喜，眼中卻像是要流出眼淚。

僅僅一個靠過來的姿勢，就將他的傷痛撫平了。

他歪過頭，將她滑下的被子又往上拉了拉，大概是他胸口的喘息有點大，隨安終於帶著些清醒的意思，定定地注視著他。

就在他被她看得臉色更紅，要跟猴子屁股媲美時，她突然抬手，軟軟地圈住了他的腰。褚翌驀地一僵。那曾經無數次幻想過，她若是回頭求和，他一定一定一定會嚴詞拒絕，毫不留情的念頭，才冒了個頭，就被懷裡柔軟的身體給壓得毫無反擊之力。那些諸如「不是恨我嗎，不是不跟我好了嗎，不是看不上我嗎」之類的怨憤，彷彿隨著她這一抱，也顯得無足輕重起來。

他從來是個當機立斷的人，也就在她身上，三番五次地栽跟頭。

最終，他還是輕輕環著她的肩頭，摩挲著她的臉，道：「算了……」

這是他對自己情感的妥協，是甜蜜的無奈。

隨安覺得自己像在作夢。

夢中沒有敵對，然而傷痕還在，她失去了留在世上唯一的血親。除了爹爹，與她牽扯最多的便是褚翌了。

然而，褚翌不是她的……不，或許夢中的他，溫柔而不尖銳的他……她只剩下夢中的這個影子，如她所願地給她呵護，給她溫暖。

她聽到他說「算了」，可什麼能算了呢？爹爹的仇不能算，他與林頌鸞的親事不能算，林頌鸞還懷了孕……這些又怎麼能夠算了呢？她就算有前嫌盡釋的心意，也無法跨過心中痛苦的溝壑……

她抱著夢中的人，「哇」的一聲哭了出來。

褚翌的心情也不好受，被她哭得亂了方寸，又怕擅自挪動讓她的傷口再裂開，只好不停地擦她的眼淚，略帶著一點哽咽地哄道：「怎麼了？是哪裡疼嗎？我叫大夫過來看看好不好？還有哪裡受傷了？」

隨安只覺得委屈，覺得心裡的不痛快無處發洩。他沒有哄的時候還好，褚翌這麼溫柔地哄她，頓時哭得更大聲起來。

褚翌手足無措，好半天才反應過來，笨拙地拍著她的肩頭道：「乖了，乖了，不哭了好不好？」

褚翌在隨安帳裡一待大半夜，帳中還有隱約的哭聲傳來，隔壁帳中的衛戌跟衛乙臉色都有些不自然。幸好裡面沒有燭火，各自閉目養神，假裝沒聽見也就過了。

褚翌給隨安不停歇的哭泣哭得心都濕透了，最後咬牙道：「不就是想霸住我嗎？行，娶妳！三媒六聘、八抬大轎地娶妳！」

說完自己也愣住了，言為心聲，他甚至沒想到自己竟然這麼快就妥協，原來自己心裡是這麼想的。

隨安抱著褚翌，仍舊哽咽，腦子又昏昏沈沈，只覺得自己委屈，連褚翌的首次真心告白都沒聽清楚。

褚翌說完明白自己心意，對她更加流連，忍不住輕輕碰了碰她的額頭。「知道妳心痛委屈，是我不好……」

隨安「嗯」了一聲，繼續哭。

褚翌覺得自己整個人都被她的淚給淹沒了，可他跨過自己心裡那道坎，決定不跟隨安一般見識之後，再抱著她，就覺得心底暖融融的，一邊替她擦眼淚，一邊低聲解釋。「那時是我疏忽大意了，不過妳做得沒錯，只要再等上幾個月，我就讓妳回去報仇，以慰妳爹的在天之靈。好了、好了，不哭了……」

隨安卻更加傷心起來——這樣有求必應的褚翌，分明就是夢中，夢境卻跟現實都是相反的。

最後，她終於哭得累了，昏沈迷糊地睡了過去。

褚翌感覺到她的呼吸清淺緩慢下來，才放下心，慢慢將她放回榻上，走出營帳叫人。

衛乙跟衛戌都出來聽吩咐，褚翌道：「隨安後背受了傷，傷口已經上了藥，天明再叫軍醫過來，給她開些草藥喝。」

衛乙跟衛戌方才明白剛才是自己誤會了，尤其是衛戌，立即請罪。「將軍，是屬下疏忽，請將軍降罪。」

褚翌想想裡面隨安的倔強樣，這會兒也無心教訓衛戌了，只囑咐道：「刀槍無眼，你多護著她些……」說了其實也不放心，待要將隨安弄到自己身邊，可想著自己接下來要誘敵深入，屆時說不定比讓她留在西路的危險更大、更多，只好忍住胸中流連之意，並不繼續說話。

按軍規，褚翌這個大將軍並不能擅自離開中路軍，他必須盡快趕回去。

他站在外面，看了看微微發白的天際，還是轉身又回到隨安帳篷裡。

這次他把那些紗布都收拾集中起來，然後看了看她的傷口，見皮肉癒合的情況還算良好，血也止住了，又給她上了一次藥，藥瓶最後放到她的枕頭旁邊。

做完這些，他的手伸出來，替她撥開蓋住眼睛的幾根頭髮，找了一件新裡衣小心地給她穿上，又幫她穿好外衣，彆彆扭扭地繫住帶子，才起身往外走去。

隨安餓得饑腸轆轆地醒來，一天一夜水米未進，腦子還有點暈乎，再看看自己身上衣裳，皺著眉出來問衛戌。「誰照料我啊？」她不記得自己換衣裳了。

衛戌看見她的傻樣，氣不打一處來。「受傷也不吱聲，妳以為妳是鐵打的羅漢嗎?!」

隨安抬手撓了撓脖子。衛戌如此激動，她只好故作大剌剌地胡說八道：「你咋呼什麼，就是你照顧我，我也不會逼著你娶我。」

小陳過來，正好聽到最後一句，連忙問：「為何不逼？他欺負妳了？」

第九十三章

衛戌幾乎要被這兩人給氣死。

他打量隨安臉色，見她臉色確實比之前蒼白，示意她跟他到隨軍大夫那裡把脈開藥。

小陳這才明白，看見大夫開藥，連忙問隨安。「妳受傷了？傷得重不重？」昨天他跟著褚琮一起迷惑李成亮，沒有跟隨安在一起。

隨安心道，這不廢話，要是沒受傷會來看大夫？要是傷得重還能走嗎？衝小陳翻了個白眼。「去給我拿些吃的來。」

小陳「哦、哦」地走了。

衛戌看隨安支使小陳支使得心安理得，小陳也聽她支使，默默站在一旁，軍醫問隨安傷在哪兒、傷口有沒有發炎，才答話。「傷口不要緊。」將軍雖然沒有交代，但隨安要是隨便給旁人看了，那他就真的死定了。

軍醫沒有勉強，確定隨安自己有傷藥，開了藥方，吩咐小兵去給隨安拿藥。

昨日一場酣戰，軍中有傷亡，但因大獲全勝，所以大家的情緒還是很高昂的。

熬藥的工夫，小陳拿來些肉乾跟饃饃回來，隨安看見他手裡的肉，才想起自己之前嚇唬小陳的事，頓時訕訕。小陳估計也想起來了，看見她的樣子遞上給她看。「是豬肉臘肉，不信妳瞧瞧，妳都受傷了，我怎麼能欺負妳？」

隨安接過來，也不洗手，啃了起來。她吃得慢但吃得香，把衛戌跟小陳的饞蟲都勾了起來。

小陳自言自語。「將軍說這三天不開伙食，讓大家都吃白麵饃饃……」一邊說一邊嚥口水。

隨安吃完飯，那邊的小兵將藥熬好了，裝到一個罐子裡，衛戌接了過來，三個人往軍帳走去。

隨安一邊走，一邊問小陳。「李成亮怎麼樣了？」

雖然是親戚，小陳也看不起李成亮，頓時抬頭挺胸。「有我出馬，他還能怎麼樣？」

西路軍大獲全勝，然而並沒有攻下蔟城，而是擒獲了李成亮，並俘虜了李成亮麾下近兩千人馬。此一戰，雙方其實都是在試探，肅州李程樟想必很快就知道褚琮的實力。

褚琮帶領的西路軍再想打勝仗就更加艱難，因此必須拿下李成亮這個蔟城驍將。

褚琮沒有將俘虜就地格殺也是為了李成亮，為了下一步攻下蔟城做準備。因為肅州並不同於東蕃，肅州之亂屬於國內內亂，東蕃之亂則屬於外敵入侵，這在軍中是兩種意義。

李成亮要被押解往中路軍去，小陳也想去。「聽說大將軍褚翌跟這邊的將軍是親兄弟，我還沒見過呢！」

隨安聽他說起褚翌，恍惚想起昨夜，轉頭看衛戌。

衛戌看了一眼旁邊一臉興頭的小陳，道：「以後說。」

很顯然他是想避開小陳，隨安就不再問了。

小陳還在感嘆，沒注意他們的細微互動。

到了帳外，衛戍將藥罐遞給隨安，又伸手按住想要跟著她進去的小陳，對隨安道：「妳喝了藥繼續歇著。」

小陳不滿。「我還有話跟隨安說。」

衛戍道：「我可以安排你跟著去中路軍見識見識。」趁早把這礙事的傢伙踢走，否則要是任由小陳繼續黏下去，將軍來了，自己的頭可就真要挪窩了。衛戍有種直覺，別看將軍將隨安放到西路軍中，但將軍是個醋甕，還是個很大的醋甕。

小陳一聽真的能去，立即雙眼發亮，纏著衛戍問東問西。

隨安笑著搖了搖頭，回了帳篷裡，看到之前的紗布跟衣裳，很明顯都是被人撕開的，可她怎麼想，都覺得不真實。

衛戍好不容易才把小陳打發走，他本性罕言寡語，所以對小陳這種聒噪如麻雀的人簡直難以理解，偶爾看見都恨不能給他灌藥毒啞了。

他走到隨安的帳篷外面，低聲喊她。

隨安以為衛戍叫自己出去有事，出來問：「什麼事？」

衛戍看她一眼，遲疑著，還是說了實話道：「昨天是大將軍過來給妳上藥的。」

衛戍知道隨安跟褚翌曾有肌膚之親，也見識過隨安跟林頌鸞的仇恨，他不知道褚翌根本沒碰過林頌鸞，但憑著自己的直覺，明白將軍對隨安很不一般，這種不一般甚至能控制將軍的本性。

褚翌是個什麼樣的人，跟著他見識過當日栗州一戰的，都有深刻的了解。他殺伐決斷，悍不畏死，就是在朝中也不是個好說話的人，唯獨在隨安的事上顯出優柔。

隨安聽見衛戌說大將軍，一呆，而後張口結舌地問：「褚翌？」

衛戌瞥了她一眼，抿唇不語。對隨安這種懷疑的口氣很不滿。不是將軍，她以為是誰？誰敢？

隨安好半晌突然冒出一句。「我沒有打他嗎？」

這個衛戌就不知道了，但看大將軍走時的樣子，就算打了，那也是周瑜打黃蓋，一個願打、一個願挨。

隨安摸了摸衣裳，揉了揉肚子，遺傳自褚秋水的沒心沒肺此時發揮本事，腦中直接將褚翌劃拉到一旁。反正她都放棄了，就算褚翌來了又如何？別說是給她換藥，就是讓她去給他換藥，也改不了主意。

衛戌實在沒料到她是這種反應。理論上，隨安即便不做出小娘子的嬌羞樣，也應該是一副「感激涕零」的模樣吧？

連一向八卦絕緣體的衛戌都驚詫了。「妳沒有其他想法嗎？」

隨安皺著眉，想了想，突然點頭。「有……我突然想起一個人。」

「啊？誰？」衛戌一頭霧水。

「吳起啊！」

隨安見衛戌不懂，耐心解釋道：「吳起為將軍的時候，跟士卒中的賤役同衣同食，睡覺不鋪墊褥，行軍也不騎馬乘車，還親自揹負著捆紮好的糧食和士兵們同甘共苦。有個兵得到毒瘡，吳起用嘴替他吸出膿液……」

衛戍更加不懂。這跟大將軍有啥關係？

隨安卻來了興致，繼續道：「這個士卒的母親聽說這件事後放聲大哭，說：『往年吳起替他父親吸毒瘡，他父親感念恩義，在戰場上勇往直前，結果死在敵人手裡；如今吳起又給我兒子吸毒瘡，我不知道他會怎麼死，因此，我才哭他啊！』」

衛戍想著大將軍的軍帳裡，在軍中雖算不上奢華，但也絕對不寒酸的種種布置，聽了隨安的話再細細想來，覺得大將軍如此看來，竟然還能算得上是個正人君子……

隨安說完就嘆了口氣，忘了問衛戍還有什麼事就回帳篷裡。

衛戍在她帳篷門口傻立了半天，得出一個結論：以後將軍對自己不好，一定不再抱怨了！因為對你好，有可能讓你送命；對你不好的，有可能——靠，當然也有可能送命！

過後幾日，小陳果真在衛戍的安排下，跟著押解李成亮的人去了中路軍。

隨安身上有傷，不能再參加訓練，空前地悠閒起來。

西路軍論功行賞，很是熱鬧了一陣，又迅速恢復了以前的井井有條，不過城中卻傳出許多流言。

有的說褚琮是真本事，而褚翌為大將軍純粹是因為自己的嫡子身分；有的說褚翌性喜奢華、愛享受，自來了肅州地界，不是進山打獵就是入城看戲，性情倨傲、處事怠惰、御軍怠息……總之，褚翌就是個繡花枕頭。

這樣的話，衛戍當然嗤之以鼻，而隨安只是微微一笑。褚翌就算是繡花枕頭，那枕芯也一定是鐵蒺藜，不是一般人能睡得起的！

褚琮反而成了最擔心的人。他召見了許多心腹，嚴令他們不許跟著散播流言。

但隨安覺得，褚琮這樣做，只會在原本已經沸騰的流言上繼續潑油啊。她簡單的腦袋瓜子，已經替各路吃瓜群眾想到一個絕佳的故事。

生母為妾室出身的庶子，在軍中多年默默無聞，付出不求回報，明晃晃的功勞被嫡子弟弟給搶走不說，還要嚴令一直追隨自己的下屬們不許說這些事，多麼可悲可憐的一個庶子啊。能怎麼辦？老娘在嫡母手裡，媳婦、孩子在嫡母手裡，真是要多麼苦逼就多麼苦逼，要多麼淒慘就多麼淒慘……

事情不出所料，流言如同風箏，很快就飛進了肅州城中。

與此同時，褚翌正在跟李成亮進行深入「溝通」。

偌大的軍帳中，李成亮雙手被反縛在背後，小陳在褚翌進來之前飛快地勸道：「你聽我的沒錯，怎麼能跟著李程樟那不中用的鼠輩混？」

李成亮皺眉冷哼，對小陳這個從小打不過自己就挖坑的親戚是恨之入骨。

小陳估計也知道這一點，所以悄悄地站遠了一點。

褚翌並未穿甲冑而是窄袖勁裝，配著高眺的身材，整個人比那些文弱書生看上去要英挺，又因為面容俊美，比之那些軍中邋遢的糙漢子更顯朝氣蓬勃。

他手裡拿著一把小巧的神臂弓，不過這把弓外面卻纏了好幾圈金線，教人一眼看去覺得惡俗不說，還覺得分外地中看不中用，起碼李成亮看了就冷哼一聲，然後轉頭到一邊不再看他。

教李成亮鄙夷的大概還有另外一個原因，那就是褚翌後面的衛甲提了一只籠子，籠子裡有一窩兔子。

有侍衛送上來熱帕子，褚翌接過來，慢條斯理地擦手，沒問帳篷中跪著的人，而是對衛甲道：「好好把這些小東西養著，若是死一隻……」

衛甲忙道：「將軍請放心，屬下一定好好伺候！」當成自己爺爺伺候！

褚翌有點不滿意，又彎腰仔細瞧了瞧，皺著眉道：「毛色有點發灰……」

衛甲唯恐他想起上次那五隻雪白的兔子，再說現在山上的兔子都快絕種了，連忙道：「屬下這就拿去洗洗，說不定是被煙熏染的。」

褚翌這才點頭放他出去。

李成亮耳朵沒被堵住，聽到褚翌如此不著調，頓時更加用力地冷哼一聲。

褚翌這才撥冗正眼看他。

「你就是蔟城驍將李成亮？我看這個驍字用錯了吧，應該是大小的小才對，哈哈，蔟城小將！」

李成亮再也忍不住罵道：「豎子小人，打不過我就用詭計！有種你殺了我，爺爺絕對不求饒！」

褚翌挑了一下眼眉，搖頭道：「虧他們把你傳得這麼神乎其神，原來是沒讀過書的！唉，你這樣的也配稱為將嗎？」

李成亮被人侮辱，頓時勃然。「爺爺怎麼沒讀過書？怎麼不堪為將?!」

「那你說我用詭計，難道你沒聽說過『兵者詭道也』？腦子不好使，就要多讀點書，免得說出話來，教人嗤笑。你這樣的，就是今日殺了你，李家祖宗估計在地底下也要再揍你一頓啊！」

褚翌說話悠悠，聲音說不出地清越動人，可內容就是說不出地氣人。

李成亮自然不服。「別自己給自己戴高帽子，抓住我的可不是你！」

褚翌笑著，圍著他走了一圈，然後低頭打量他的樣子，見他面目黝黑，印堂飽滿，因為被自己幾句話激怒，現在頭髮都有些凌亂，可再怎麼樣確實堪配稱為驍將。

這個李成亮嘛，能讓他大費周章地弄來中軍，還真是多虧了隨安。

按照褚翌的本意，俘虜當然是殺了，養著還浪費糧食呢！可隨安卻在文書中將他的出身跟戰績都添上數筆，也就是這幾句話讓褚翌起了心思，想看看李成亮是不是自己想要的人？

現在見面，雖然不怎麼欣賞，但是也稱不上失望就是。

聽見李成亮說抓住他的人不是自己，他淺笑。「原來你是不服氣。」

「哼，當然不服，你敢跟我比一場嗎？」

褚翌哈哈大笑。「我先前說錯了，看來還是讀過書，知道激將法。」

李成亮被說中心思，臉脹得通紅，卻嘴硬道：「不敢比就不敢比，說什麼激將法？」

看不下去的衛乙在一旁請戰。「將軍，屬下願意與他一戰！」

褚翌低下頭解開自己袖扣，聽見衛乙的話嘴角掠過一抹笑。「不用，給他鬆綁。」又對李成亮道：「你用刀？那我也用刀好了。」

小陳唯恐李成亮真傷到褚翌，到時候說不定會連累褚琮，連累褚琮，說不定就會帶累隨安，於是趕緊跑過去，趁著給李成亮解綁的機會勸道：「你可悠著點兒吧！」李程樟活捉了太子也不敢殺啊，怎敢殺褚老將軍的兒子？

褚翌也聽到了，看了一眼小陳，小陳連忙諂媚道：「將軍，末將是西路軍中小校，也是李成亮的親戚，此次能活捉他，都是末將的功勞……」

褚翌轉頭看衛乙。這個傻蛋哪裡冒出來的？

衛乙垂下頭，默默地將李成亮的大刀取來。

李成亮當然不齒小陳的作為，他站起來，活動一下手腳，而後悶悶道：「我不用你讓我，你用你稱手的武器，我自用我的刀，各自盡力。若是你能贏我，我自然拜服；若是我贏了，還望你能給我個痛快。」

因為他這幾句話，褚翌對李成亮瞬間比對小陳還要高看兩眼，覺得李成亮算是個實在人。

既然李成亮有擔當，他也不會蔑視他，就對衛乙道：「取我的火雲槍來。」

李成亮心裡一喜。

小陳則閃到一邊默默祝禱，希望各路菩薩保佑褚翌不要輸，也保佑李成亮不要死，好歹是自己親戚，若是死了，自己良心難安啊……

衛乙去中軍大帳，很快將火雲槍取回來。

火雲槍，顧名思義乃是火中之雲；火為陽，雲為雨，雨為水，水為陰，雲火相濟，陰陽互補，乃是當世名家鍛造出來的上好寶槍。原來供奉於宮中兵器庫，此次出征，皇帝特意當眾賜下，更有令褚翌秉持天地正義，寬仁戰地百姓，撥亂反正之深意。

而褚翌放棄跟東蕃對戰時候所用的刀，改用火雲槍，也是因為刀殺的是外族，槍平的是內亂。

第九十四章

李成亮生於西北、長於西北，本性中本就帶著西北的剽悍，看見此槍，也忍不住道了一聲「好槍」。

褚翌單手取槍，率先走到帳外，眉宇間盡是傲然。「讓你三招，來吧！」

李成亮也不囉嗦，揮刀就往褚翌身上撲去。

褚翌果真是說到做到，看見他狠戾撲來，眼中並無小覷之意，身體一著虛晃，電光石火之際，已經閃避到了李成亮身後，自然李成亮這一刀不僅全然落空，還把後背露給了褚翌。

要不是褚翌說了三招之內不出手，李成亮這下子肯定要遭殃。

李成亮出第一招，原本用了七成力氣，對他已算是如臨大敵的對待，卻沒料到褚翌武藝竟然如此不俗。說到底還是李成亮小瞧了褚翌，他也不想想，當日褚翌帶著五百人拚殺東蕃三千悍將，若是身無神力，縱然有心也不能成事。

李成亮第一招敗得教人羞惱，幾乎是瞬間工夫，他便反手往自己背後砍去，這一招帶著殺敵不成便自毀的勇氣。褚翌能躲得開，可他若是躲開，李成亮再不及轉身，那麼這刀可就真傷了自己。

只一時，褚翌便豎槍為盾，只見刀槍相擊，火花四射。

此一招後，褚翌持槍巍然不動，李成亮卻被震得胸口激盪，一口腥甜到了喉嚨。他已經意識到自己要慘敗，然而明知是赴死之戰，卻毫不畏懼，嚥下血沫，重新劃開刀勢，餘威仍舊猛烈如大火。

褚翌兩招均躲得泰然自若，但也不因此輕敵自傲，可就算他不驕傲，他本身的傲氣就夠人瞧了。只見他持槍屹立，身形沐浴在晴日陽光之下，真如戰神臨世，雖不著甲冑，依舊勢不可當。

就在眾人喟嘆不止的當口，卻有小陳不合時宜的跳腳。「李成亮你都輸了兩招，還不死心，想讓你老李家斷子絕孫啊！」

「……」

李成亮的內心絕對是崩潰的。上天賜給他勇武，為何要多賜給他一個小陳這樣的親戚？

還是褚翌蹙眉道：「對戰之際，不可分神。」打完他還要去看兔子。

李成亮四十的年紀，如今竟然被個不足弱冠的年輕人教導，頓時臉色脹紅，怒喊一聲。「再來！」只不過心境亂了，第三招自然變得亂來。褚翌躲得輕鬆，而後再不給他機會，反手一槍打到他的肩胛骨上，將他一下子打趴在地。

小陳跳起來。「將軍威武！」

眾人只想，西路軍從哪裡找了這麼個馬屁精？殊不知小陳心裡憔悴，他好怕將軍真把李成亮弄死啊！

李成亮的刀已經甩出去老遠，褚翌先把他的刀撿起來，而後走到他身邊，伸手給他。

李成亮扶著肩頭，道了一句。「不敢勞動。」自己吃力地站了起來。

褚翌一笑，並不生氣，問李成亮。「你在蔟城任幾品武官？」

「末將不入流，然而末將受蔟城主事大恩，實在不敢背叛，也無意做違約小人，因此末將——」

「先停一停。」褚翌抬手止住他的話，低頭看著這個比自己還矮了大半個頭的漢子，眼中笑意一閃而過。李成亮並不算太蠢，他知道自己輸了，要是就此認輸，在世人眼中不算好漢，可不認輸只有死路一條，很顯然李成亮並不想死。

要是他想死的話，被擒獲後一路上有多少機會，再不濟，咬舌自盡也是個辦法，可不管是激將法還是現在的敗地求死，其實都是為了求一條生路。

褚翌既然存了收服之心、招攬之意，自然要給他這個臺階。

「我且問你，你這個官是為朝廷當的，還是為了蔟城主事當的？他對你有知遇之恩，難不成，朝廷發布各地方官員應任用有志之才的詔令，是一紙空文嗎？這麼多年，你的俸祿是從朝廷領的，還是從蔟城主事那裡領的？食君之祿，忠君之事，現在蔟城跟著李程樟犯上作亂，本就不算忠義，你卻要為這樣的人效力？」

李成亮沈默不語，而後突然跪地叩首。「末將知罪！」

「附逆作亂，本是株連九族重罪，本將見你誠心悔過，便給你一次機會。只是死罪可免，活罪難逃，來人，杖責敗將李成亮三十軍棍，就地執行！」

李成亮雖然受罰，卻雙目含淚，手扶右膝跪地，坦然受刑。

三十軍棍，說多不多，說少不少，但結果是重傷還是輕傷，就要看主將的意思了。

褚翌很顯然沒有打算要李成亮的命，若是他想，剛才對敵時一槍殺死，更為便捷俐落。

不過，幾日後肅州城中，卻是針對這次褚翌和李成亮的對戰有了另一番說辭。說褚翌在李成亮手下走不過三招，然後惱羞成怒，將李成亮重重打了三十軍棍，到目前為止，李成亮只剩下一口氣硬撐著。據說他後背皮開肉綻，找不到一點好肉；據說要不是李成亮實在悍勇，早就死得不能再死了！

這些話一被人傳說出來，立即引起肅州無數人共鳴。朝廷便是敗壞如此，任人唯親，還不許有才之人顯露才能，所以才將他們逼得不得不反啊！

這件事就這樣定了。

李程樟之處，天天有人前來請戰，無一不是願意身先士卒，將褚翌一刀斬落馬下的英雄豪傑。

西路軍中自然也有人傳播這些流言，隨安本不在意，可架不住說的人多，便問衛戌。

「真的打得很慘嗎？小陳怎麼樣了？」

衛戌道：「衛甲說確實是三十軍棍，沒摻水。」

隨安皺眉，心裡覺得不可能，可仔細一想又覺得不是不可能，褚翌就是個大變態。

她招攬李成亮的目的早在公文中上報過去了，肅州不同於東蕃，肅州軍民也是朝廷的軍民，這種戰役就應該以鎮壓為名、收服為實，離間肅州上下民心。肅州百姓會有反意嗎？那肯定不會，但要是李程樟從肅州百姓中徵兵，百姓們會不去嗎？自然也不會。

所以，這種對戰的意義實在不大，隨安甚至覺得，要是能直接幹掉李程樟，肅州說不定立時就瓦解了。

但是刺殺這種事，成本高而成功機會低；再者，刺殺之事需要長久謀劃，要知道對方地理位置及長相，總之，知彼知己還不一定百戰不殆呢！

隨安一想到當初同小陳設計坑李成亮的時候，李成亮明明不待見小陳，可小陳還是堅決不肯用毒，說害怕損傷李成亮的身體，可見他雖然偶爾不著調，但是在為人行事上，還是有自己的風度。

而自己跟小陳這麼大費周章，自然是希望李成亮能早日歸順。

隨安有點擔心小陳，也有點擔心李成亮。她的擔憂並非無的放矢，因為肅州跟中路軍相遇，大戰一場，結果以中路軍敗退告終。

這時候就有人想到之前的流言，由此大家也確實確認了，褚翌就是個繡花枕頭，還是個繡了喇叭花的繡花枕頭。

西路軍沒有戰事時，隨安藉著身分之便，經常出入雁城，發現市井之中關於褚翌是個笨蛋的傳聞更勝軍中。

第一次聽到有人說褚翌是在茶館之中，不知為何，她剛聽那人指手畫腳時頓時大怒，反應還不如褚翌的親兵衛戌冷靜。

隨安也覺得自己的反應有點過頭，不，作為軍中一員，維護長官尊嚴也是應該的！她這樣想，胸中怒氣便漸漸平息下去，可反應已經落在衛戌眼中。

衛戌一向淡如古井的眼神裡添上笑意，看她的目光像看一個情竇初開的妹子一樣。

隨安不樂意了，問：「你笑什麼？」

衛戍道：「不行嗎？」

調侃意味濃厚，但隨安在軍中幾個月也不是吃素的，臉皮也厚了，坦然道：「我只是沒想到，你聽見有人說你們將軍的壞話，還能笑出來。」

衛戍轉頭，決定不跟她一般見識。

隨安則豎起耳朵繼續聽，很快就覺得自己實在聽不下去了。

褚翌能領軍，那是因為他有實打實的軍功，要不是之前皇后、太子、劉貴妃那番折騰，僅憑著當初抗擊東蕃的戰功就能封大將軍，可最後還是皇上親自斡旋，弄了個副指揮使，但對於上陣拚殺的褚翌來說，也是意難平的憾事一樁啊！

偏偏那這茶館裡胡說八道的人說得有鼻子、有眼，把褚府裡的事添油加醋那麼一說。

「……這位褚將軍是家中老小，是褚太尉的老兒子。俗話說，老兒子、大孫子，老人家的命根子，加上他的外家與琅琊王氏同族，哎喲，這個好命簡直不用提了！你道如何？褚家的男人自懂事起就沒有不上戰場的，偏偏最後這位夫人生的兩位公子，一位排行行七，唸書是好手，娶了平郡王的獨女德榮郡主，就沒上過戰場是吧？另外就是行九的這位了，小時候也是跟著褚太尉在軍營待過，不過那才幾天工夫，褚太尉也管不住夫人啊！又回了上京。所以說，褚家的將軍們，這位啊……」一邊說一邊搖頭。

有人皺眉問：「皇上任命這位九公子做大將軍，難不成不曉得他資歷不夠？」

「誰說人家資歷不夠了？你忘了去歲東蕃占了栗州？當時軍報上可是說了，華州跟東蕃一戰，首功就是這位小將軍的！」

旁邊的人哈哈笑了起來。「華州的節度使劉傾真我是聽過的，軍功起家，怎麼也不該教個初出茅廬的少年搶了風頭才是……」

又有人添柴火。「聽說，當日給這位褚九公子掠陣的，就是他的兩位兄長啊！」

眾人「啊」的一聲，聲音裡盡是了然。

隨安小聲道：「欺人太甚！」

衛戌本來並未出聲，聽見她的話，也學著她的樣子低聲道：「妳若是聽不慣，我們可以打他悶棍去。」他這種提議當然是玩笑多過正經建議。

然而隨安一聽，卻精神一振。「他這種有預謀的造謠，顯然是想要動搖民心、軍心，我們絕對不能姑息；要是在肅州傳，我還能相信那是示敵以弱，可在雁城這邊傳算什麼呢？很明顯就是看不慣褚翌，想要拉他下馬。」

褚翌已經打了一場敗仗，要是這時候被拉下馬，以後想翻身就難了；再說，她覺得褚翌應該沒有那麼弱才對，應該是陰險狡詐又不懼死戰的人。

所以，不是褚翌的問題，就是這個人在無中生有！

「絕對不能姑息。」

「嗯？那真打一頓？」衛戌眼中興味濃厚。「這個人一看就是個草包，我覺得妳一個人就行了。先拿麻袋套頭，然後拎著棍子打他脖頸，將人打暈之後，再拳打腳踢，使勁揍個盡興。」

隨安張了張嘴，心道，這種維護你們將軍名聲的事，不是由你這個親兵來做更顯得正義？當日你也是經歷過華州與東蕃血戰的啊！

衛戌興致勃勃地幫隨安找來麻袋和棍子，幫她把風。「要是打不過，妳就往我這邊跑，我會假裝經過不小心絆倒他。好了，妳快看，他已經出來了。走，那條巷子適合幹這個！」

隨安掂量著手中棍子，左右看著，見無人注意，但心裡還是有點忐忑。她這算是幹好事還是幹壞事呢？

結果她一猶豫，眼看那個人還差十來步就要走出巷子，巷子那頭可是人來人往的大路。

衛戌突然喝道：「上！」

隨安下意識拎著棍子打了過去，可憐對方只來得及驚愕地轉身，跟隨安打了個照面就暈了過去。

再度醒來，發現自己渾身青紫，像被人蹂躪過一般。作為一個軍中幕僚，他一下子意識到，這是有人維護將軍，所以打了他。

這種事該不該找將軍訴苦？該！而且將軍如果聽了，一定會很高興！

褚翌確實高興，不過在這之前，他又替隨安收了一封家書，又是那個叫宋震雲的寄過來的。

褚翌皺著眉問衛甲。「這個宋震雲多大年紀來著？」

衛甲道：「看著比過世的褚先生老上七、八歲吧！」

就算老上七、八歲，一個男人跟沒有血緣關係的小姑娘也不適合來往啊！

宋震雲的這封信，內容其實並沒有不妥，不過是說他在本朝的屬國周薊安頓了下來，並且打算在那裡定居；還說多虧了隨安給的銀子，他不僅擺脫了麻煩，還因為吃苦耐勞被上頭賞識，因此大大賺了一筆錢，並且隨信附上五百兩銀票給隨安，說這是替褚秋水給她的嫁妝銀子。

褚翌有點猶豫。褚秋水是橫亙在他與隨安之間的硬刺，每每被人提起一次，隨安要難過一回，自己也心裡不舒坦。

有時候，他也會覺得，是自己的疏忽大意導致了褚秋水的死亡，這種想法很令他頭痛，但他管不了自己的心。

他叫衛甲給自己準備祭祀用的東西。

衛甲跟衛乙嘀咕。「不過年、不過節的，將軍這是準備祭祀誰？難不成這次死難者當中有將軍認識的熟人？」

衛乙也有相同疑問。「那個表少爺還活著嗎？」

兩人都發現表少爺對隨安有超越君子之交的友誼，而且在這之後，他們更大的發現則是，將軍竟然對表少爺十分嫉妒。因愛生情，自然也會因為妒忌生殺意，所以衛乙很奇怪地問：王子瑜還活著嗎？

王子瑜當然活著，他寫了許多信跟隨安交流彼此狀況，隨安剛開始有點不大習慣，不過王子瑜來信的內容都是有關從肅州出逃的百姓。

褚翌上表奏請設立縣來安置流民，皇上同意後，他便直接將各項細務悉數交給了王子瑜。

王子瑜之前將人安置在一起蓋房子、種地，這種做法既是保護又是監視，保護百姓不再受流兵襲擊掠奪，也監視其中有無奸細。

褚翌曾將流言在這些人中散播，結果只有少數的一、兩人覺得褚翌是繡花枕頭的事是實情。褚翌本想細查下去，可還沒等他查，餘下的其他人將那兩人給揍老實了。

這種事對於褚翌來說，是一種奇特地被寵溺的感覺，就如散布謠言的幕僚遭受悶棍，他心裡高興一樣，都是因為有人記掛關心，才會有這樣的行動。

褚翌覺得這樣的關心就像春風，雖然潤物無聲，卻催綠了大地。

而且因為這種感動，使得他增添了許多勇氣，敢於面對自己與隨安之間的問題。

對他來說，門戶不當不是大問題，反倒是心裡對褚秋水的負疚太折磨了。

祭祀不是件難事，他舉起酒杯，對著夜空喃喃自語。「祝願先生早日投胎到好人家……先生若是在天有靈，請保佑我與隨安一切順遂吧！」

此時的周薊大城裡，女王又開始瘋癲。「讓我去死，讓我重新去投胎啊！」說完話便抱著頭撞牆。

白鬍子的長老又開始擔憂。「前些日子不是還好，怎麼今日又這樣子了？」

另一個人道：「誰知道呢？不過你說這是不是因為我王魂靈不定，受到衝擊的緣故？」

眾人無法，但就是如此，大家紛紛暗自慶幸，一個愛撞牆自殺的女王，顯然好過一個脾氣暴烈、愛濫殺無辜的女王。

其中一個長老道：「或許給大王找些男人才是正經，最起碼可以轉移大王的心思……」

但周薊大城給女王找男人的消息一經傳出，城裡的男人紛紛嚇病，此乃後話不提。

第九十五章

褚翌自從祝禱完褚秋水之後，心胸開闊不少，終於下定決心同隨安好好相處，便命衛甲將宋震雲的來信送給她，並且讓衛甲「暗示」隨安，宋震雲曾經寫信向她求助，說自己欠了外債，而給宋震雲銀子，讓宋震雲得以擺脫麻煩的人是他！

衛甲去西路軍見衛戌，先說起前些日子一個幕僚挨了悶棍的事。

衛戌心中一動，突然問：「那這些流言是將軍命人散布的？」

衛甲沒有瞞他，道：「差不多吧！」

衛戌點了點頭，沒有繼續說話。

至於隨安看見衛甲時，衛甲沒有說褚翌散布流言的事，隨安也沒有提自己打了一個造謠者悶棍的事。

衛戌十分可惡地將這件事瞞了下來。

隨安朝衛甲打聽小陳和李成亮的事，衛甲倒是沒有隱瞞，一五一十說了。

李成亮雖然挨了頓打，但沒有死，反而被委以官職，去了褚翌設置的新縣任縣丞，負責保護這些百姓；小陳則會再過段日子之後重新回來西路軍。

「太能拍馬屁了！」衛甲嘆道。

隨安知道小陳跟李成亮都好，放心不少，轉頭問起衛甲之前戰敗的那場戰事。

這個衛甲就不敢亂說了，支吾道：「妳要是想知道，何不去問將軍？對了，險些忘了正事。有妳的一封家信輾轉到了將軍手裡，將軍令我給妳送過來。」

隨安一怔，伸手接過信，心裡有點疑惑。她在上京並無其他親友，有誰會給她寫信呢？可一打開信，還沒有看內容，她便愣在了那裡，淚水一下子湧了出來。

她如果是家裡的頂梁柱，褚秋水就是構築成家的磚跟瓦，磚跟瓦都沒有了，頂梁柱也就沒了用處，昔日能夠遮風避雨的家，再也稱不上是家了。

就像他的死那麼簡單跟突如其來一樣，再見到信上熟悉的筆跡，隨安也是一陣恍惚，彷彿他還活著，活在世界上的某一個地方……

理智告訴她，這怎麼可能，但她同時也懷疑，若果真不可能，她是怎麼來這裡的？這封信又是怎麼一回事？

她愣愣望著信紙上的字，眼中的淚水不斷湧出來。

一旁的衛戌看了眼神一沈，伸手將她手裡的信拿了過來。

衛甲自然知道信的內容，可他沒料到隨安一看信就哭，懷疑地尋思隨安看信的速度也太快了，難道是傳說中的一目十行？又想，難怪說女人是水做的，甭看隨安平日大大剌剌的，可這眼淚真多。

衛戌跟衛甲都不太明白隨安為何會哭？

隨安只是覺得褚秋水一死，自己再也沒有歸宿。沒有了家，沒有了家人，沒有了可以願意無條件為之付出的那個人。

「妳這是怎麼了？」衛甲忍不住問。
隨安搖了搖頭，伸出手背胡亂擦了擦眼淚，從衛戌手裡拿過信讀了起來。
一讀更疑惑了。周薊大城在哪裡？宋震雲什麼時候跟她借過錢？還是兩百五十兩？她哪怕多給一兩或者少給一兩，也不會這麼缺德地給兩百五啊！再說她也沒有這麼多銀子，但想著信是從褚翌那裡傳過來的，她抬頭看著衛甲。
衛甲摸了摸腦袋，道：「是有一封信跟妳要錢，當時幾經波折才到將軍手裡，將軍怕妳分心，直接將銀票給了出去……」
隨安點頭，「嗯」了一聲，看了看信中的銀票，拿出三張給衛甲。「你替我還給將軍吧！」
衛甲故意開玩笑道：「早知道借出去兩百五十兩，才幾個月就賺了三百兩回來，當初那個錢就應該我來出。」
衛戌哼笑。「你來出？你有嗎？」
隨安知道這兩個人是故意逗自己，就跟著笑了笑，卻沒有解釋自己為何會哭？
衛甲、衛戌畢竟都是糙漢子，見她破涕為笑以為事情結束了，便都不放在心上。不過衛戌以為隨安是被宋震雲的五百兩銀子感動，暗自琢磨，將來隨安出嫁，自己這個差點成了兄長之人，論理、論情都應該給她準備一份嫁妝。
衛甲自然沒考慮那麼多，不過他把三百兩銀票給了褚翌，說這是隨安還的錢。
褚翌正在餵兔子。

最近他終於重新抓到一窩白兔子，毛色雪白，只有腹部一點嫣紅，褚翌每天餵食之前都要抓出來賞玩一會兒，鬧得衛乙跟衛甲八卦。「將軍莫不是想把兔子養肥了再吃？可那獵戶說這種兔子怎麼餵都長不大，你說我要不要跟將軍說一聲？」

衛甲道：「等將軍養養再說，先前不是也養了許多，都半肥不瘦地放走了？沒準兒這一窩也是如此呢！」

現在這一窩兔子已經被餵熟悉了，看見褚翌就整整齊齊地湊過來，褚翌也總是先拿著看一番，然後將牠們按大小順序排好，再一一餵食。

看見衛甲遞來的銀票，褚翌被氣笑，沒好氣地問衛甲。「她還說什麼了？」

衛甲搖頭，然後面露遲疑。

褚翌問：「難不成還有其他事？直接說便是。」

衛甲這才道：「是隨安看信的時候，哭了一下。」

褚翌皺眉。什麼叫哭了一下？是感動的哭、委屈的哭，還是高興的哭？

打發走衛甲，他還在琢磨，到了晚上睡覺的時候，腦子裡全是隨安的淚水，輾轉反側不能成眠，乾脆起身。反正深夜出行也不是頭一次。

隨安近日休養得好，警覺性比以前強了不少，一聽到帳篷有動靜，立即坐了起來。

褚翌彎腰進來，一邊低聲囉嗦。「弄個帳篷這麼低，跟進了雞窩似的！」

隨安一見是他，心裡鬆了一口氣，繼而一愣，被自己這種放心的感覺給弄詫異了。憑什麼她看見褚翌就不會擔憂害怕呢？

但她的心自動將這個不可捉摸的疑惑給揮了開，反而默默吐槽。不是說陰險狡詐的人都不長個頭嗎，怎麼褚翌不只長個頭，還長心眼？又想，嫌這裡是雞窩，別鑽進來啊！黃鼠狼才鑽雞窩呢！

褚翌這次來準備得比上次充分，帶了火摺子，還帶了一大支蠟燭。看見隨安坐在榻上，皺眉道：「妳沒睡啊？沒睡怎麼不點燈？」態度隨意而自然，但口氣令人想破口大罵。

隨安自從在上京衝他發一頓怒火之後，對他的害怕恐懼消散了不少，聞言頓時怒懟道：「有人進來我還能睡得著？」

褚翌本來因為琢磨她為何哭而心煩意亂，聽了她這句生機勃勃的話，頓時笑了。「沒睡好啊！省得我還得叫醒妳。」

隨安呿一聲，轉頭翻了個白眼，站起來穿鞋子。「將軍這麼晚過來是有何事？」

褚翌看見她穿鞋，才想起看她的腳，可惜天氣漸漸變涼，她早就穿上襪子，五隻白兔似的腳趾自然看不到了。

褚翌在心裡哼了哼，突然覺得自己似乎缺個養兔子的小兵……

這一會兒工夫，隨安已經收拾完畢，起身離開睡榻，見褚翌不知神遊何處，也不理他，把帳篷掀開。

褚翌看著那張小小的木榻，有點心不在焉地想，這麼輕薄，上去搖晃兩下估計就散了架。目光再落到略有些凌亂的被子上，心思更是深入——不知上面還有沒有她身上那種好聞的皂角香味，想鑽進去聞一聞。

這麼一想，身下頓時支了起來。

褚翌身形一緊，抿了抿嘴，突然覺得手上一疼，低頭一看，原來是蠟油滴了下來。鬼使神差的，他張嘴就將蠟燭吹滅了，帳篷裡頓時陷入一片黑暗，反倒是外面因為還有篝火燃燒，顯得有些光亮。

隨安皺眉回身，不知他又發什麼瘋，不過她還是警惕地站在門口。

帳篷裡黑了下來，褚翌終於自然多了，退了兩步坐在榻上，然後抱怨。「妳這榻也太矮了，這跟坐地上有什麼區別？」

隨安照舊不理，只是問：「你來有什麼事？」眉目間不見一點客氣。

褚翌的手悄悄將背後的被子抓起來湊到鼻下一聞，頓時舒坦不少。還是她在褚府的時候住處被褥上的香氣，她沒有變。

心思不單純，自然就顧不上生氣，他拍了拍身邊的位置。「過來，我問妳。」

隨安不想過去。「蠟燭怎麼滅了？我找找火摺子。」

「剛才蠟油燙到我的手，被我吹滅了，我真有事要問妳，過來。」褚翌耐心十足。

隨安心想，軍營之中到處都是士兵，褚翌應該不會幹什麼出格的事，就走了過去。

褚翌問：「白天看到信為什麼會哭？」

隨安有些詫異地望了他一眼。看不清他臉上的表情，不過能看到他眸子裡的亮光，心頭有一絲怪異，當然更多的是戒備。

她咬了咬唇，歪過頭看著外面，說道：「是風將沙子吹進了眼睛。」

褚翌不信。「胡說！」聲音裡略帶著一絲煩躁。「妳能不能好好說話？每次總是這麼著，妳糊弄我多少次了！」

他一煩躁，隨安比他還煩，頓時不耐煩道：「跟你說什麼？」嚥下那句「你是我的誰」，她握了握手，恨恨道：「我為何會哭？自然是因為想起我爹才哭的！」

褚翌先是被她的語氣弄得煩躁，繼而心中一疼，目光落在她隱約模糊的容顏上，情緒不受控制地惶恐起來。

他是早就想到她或許會哭，沒想到真的哭了，還把原因說了出來。

她沒說出實話的時候，他煩躁；她說出來了，他卻不知道該怎麼辦了。

要安慰她嗎？當然要，不然他來這裡幹什麼？

一想到此，他立即站了起來，大步走到她面前，伸出手去摟她。

隨安一個側身躲開，一臉游移不定地盯著他，在他再次伸出手時，突然啪地打了他的手一下，正好打在他滴到蠟油的地方。褚翌「嘶」了一聲，剛才紅腫的地方火辣辣地疼。

隨安縮了一下，然後迅速閃到一旁，重新點著了帳篷中原有的蠟燭。

見他的手背上有一片紅腫，她才不好意思起來，垂下了頭。

不把握機會的都是笨蛋，褚翌立即走過去將她攬住，摟在懷裡。她終於沒有「激烈」反抗，但是也沒有回應，只是木然地任由他動作，悶不吭聲。

褚翌想起上次她哭了那麼久，覺得女人哭一哭也是可愛的，譬如現在她這樣，他是心痛又無可奈何，要是她哭了，他還可以哄一哄。

「有一件事，早就想跟妳說了，要不是妳當日不告而別，其實我……那天就要告訴妳的……」褚翌說著也是輕嘆一聲，覺得造化弄人。

他最難受的時候，想過這或許是報應，是冥冥之中自有安排，可他又不想認命，不想這麼放開她。最重要的是，都這麼久了，他也沒喜歡上別的女人；而且自從她那日痛罵自己之後，他的心一直空盪盪的，像被偷走一半似的，只會跳動，卻感覺不到喜怒哀樂。

「我並沒有跟林頌鸞拜堂……」褚翌輕聲嘆了口氣，將自己曾經做過的事說了。「拜堂都沒有拜，自然洞房也是另有其人。我本不願意費事，沒想到末了卻被那個死囚攪了一道，只好暫且留下林頌鸞的性命……」

隨安瞪圓了眼睛，她相信褚翌不屑說謊，可這種事也太荒唐了。「老夫人怎麼肯？」

「拜堂的事，父親、母親跟兄長、嫂嫂們是知道的，不過無人說，之後洞房的事，他們就不清楚了，只有衛甲跟衛乙知道。」

見她仰著頭，身體變得不那麼僵硬了，他才輕拍著她的背。「妳爹的事是我的疏忽，這個仇我一定會讓妳去報，只是報仇歸報仇，林頌鸞肚子裡的孩子……我已經選了幾戶莊戶人家，等生下來就悄悄送走，至於之後妳想怎麼處置林頌鸞，我都沒有意見。她在皇后面前胡說八道，我當初只是不想打草驚蛇，所以才沒有直接弄死她……」

隨安被他的幾句話鬧得腦子裡全是漿糊，扁了扁嘴，怏怏不樂道：「她當初害我爹的時候，怎麼沒想過我爹還有孩子，憑什麼我要殺她，就顧忌她肚子裡的孩子？」

褚翌一噎。不顧忌她的孩子，難不成就不在乎老子的子嗣？乾脆賭氣道：「那妳回去吧，隨便妳！」

隨安琢磨了半天才隱約將問題連貫起來，腦子略清醒了，抓住重點問他。「那死囚怎麼擺你一道了？」

褚翌剛才沒說，現在當然是絕對不肯說了，只「哼」了一聲。「他雖然坑了我，他也沒好到哪裡去。」

隨安見他的彆扭樣就來氣。憑什麼她之前哄他，現在兩個人都拜拜了，還要她哄？於是說什麼都不哄。

「對了，衛甲說之前還有一封信？信呢？」

「在我的住處，難不成妳以為我專程過來一趟，是給妳送信啊？」

「喂，我的信你憑什麼留下？你這是侵犯個人隱私知不知道？」

「侵犯我懂了，但隱私是什麼？」褚翌不恥下問。

隨安用鼻子「哼」了一聲。

褚翌挑眉，也不執意跟她糾結這個，摸了摸下巴，眼珠一轉道：「下次專程打發人來給妳送信還不知道什麼時候呢！再說我事情那麼多，哪裡能夠特意記得妳的信？就算特意記得，每日來回傳遞的書信成山，誰知道放到哪裡了？要不妳跟我回去拿好了。」

隨安怎麼聽都覺得褚翌這是黃鼠狼給雞拜年，沒安好心，裝作沒聽出他話中隱藏的涵義。「那算了，我不看了，等以後有機會再說吧！」

褚翌心裡哼哼兩聲，沒話找話地問：「妳還沒說為何看到宋震雲的信就哭？我要聽實話。」老子以前也不是沒給妳寫信，怎麼不見妳掉淚？

隨安扁嘴不說，把褚翌氣得來回轉圈，幾乎口不擇言。「我就知道他不是個好東西！這麼快就在周薊大城裡勾搭上人，妳看看那兩封信，分明都是同一個娘兒們的筆跡，這才過了多久，先是無事找事地找妳借錢，後面又一下子給妳那麼多錢，無事獻殷勤，哼哼……」

隨安聽他說「一個娘兒們的筆跡」，愣了一下，可下一刻就被他的齷齪想法給氣炸，便不客氣了。「你以為人人都像你那麼壞啊！什麼無事獻殷勤？就不許人家對我好些嗎？給我錢又怎麼了？難不成都像你一樣小裡小氣的才行？」

褚翌被她一頓搶白，氣得頭頂冒黑煙。「妳……老子何時小裡小氣了？老子的錢不都是交給妳管了？老子問妳怎麼花過嗎？」

「那你說過隨便我花嗎？」

「老子都交給妳了，難不成隨便找個人就能交出去？」

「哼！」

「妳還哼，該哼的是我才對！」

隨安斜了他一眼。「那你哼吧，我要休息了，請你出去哼去！」

褚翌火冒三丈。明明自己都已經說明事實，還連夜過來瞧她，卻被她趕出去，真是好心沒好報！

他剛要說「走就走」，忽然想到自己幹麼要聽她的？大步朝她抓了過去。

第九十六章

隔壁帳篷裡，衛甲聽見隨安一聲短暫的尖叫，問衛戌。「隨安又受傷了？」

衛戌搖頭。「沒，估計是將軍在看她上次的傷口好了沒有？」

衛甲點了點頭。「將軍手法是挺粗魯的。你知道嗎，現在傷病處幾乎人人都盼著將軍不要去，尤其是他『親自』給人包紮。」

衛戌敷衍地點了下頭，覺得隨安的叫聲也忒不含蓄了，果然小娘子們在心愛的郎君面前就是矯情。

此時，隨安正被褚翌堵著嘴，頭皮發麻，尖叫聲都被他咬碎了似的。

兩個都不是純情男女，褚翌的長手長腳發揮優勢，輕鬆又容易地圈著她，使得她的瞎撲騰只是堪堪達到「扭動」的程度；而他緊緊地將她壓在榻上，因為雙手雙腳都抽不出空來，所以嘴上就特別用力。

隨安喊他名字。「褚——」被他輕咬舌尖，沒了下文。過了好一會兒，她才又有了機會，要喊他王八蛋，結果只喊了一個「王」就又沒了下文。

親吻能讓人身體變軟嗎？

能，尤其是在女人得知男人身心乾淨的時候。

隨安腦子裡雖然還沒轉過彎來，但心卻暗暗地舉白旗投降了。面對他略顯生澀的霸道熱吻，她的防線很快被摧毀瓦解。抗拒如同秋天的荒草，被褚翌點了一把火，就熊熊燃燒起來，變得手軟腳軟，渾身提不起一絲力氣不說，身體的某些地方也很令人羞恥地，起了不符合「有仇」男女關係的反應……

褚翌比她略好，不過是憋得久了，看上去更凶狠，也是這些紙老虎似的凶狠，掩蓋了他的顫慄。

他的大腿開始微微動彈，趁著她眼中迷茫之際，將她的雙腿分開，而後壓著她胳膊的雙手也開始行動，從她略顯得寬大的衣襟上伸了進去。

在這個間隙，他還有空想——他剛才的看法不對，這個榻還是挺結實的，兩個人在上面這麼久了都沒有散架，就是不知道接下來會怎麼樣？

隨安張著嘴喘息，像被拋到岸上的魚，又像等待澆灌的鮮花。褚翌的手略帶著粗糲之感，像帶著火花似的，沿著她的腰背一點點往上，讓她情不自禁地微微顫慄起來。

褚翌摸到她的肩膀上，想起上次她受的傷，仔細地摸索起來。沒有摸到疤痕，微微放心，然後就看到她扁扁的嘴，還有迷離的眼中含著委屈的淚水，像無力反抗的小動物。

褚翌跟著心中一痛。她就這麼不喜歡自己？一剎那，心被這個念頭刺傷，不僅如此，他更是覺得自尊受到嚴重傷害。

終於，男人的尊嚴戰勝了慾火，他的氣息變得冷淡，抽出手就要起身。

已經沈浸在其中的隨安不明所以，正被他吊著不上不下，難受非常，見狀也怒了，是對他不解風情的生氣。

只是她一把抓住他的衣襬，用力將他拽了回去。

等她的小手摩挲進他的衣裡時，褚翌才後知後覺地發現——自己剛才是搞錯了啊！犯蠢犯得如此及時！

男人的尊嚴再次受到衝擊，當然，這次是被自己的不明所以給氣得。

因為不好意思撓自己，隨安就生氣地撓褚翌。褚翌被她勾得心都顫慄了，氣息逐漸變得熾熱，兩個人呼吸交纏，他的彆扭跟氣悶在不知不覺間，又變成了沈醉不可自拔的情熱。

久久不曾被歡愛滋潤的身體重新被喚醒，可到底還是不夠徹底，最後兩個人一個喘著粗氣，一個蹙著眉，一個艱難地挺進，一個略帶著痛意地容納。

徹底相接的時候，都不由得發出一聲帶著幸福跟興奮的嘆息。

他終於悍然出擊，越戰越勇，而她卻手無寸鐵，起初還能虛軟地對抗一二，後面就徹底敗退下來。他像一團火，不僅自己燃燒，還要將她也點燃起來，她忍不住低聲討饒……

隔壁的帳篷中，衛甲閉上眼打了個盹，醒來迷濛問：「將軍還沒有出來嗎？」

衛戌沒理他。

當然，衛戌不是不好奇，但男女在一塊兒，將軍跟隨安之前還是那種關係，將軍能忍了一次，他很佩服，可要是將軍這次還能忍住，他就要懷疑將軍是不是有問題了？

衛甲摸了摸腦袋，腦袋探出帳篷看了看天色，覺得再不回去就有點晚了。

「我去喊一聲將軍吧！」衛甲自覺責任重大，有及時進諫的責任跟義務，免得將軍忘了時辰，再被人參奏。

衛戌沒有攔住他。

衛甲無功而返，愁眉苦臉地道：「將軍沒理我。」

衛戌打了個哈欠，躺下入睡了。

事實上，褚翌聽到了衛甲的叫喚，但他那時候正賣力，也就顧不上回話。

隨安渾渾噩噩、半夢半醒，只是間隙裡抱怨地嘟囔一句。「你好了沒有？」真是傷人的一句話。褚翌就是不肯起來，最後她也沒轍了，閉上眼，乾脆不去看他在自己身體裡進進出出……

可當他的汗水一滴滴帶著火熱的氣息打在她的皮膚上，還是忍不住隨著他起伏顫抖。

褚翌心中滿意，幾乎不可描述。

經歷今日，他確定了，自己對她有一種認命的喜歡，特別容易受她擺弄；而他，是喜歡且完全地沈淪在這種擺弄之中，一種覺得整個世界都剩下他們兩人，他也不會孤單寂寞的歡喜。

他一出來，隨安立即陷入沈睡。

等她再度醒來，卻發現自己竟然在馬上。

褚翌將她攏住放在身前，她太過疲累，竟然連馬背上的顛簸都沒感受到。

見她醒了，褚翌笑著用下巴蹭了一下她的額頭。「醒了？先忍一忍，還有五十多里我們就到了，時間有些來不及，等到了中軍大帳，妳再睡。」

隨安開口。「我不想去。」

褚翌都將她弄出來了，是絕對不會再將她送回去。吃飽喝足之後，他心情大好，語氣也不再像之前那麼尖酸刻薄，伸出一隻手撫摸了一下她的肩膀，將她往自己懷裡壓了一下，而後道：「不是想去看看頭一封信？我直接帶妳過去，妳自己看。」

隨安咬了咬唇，總覺得他的目的沒那麼單純，可她這會兒也想起之前他說兩封信筆跡相同的事，猶豫之間，只好隨他去了。

饒是褚翌的馬快，到軍營時，天色也已經大亮。褚翌乾脆解開披風將她兜頭蓋住，然後出示衛甲的權杖，進了軍營。

隨安下馬之後，才發現身體痠軟不由自己，差點就摔倒，還是褚翌眼疾手快，將她提抱起來，來牽馬的小兵就聽見將軍開懷的笑聲。

隨安幾乎是被提著進了褚翌的軍帳，一進去，就看到帳篷角落能坐下兩個人的大浴桶。

褚翌嘴角露出笑容，示意她往裡面走。這個軍帳是他的私帳，平日用來沐浴跟睡覺，他注重隱密，睡臥之處還隔著一層厚厚的簾幕。

「我還要議事，妳放心在這裡睡一會兒，等妳醒來，我有好事要告訴妳。」他溫柔地親了親她的額頭，不過大手卻不老實，直接扣在她的胸前，根本不加掩飾地揉搓了一把。

帳篷裡昏暗非常，隨安只覺得臉頰似著火，掙脫開他的懷抱，走到他的床前，撲上去閉上眼。

褚翌笑了一下，出了帳門，叫衛乙過來吩咐道：「看著點，今日不要讓人進去。」

衛乙應下，有點疑惑衛甲怎麼沒跟著回來？難道將軍看衛甲不順眼，半路上殺人滅口了？

褚翌一夜未睡卻神采奕奕，好似吃了仙丹，等議事完畢，已經接近午時，他這才想起隨安早飯還沒吃，也不知餓暈了沒有？想到她嘟嘟囔囔的小模樣，臉上又帶著笑容。

起身出來，走到私帳前面，見衛乙還守著。「去拿午飯跟熱水回來。」

帳篷裡，隨安醒了之後，枯坐無聊，見他帳篷中除了床上尚算整潔，其他案桌都蒙上一層薄灰，就開啟了老媽子模式，主動打掃起來。現在聽到他的聲音，正在收拾打掃的身體一怔，看了看手裡拿著的抹布，瞬間丟開。

褚翌的臉上露出笑容。「走，帶妳去找信。」

中軍大帳是褚翌跟諸位將軍們議事的地方，隨安才進來，就感覺到一種渾厚的莊嚴。褚翌則注意到她的身軀，覺得前面還是束縛一下好，又轉身出來，命人去找紗布。

再回來，就見隨安正跟地上籠子裡的兔子大眼瞪小眼。

隨安起身，看見褚翌手中的紗布，她一撇嘴，上前接了過來，然後左右看看什麼地方能換？

褚翌扶著她的肩膀帶她去後面，倒是沒有繼續造次，不過隨安不用他造次，臉早已紅如朝霞。

衛乙提著飯食進來，正好跟隨安錯開。

等隨安整理好出來，褚翌鬼使神差地朝她胸前掃去。隨安不高興地瞪他一眼，他才笑著收回目光，而後招呼她。「先洗手吃飯。」

隨安想說不餓，但肚子不爭氣，就走了過去。

「怎麼樣？好吃嗎？燒雞要現烤，現在來不及了，晚上讓他們給妳烤一隻。」

褚翌突然這麼客氣，弄得隨安很不習慣，她啃著一顆饃饃，然後道：「中路軍的飯食跟西路軍的差不多，味道都一個樣。」

「那是，兩路軍中管著灶頭的兵可是親兄弟。」

「啊？」隨安呆住。

褚翌笑著點頭。「他們都是老兵了，不說別的，忠心耿耿。妳想啊，要是士兵們的伙食裡被人下了藥，那可真是死得冤枉。」

褚翌看她一口一口地啃著乾糧，再瞧一眼不遠處扒著兔籠子、眼巴巴看著自己的兔子，覺得心中的滿足難以言喻。

不過又想起之前她殺林頌鸞不成，對自己說的那些狠話，又忍不住抬手打了她的腦袋一下。

隨安掀起眼皮看了他一眼，對於他這種神經質行為沒有發表意見，反正打得不疼。

褚翌見她不做聲，心裡舒服不少，覺得往事可以揭過不必再提了。

用過午飯，褚翌指著一個大箱子。「前段時間上京來往的書信都在這裡，妳自己找吧！」

隨安一看，那箱子都能裝下兩個自己了，有些無語地點了點頭。她幹活也是幹得多了，對於這種勞動體力的行為說不上排斥。

褚翌心裡更滿意了，提了個過分的要求。「順便幫我把書信都整理一下，我交給別人也不放心。」

隨安「嗯」了一聲。西路軍中褚琮的書信來往也是她整理的，所以做起事來並不算困難。既然褚家兄弟信任她，她覺得自己得對得起這份信任。

她分信分得很快，但還是弄到了天色將晚。整個下午的勞動教她腰痠背痛，正捏著宋震雲寫給自己的信準備起身，一雙手突然幫她揉捏起腰肢來。

話說衛甲被褚翌扔在西路軍中，直到下午才往回趕，因為褚琮說反正不用著急了，要他幫忙帶幾封家信，從中路軍那邊走急件送往上京。

衛甲好不容易收好信，一路快馬加鞭，結果剛到中軍帳門口，就聽見裡面傳來隨安的聲音。「你輕點，痛死了！」

一向脾氣暴戾的大將軍竟然很好脾氣地問：「那這樣呢？」

衛甲一下子臉紅不已，彷彿被人撞破姦情的人是他一樣。

褚翌在故意敗給肅州軍之後，就像是被人搶了糖果的小孩子一樣，發誓要好好練兵，下一次定要打敗肅州軍。肅州李程樟那邊得知他這種想法，紛紛笑話他，但也知道說不定會讓褚翌反敗為勝，所以兩方最近其實沒有什麼大動作。褚翌的精力除了放在京中，就是治理周邊，以及透過許多肅州過來的人深入了解肅州軍情，因此他的精力有些用不完。

衛甲的誤會也不算誤會，就是隨安不肯而已，她使勁用指甲掐了一下他的手背。「放開啦！」

褚翌到底沒繼續下去，覺得這小娘兒們也是被自己慣壞了，但這種感覺還不賴。自己的女人，發脾氣、提要求都是好的，要是都如從前一般悶著不說，就如傷口結痂下面流膿，那才是糟糕。

隨安拿著信走到光亮處打開。

打開後又是一愣，就像褚翌先前說的，這封信跟後一封分明是同一個人的筆跡。

褚翌也跟了過來。「是個女人的筆跡，哼，我就說那個姓宋的肯定是心懷不軌！」正所謂勾搭成奸、狼狽為奸，都是一男一女。宋震雲遠走他鄉，若是被人知道底細，利用隨安或許是最快的來錢捷徑。

同時，周薊大城裡，身穿薄紗王裙的女王看著面前的男人，再看看男人下面的小帳篷，立即拿起手邊的杯子砸了過去。「好你個姓宋的！竟敢對我心懷不軌！」

宋震雲被一通狠揍。

不過女王的氣力實在有限，不過粉拳幾下，自己先累得氣喘吁吁，正好坐在宋震雲的肚皮上。

嬌軟嫩滑的臀肉就落在腰腹之上，宋震雲再看一眼美貌似神仙的女人，覺得自己離瘋魔不遠了。

他喃喃道：「那妳叫我怎麼辦呢？我說去找她，妳不讓；不去找她，妳又天天哭，我能怎麼辦啊？給隨安託夢嗎？」

「你閉嘴！那是我姑娘，要託夢也是我託，還輪不到你！」女王惡狠狠地擦了擦額頭汗水。

兩個人正說著如往日一般千篇一律的話，就聽見門外傳來一個小心翼翼的聲音。「王，可是雲奴伺候得不妥？長老又送了十個奴婢過來，都是性子柔順又擅長伺候的，您要不要見見？」

女王聽見說十個奴婢，立即驚嚇，尖叫道：「不見、不見！叫他們滾！」

想當初，她以為這裡的奴婢都是丫鬟，等人來了才發現是些爺們，而且一個個看自己的眼神跟看一片五花肉似的！

尚被女王壓在身下的宋震雲，看著身上女人氣得起伏的胸線，悄悄伸手，將自己又再度支起來的兄弟往下壓了壓。

誰知女王坐久覺得累了，乾脆滑下來，也躺到地上；不過地上沒有枕頭，只好將就地把腦袋擱在宋震雲的腰上。

第九十七章

隨安有點慶幸自己把後來收到的那封信放在身上，兩封信拿出來一對比，說不是一個人寫的都沒人相信。

褚翌見她清亮如水的眸子定定地盯著兩封信，心裡先有些忐忑了，大手一下子按在信上，皺眉問她。「妳想幹麼？」

隨安輕喘一口氣，開口道：「我想去周薊大城看看。」

她對於周薊不甚了解，看了輿圖又多方打聽，才知道周薊是本朝的屬國，有一個大城池那麼大，除了上貢本朝之外，本身自成一體，內政獨立，不受其他國家控制。

褚翌立即炸毛，瞪圓了眼睛。「去那裡幹麼？我跟妳講，褚隨安，老子不是不敢打女人，老子只是不打妳！」

隨安也怒了，雙手扠腰，仰著脖子道：「那你打呀！打呀！」娘的，沒看出她心情煩躁嗎？

褚翌頭一次遇到她以暴制暴，而且是潑婦罵街的那種，頓時有種掉進仙人掌叢裡的痛，痛完則是委屈。褚隨安這娘兒們，起初是在乎她爹，爹沒了，宋震雲成了她二爹，兩封信就能勾得她魂不守舍！

本來麼，偶爾來點脾氣還可以說是情趣，可不講理地亂發脾氣，跟家裡養一頭母老虎有什麼區別？褚翌突然覺得自己恐怕以後要夫綱不振了！

可眼前還沒娶進門呢！褚翌忍耐地喘了口粗氣，決定跟她講講道理。「我都為妳守身如玉了，妳就不能體諒體諒我的心情？自己的女人追著別的男人到處跑……」

氣得隨安踮起腳伸手去堵住他的嘴。

褚翌見她主動「投懷送抱」，自然是連忙摟住，兩個人扭在一塊兒。

「將軍！」衛甲掀開帳篷，悶頭進來。

褚翌一個旋身，將隨安全都遮住，可惜衛甲後面還跟了一些將士……

衛甲心裡暗暗叫苦。這下子死定了！

沒過一個時辰，大將軍喜好男風的傳聞不脛而走。

隨安看了一眼面色如土的「大將軍」，很想笑，但是努力忍住了，不過心裡卻不大服氣。「這能怪我嗎？」

而衛甲跪在一灘泥水裡，對一旁監視自己領罰的衛乙哭訴。「這能怪我嗎？」

衛乙摸了一下他的腦袋，示意他閉嘴。將軍都快旱死了，遇到隨安自然是乾柴烈火，自然要怪衛甲的，衛甲明知道將軍跟隨安在裡面，還想得這麼簡單。

這下好了，原本的謠言除了說大將軍無能之外，還要多添加一個好男風。

隨安本想回西路軍，到時候讓衛戌跟自己去一趟周薊大城，可見褚翌進出都是一副黑臉，傲嬌得不理人，只好不情不願地留下，幫著褚翌整理文書。
這日一大早，才吃了完飯，褚翌說要寫信，她便在一旁磨墨。
衛乙在門口通稟說：「將軍，許先生從城裡回來了！」
褚翌頭也不抬道：「叫他進來。」又隨口支使隨安。「去泡茶。」
隨安才直起身，就看見進來的「許先生」。
茶水爐子就在帳篷門口，是以許先生進來也看見了隨安，他神情一怔，然後迅速回神，對著褚翌道：「將軍，大喜！意外之喜！現在城內都傳將軍不僅懦弱怠惰、御軍怠息，還說將軍好男風，肅州軍最近都在調集，眼看咱們的……」他說到這裡，轉頭看了一眼隨安。
褚翌看了他一眼。「繼續說。」
許先生便曉得，這位伺候的小兵也是將軍心腹，於是對著隨安笑笑，而後道：「咱們的大計指日可成！」
隨安則一個勁兒地喘氣。她早就覺得不對勁了，不僅是這位熟悉的許先生，還有衛戌！
褚翌將寫完的信壓在鎮紙下面，看了一眼掀開的帳篷。清晨的涼風微微吹進來，帶著一絲清潤的水氣，又透著一股草香味，他的心情驀地跟著變得清爽起來。
「坐下喝杯茶。」他指了指不遠處的竹椅方桌。
許先生此行收穫頗豐，心情也是好極了，拱手謝過之後就坐了下來。
隨安將茶水擱在他面前，還得了他一句。「多謝。」
隨安生怕自己一開口就將茶水蓋到這位悶棍先生頭上，所以撇了撇嘴，一句不說。本來打算出去，誰知褚翌眼睛餘光看見，立即抬高聲音。「妳幹什麼去？」語氣如同懷疑媳婦要出軌的醋相公。

隨安恨恨地將水壺遞出去，讓門口的衛乙去提水。

也因為褚翌這聲叫喊，許先生這才多打量了幾眼隨安，這一看，立即起身，指著隨安道：「你、你不是……」

隨安衝他惡狠狠地一笑。不惡還好，一惡，許先生立即覺得後腦勺痛了起來！他大聲叫喊。「將軍，這就是打屬下悶棍的人啊！」

褚翌雙眉一挑，極快地反應過來，頓時臉上表情如同吃糖吃多了似的。

隨安也明白過來，頓時覺得自己自作多情，犯蠢及時，不可原諒！

許先生看了看褚翌，再看看隨安。作為一個腦子靈活的幕僚，他很快就想到一個真相——將軍御軍不嚴的傳言當然是假的，可這好男風的傳言……自詡得到真相，了然地笑著對褚翌拱了拱手。

褚翌淡定從容地又跟許先生講了幾句，許先生見他比平日更加和顏悅色，自然是以為自己得知了真相，臨走還特意跟隨安說道：「小兄弟這茶泡得火候正好，可見是頗下了一番工夫在茶道上，難得、難得！」

隨安瞧了一眼杯中還沒有泡散開的茶葉，對於他這種睜眼說瞎話，還說得一臉誠意的行為也是十分佩服。

等許先生一走，褚翌就笑了起來，先是瞅著隨安淺笑，後面見自己越笑她的臉越紅，乾脆放任自己，癱在椅子上哈哈大笑起來。

氣得隨安踢桌子。「很得意是不是?!」

褚翌笑得直咳嗽，好歹還曉得要安撫她的情緒，擺手道：「不是、不是，是知道妳在乎我，我心裡跟吃了蜜似的。」

「哦，原來是吃了蜜啊！您老人家不說，我還以為是捅了馬蜂窩呢！」

褚翌聽見她說「捅」，嘴角又止不住地壞笑，上氣不接下氣地道：「妳要是個、馬蜂窩，我就捅！」

隨安怒吼。「我先蜇死你！」

因為不相信褚翌的人品，所以晚上睡覺時，隨安乾脆不解開束縛。

褚翌是大將軍，自然沒有她那麼自由，忙到半夜才回來，一眼看見她身上的被子滑到腰上，先走過來替她蓋嚴實了。

等洗漱完再回來，睡下後，她倒是主動貼到他懷裡。褚翌攬住她的肩膀，將她身上纏著的紗布一圈圈解開，果然見她睡得更舒服，身體都壓在自己身上，還柔柔地磨蹭了兩下，褚翌剛要笑，又忍不住皺眉呵斥。「知道我是誰嗎？」娘的，千萬別對所有人都這樣啊！

不過隨安睡到下半夜就不老實了，掐著褚翌的脖子哼唧。「我掐死你！」褚翌氣得翻身，將她壓在身下……

等到早上，隨安起來，只覺得某處火辣辣地疼，再一動，發現大姨媽到了，忍不住低聲罵了一句，不幸被褚翌聽見，立即斥道：「褚隨安，我把妳弄來軍中，不是讓妳學那些糙漢子滿口髒話！」

隨安心情正不好，抬頭懟他。「你也一口一個老子，憑什麼你能說、能做，我就不能？」

褚翌腦子一懵，繼而開始思索這個問題。是啊！為什麼呢？

思索無果，他只好道：「以後我不說了，妳也不許說。」他以後只在心裡說。

因為這場小吵，險些將他來的正事給忘了。

「衛戌過來了，你們倆……嗯，再加一個衛乙，去內城住一段時間。」

隨安一邊翻他的中衣，一邊問：「去幹什麼？」讓她散布流言嗎？她一定真情流露！

褚翌見她用牙咬衣服，走過來幫她撕。「弄這個幹麼？」

隨安挪了挪，露出身下的血跡，褚翌的臉瞬間紅得滴血，結巴地問：「我弄的？」

隨安點頭，然後將中衣遞給他。「把它撕成這樣大小。」她揚手抖了抖手中的小布料。

隨安去簾布後換衣服，想起昨天那個悶棍先生說的「大計」，立即意識到褚翌鬆懈了肅州軍心，現在到了要收網的時候。

想到即將到來的大戰，她心裡隱隱生出一種期待。

豈曰無衣？與子同袍。

外面傳來褚翌撕布條的聲音，她在裡面想了想，道：「我不去內城，要不我跟著衛戌回西路軍？」

褚翌撕布條的聲音一停，不高興地道：「西路軍中有妳相好啊？」

隨安不知怎地一下子想起小陳，揚聲道：「西路軍中沒有，中路軍這裡倒是有一個。」

外面忽然沒了聲音，隨安還以為他氣得走了，抱著換下來的衣裳出來，就見他臉上帶著呆呆的笑意坐在那裡傻樂。

隨安反應過來，開始替小陳擔憂，而且覺得自己先去內城，然後再從內城回西路軍也不是不行，她跟褚翌從前不是沒打過交道，迂迴些做事對雙方都好。

再說看見褚翌的傻樣，她覺得自己可能、大概是真的有點對不住他啦！

褚翌見她出來，才把臉上的傻笑收了收，不過兩頰紅暈猶在，手下按著一疊已經撕得整整齊齊的布塊。

隨安的心一瞬間軟成一灘水，汩汩地在身體裡流動。

她坐了過去，決定同他好好講話。「是要打仗了，所以才把我送走啊？」軟萌的聲音盪漾在褚翌耳邊，這種感覺比燕好得到的快樂又有些不同，只覺得這種快樂更甜美、更濃稠。

他情不自禁地微笑，像整個人都陷入熱戀的傻男，拉著她的手，聲音溫柔滴水。「我擔心妳，怕妳受傷；再說我不想妳喝避子湯，可我們在一起這麼多次，沒準兒妳都有了……」

隨安聽他這樣瞎掰，漸漸從炫惑裡清醒過來，不過臉上還是帶著笑。「我當然沒有懷孕，再怎麼也得等不打仗了，才能好好養孩子呀！而且，你就這麼信不過我能保護自己？」

褚翌自然是不願意在這種時候得罪她，聽著就道：「孩子來不來我們身邊，能是妳說了算的？再說，我們家兄弟幾個出生的時候，還不是照舊有戰火？」

隨安蹙眉，不滿意地同他講傻話。「我想孩子有爹娘一同陪著長大嘛！你要把孩子扔給我一個人養啊——」

她說到這裡突然不說了，喃喃道：「我說怎麼說都覺得彆扭，本末倒置了。沒成親，生孩子可不成！」

褚翌將她攏在懷裡。「嗯，我知道妳的心結。妳放心，咱們自然要成親，然後好好在一起的。」

隨安想起在上京養胎的林頌鸞，心裡如鯁在喉，但此刻含情脈脈，她也不想提起打擾兩個人好不容易的平靜，便忍著沒有說。

誰知褚翌卻主動說了起來。「林頌鸞多行不義，我想過了，縱然要死，也不能讓她頂著褚家九夫人的名義，更不能葬在我們家祖墳裡，等孩子生下來送走，我就寫信讓家裡幫著跟她和離。」

褚翌說得有點急，其實是擔心她想起褚秋水。

但說到林頌鸞，隨安怎麼可能不想起父親？可她不願意再在褚翌面前加深這種折磨，眨了眨有些濕潤的眼睛，摟著他的脖子靠了過去。

她這種難得的軟弱，讓褚翌的心像泡在酒缸裡，醉醺醺的，忍不住將她抱緊。

後來，他索性將她抱到自己腿上，兩個人像交頸的鴛鴦，他的手伸到她的背上，一下一下摩挲著她曾經受傷的地方，輕輕地吻她的唇，直到她的眼皮紅了，又去親她的眼睛，一點一點地呢喃，把心裡話低低地向她訴說。

她的眼淚卻再也止不住，像個回想起自己所受委屈的孩子，淚水一顆顆從他的脖頸滾入他衣襟，燙傷了他的心。

褚翌一下一下地撫著她的肩膀，低聲道：「以後都交給我，讓我來。」風雨來我替妳遮，刀箭來我替妳擋，妳只須帶著我的心，讓我來好好愛妳。

褚翌抱著她親了很久，哄了很久，大有天荒地老的樣子，不像從前，兩個人即便在一起，也像互相練習捕獵的幼獸纏鬥，這次只是親密地吻啄著對方，鼻尖碰著鼻尖，臉頰蹭著臉頰，或者輕輕咬一下耳垂，或者含著她的唇用牙齒虛虛地咬。

起初是不帶情慾的，是親密，而非親熱，可親著親著，慢慢變了味道。他的喘息越來越重，手也鑽到她的身前，舌頭更是勾纏著她的，不停地攪動吮吸；不僅如此，他迫不及待想讓她與自己共舞，一同滑入這美妙、快活的秘境當中。

當他的手漸漸往下，隨安剎那清醒，身下略帶著澎湃的熱意提醒她，「大姨媽」還在虎視眈眈地看著呢。

她一頓，褚翌立即感受到她的情緒變化，雖然他很想，想得口乾舌燥、心猿意馬，卻仍舊體貼地停了下來。

隨安頓時有種被呵護的甜蜜。

她不想繼續下去，反正最近這幾天是不成了，乾脆跟他說點別的，轉移他的心思。「你是不是想誘敵深入，然後來個甕中捉鱉啊？」這場面是不是搞得有點大？肅州軍就算是鱉，也是隻厲害的鱉，會咬人的鱉。

褚翌聞言，臉上表情沒變，眼中卻帶著一絲笑意。「不用擔心我。」

隨安立即臉紅了，忍不住啐道：「誰擔心你啦！大言不慚的傢伙。」

褚翌覺得自己賺了便宜，也不使勁招惹她，只做大男人狀居高臨下地交代。「妳好好在內城等我，過段日子我就去接妳。」

隨安不肯，同他商議。「你要是嫌我在這裡礙事，那我還是回去西路軍好了。」

「胡說。」褚翌不滿她曲解自己意思，敲了她額頭一下。「我是怕我照顧不了妳。」

隨安故意哼道：「你怎麼照顧我了？是給我洗衣服了，還是給我泡茶、倒洗腳水了？」

褚翌聽她說洗腳水，腦子不由得又思索起那畫面，心思怎麼也專注不到「正事」上。

隨安見他不說話，瞪他一眼，結果他突然道：「我晚上給妳倒洗腳水。」

隨安呆住，有點理解不了他跳躍的思緒。

褚翌站起來。「妳不願意走，那就留下，反正衛戌也過來了。」

他這麼好說話，隨安雖然面上沒反應，但心裡還是挺高興的。看了一眼自己衣服，覺得沒什麼問題，便道：「那我去見衛戌吧！」

衛戌正在跟衛甲幾個切磋，其實可以說是單方面狠打，衛甲哎喲、哎喲地揉著肩膀哼唧。「這王八蛋下手真不留情，敢揍我，有本事打……哼哼……」

圍觀的人不時響起一陣喝彩。

隨安老遠聽見衛甲嘟囔，想起自己之前跟褚翌做的「好事」，連忙躲回帳篷裡。

第九十八章

衛戌揍完衛乙，幾個軍中身手不錯的人也上前討教，等衛戌那邊散了，隨安才出來找他。

衛戌問：「妳沒事吧？」

隨安把兩封信找出來，一邊示意他看，一邊說道：「對了，你有沒有問問衛甲他們，小陳在什麼地方？還有李成亮，先前說挨了軍棍，不知道傷勢如何了？」

衛戌沒回答，先看了信，看完道：「有什麼不對勁的地方嗎？」

隨安摸了摸腦袋，皺著眉道：「你沒看出來啊？這是一個人寫的。」而且這個人的筆跡跟她爹很像，幾乎一樣！

衛戌道：「是同一個人寫的，那又怎樣？」

隨安搖了搖頭。「我說不上來，總覺得不對勁，想去那邊看看。」

衛戌低頭思索了一陣，抬頭問：「妳打算什麼時候去？」

隨安也發愁，心裡總覺得奇怪，但宋震雲這樣，如果是真有事，直接在信裡寫出來不行嗎？或者不方便說的話，直接跟她說讓她去一趟，這樣她也心中有數啊！現在倒好，寫了兩封不清不楚的信，她摸不著頭腦不說，還不知道該不該去？萬一去了，人家啥事都沒有，她這臉往哪擱啊？

「算了，以後再說，就是去，也不能現在去啊！你我可是有軍籍在冊的。」隨安道。

褚翌若是真準備打場大仗，那麼便一定要勝，於衛戌等人而言，就是建功立業的好機會，這個時候要是她執意去周薊，也太對不住衛戌了。

衛戌點頭，跟她說起褚琮。「我來的時候，將軍的意思是妳還是回去，新安排的文書實在是……」

隨安傻笑，覺得自己被人需要，有用武之處。

衛戌看著她這樣子，突然有點擔心。從前，她給他的印象是聰明能幹，接觸得久了，他卻發現其實她十分簡單，就像一株勁草，無論是荒漠或者海邊，無論是山澗或者田間，總能存活下來，而且茂盛生長，讓人看到旺盛而蓬勃向上的生命力。

衛戌想到這裡，臉上微微淺笑。他的笑意很淺，像細雨落在地上，幾乎沒法使人注意。他邀請隨安。「一起去找衛甲問問。上次衛甲說要把小陳弄回西路軍，若是這樣，我們可以一起走。」

結果小陳不在這邊，他跟著李成亮去了王子瑜所在的後方。

聽說那邊辦得如火如荼，隨安也想去看一看。她興致勃勃，打算收拾點乾糧跟著衛戌一起去找小陳。

衛戌卻突然道：「妳跟他說了嗎？」

隨安奇怪。「啊？哪個『他』？」順著衛戌的方向看向中軍大帳，這才明白過來。

衛戌太自然，她卻無端心虛起來，眼神躲閃。「那個……嗯，要不明天再走！」

衛戌無所謂，其實不去看小陳，他也不會太擔心，只是他願意看著隨安折騰，只要她不再陷於過往的傷痛中。

結果褚翌一直不見人影，好在他已經交代下去，允許她自由出入軍帳。

隨安無聊，翻看他之前叫她整理的那些書信，心想要是他晚上不回來，她就留句話，然後明天一早走，早去早回，說不定能趕上褚翌跟肅州開戰。

她心裡嘀咕著，褚翌趕在晚飯前回來了。

晚飯竟然又有燒雞，隨安一邊啃，一邊小聲抗議。「就不能中午吃嗎？晚上吃太多會長胖的。」

褚翌抬起眼皮打量她。她的嘴唇被雞肉弄得油光閃閃，這並非重點，重點是他糟心地發現，自己竟然沒覺得她這樣醜或是噁心，甚至只要想到她一直在自己身邊，在夜晚能讓他摟在懷裡，便覺得無論何事自己都能忍受。

想到這裡，再看隨安油亮亮的嘴，拿起帕子替她擦嘴。

隨安見他這麼溫柔，看上去挺好說話的樣子，連忙開口。「我想明天跟衛戌去新縣看看。」新縣就是王子瑜安頓肅州流民的地方。

褚翌一聽，心裡立即醋意橫生，不過也知道如果不同意，一定會讓她反感，於是心思轉了轉，打算徐徐圖之。「明天再說這個。」

隨安聞言點了點頭，把雞爪子啃得點滴不剩，見褚翌也吃得差不多，就要起身收拾。

誰知褚翌不讓。「放哪兒不用妳動。」他自己起身將東西胡亂收拾了，拿到外面，跟門口的人吩咐了幾句。

隨安道：「我總得洗洗手吧？」

褚翌沒理她，只道：「坐著不許動。」

隨安看了看自己油亮亮的雙手。「不讓我洗手，難不成要我用舌頭舔乾淨啊？」

褚翌聽見她說用「舌頭舔」，頓時腦子裡又污了。

隨安沒等太久，一會兒，他提著熱水、拿著銅盆走了過來，臉上一片紅暈。

隨安以為他是不好意思了，連忙道：「我說洗腳是說著玩的。」哪裡知道其實褚翌是懷著「不可告人」之目的。

褚翌生怕她繼續說話，敗壞自己情緒，道：「接下來不許妳說話。」

他往盆裡倒了點水，先將她的手洗了，而後把水倒掉，又換了水給她脫鞋。

這下，隨安也覺得臉上熱了。

褚翌低聲咳了咳，垂著眼皮，去褪她的襪子，隨安的頭恨不能埋到銅盆裡。

褚翌的心跳得劇烈，將她的腳按到水盆裡，自己的手伸了進去。

宛如三月春風吹落櫻花，漫天飛舞，隨安隨即一顫，目光隨著他的手落在水盆裡。

褚翌剛要動，隨安一下子抓住了他的手，開口就打破旖旎。「你的手還沒好？」

褚翌的手背上有一片鮮豔如花的紅色，她想起那天他被蠟燭的熱油燙傷了。

褚翌反手將她捉住。「不要緊。」

說話的時候，他抬頭，兩個人的目光撞在一起。

隨安的眼睛像泉水一樣清澈，像星子一樣明亮，褚翌的眼睛則像燃燒的兩團火焰。

他的左手握著她的右腳，右手卻抓著她的左手，兩個人離得很近，近到隨安眼中的泉水都要被他眼中的火焰沸騰了，他們甚至能聞到對方身上的氣味。

這種時刻，太適合用心猿意馬這個詞了，褚翌一點也不想浪費。

可隨安「大姨媽」在旁邊虎視眈眈，這一夜的被翻紅浪注定成空。

不過，隨安也沒多麼好過，褚翌都肯給她洗腳了，她就是再不情願，看見他為自己做到這種地步，心裡也動容，雖然羞臊，但還是發揮友愛之情，先付他些利息。

褚翌吃了醋，蓄意折騰，第二日隨安自然起不來。他自己穿衣疊被，然後對躲在被窩中的隨安道：「反正妳身上也不大舒服呢，等以後抽空我陪妳一起去。」穿好了衣裳，坐在床榻邊作勢要掀開被子。「用不用我給妳換一片？」

隨安伸腿踹他，一動彈就覺得大腿根部痛得厲害，像磨破皮的感覺，忍不住暗罵他皮糙肉厚。

到底沒去成新縣。

褚翌又召集將領做了些安排，等大帳中人散了，他讓衛甲叫了軍醫過來。

手上的瘢痕越來越明顯，本應漸漸好了，可沒想到越來越痛。

軍醫仔細看過之後，皺眉問這傷是如何弄的？褚翌便說是蠟油燙的。

軍醫表示想要看看燙傷他的蠟燭，這種蠟燭算是特供，褚翌便叫了衛甲過來，叫他領著軍醫去拿蠟燭。

之後，衛甲去而復返，稟明軍醫拿走了一根。褚翌心中一動，打算之後就用普通的，那一箱蠟燭先不用。

事實證明，這不算杞人憂天，傍晚不到，他正打發隨安幫自己寫信，軍醫一臉惶恐地過來，稟報說蠟燭中有毒。「此毒名為『南天』，若是被人吸食久了，入肺經，進血脈，就回天乏術了。偏它燃燒起來無色無味，平常根本注意不到。」

隨安本來是坐在一旁的桌前，聞言愕然，再看他的手，眼中也不自覺地帶著擔憂。

褚翌拿起軍醫拿過來的蠟燭放在鼻下聞了聞，只聞到蠟油的味道，隨安也站了起來。

軍醫道：「幸而看將軍的樣子還不像吸入太多，此毒雖然不易解，但若是中毒不深，卻不用管它，只須等過段日子，症狀消失，毒素也就跟著沒有了。」

也就是說，不累積到一定程度，對人是沒有太大傷害的。

隨安看向褚翌的手，現在他的手看不出腫脹了，但顏色還是極為紅豔，像染了胭脂一般。

褚翌開口問軍醫。「手上這紅腫何時會消退？」

軍醫道：「須再過十來日。學生回去配一些外敷祛毒的藥，將軍一日兩次抹了，或許能好得快些。」

他的聲音有些遲疑，聽起來不大自信，褚翌略有不滿，但知道這件事不是軍醫的錯，點頭道：「你退下吧！」

軍醫走了之後，褚翌扯了扯衣領，皺著眉不發一言。

隨安還傻愣著。「誰要害你？」

褚翌已經一拳拍在案桌上。「這蠟燭是皇上賞賜的！」

隨安這才覺出自己對政治鬥爭的認識不足，想了想道：「就算是皇上賞賜的，但蠟燭不是皇上親手製作的啊！你現在可是為了皇上、為了大梁的江山穩固打仗，皇上要殺你不等於自殘嗎？要不把這蠟燭給皇上運回去，直接跟他說，保證一查一個準。」

褚翌冷眼看著她發「直」，過了一會兒發現她竟是認真的，頓時無語地按下她的腦袋，冷冷道：「說妳傻，有時候還聰明；說妳聰明，怎麼有時候又不用腦子？這箱蠟燭送回去，哼，我敢打賭，想害我的人肯定先皇上一步知道，與其到時讓他們想出別的法子來，還不如按下這件事，然後悄悄地查。」

隨安掙扎著從他手下把自己的腦袋搶救出來，氣呼呼地道：「你夠了，你聰明行了吧！」她就是那麼「直」，一瞬間想到的便是把這件事捅到皇上那裡，卻忘了皇上也是一個人，他能依靠的是周圍的太監、大臣，而這些人當中，說不定就有要害褚翌的人。

好吧，她當日覺得自己是「上面沒人」，想靠自己雙手報仇，輪到褚翌，發現他就算「上面有人」，也一樣要靠自己，頓時心裡平衡了。

褚翌一見她的模樣，就知道她又犯蠢了，哼了一聲，出去找軍醫，留下隨安蹙眉想著要從什麼地方下手？

等她想起可以問問軍醫這種叫「南天」的毒的來源，打算順藤摸瓜的時候，褚翌已經問完軍醫，並且拿著塗手的藥回來了。她一開口，自然又是被褚翌一頓奚落。

隨安現在跟褚翌相處，畏懼少了，膽子大了，就回嘴。「你厲害！」一邊說一邊挖藥塗在他手背上。

褚翌的手指修長白皙，手心有幾個繭，但看著還是十分賞心悅目。隨安小小嫉妒了一下，覺得褚翌真有得天獨厚的本錢，小聲嘀咕。「手比臉還白……」所以那天她一下子看到他的手就覺得不對勁。

褚翌見她嘀咕，本想嘲笑她，想起自己這不是打擊政敵，犯不著這麼「實在」，畢竟將她的面子踩成屎，對自己也沒好處，心思如電轉道：「說起來還是多虧了妳，妳真是我的福星。」

這話說得他自己竭力忍著才沒有打寒顫，隨安則沒有他這麼淡定，覺得寒毛都豎起來了；褚翌也覺得自己實在不適合這種含情脈脈的表白，心裡都快吐了。

還是他先低咳一聲，然後轉移話題。「我問了軍醫，南天之毒出自……」剛要說周薊，想起她對周薊的興趣，立即道：「我會命人去查的，妳不用管了。」

隨安卻抬頭看他。「出自哪兒？」

褚翌心想，娘的，這會兒又不好糊弄了，生了個腦子專門來對付老子是吧？

「出自宮中……」

老太爺深知在外帶兵時，朝中無人的苦楚，因此等褚翌帶兵時，花了許多錢收買人心，宮裡宮外、朝上朝下，加上他為將多年攢下的人情，幾乎一股腦兒地投入進去，為得就是替兒子鋪平在朝中的道路。

也因如此，前面雖然投入巨大，可要查出這些事耗費的時間卻不長，褚翌很快就得到了消息——是皇后偷換了御賜之物。

「哦。」隨安點頭。這不廢話嗎？那軍醫看著就不可靠，還不如她自己去查呢！反正如果不能從皇上身邊查，那就追本溯源，從源頭探查，越是稀奇古怪的毒，應該生產的越少才是。

褚翌也有點為難。看著她的傻樣，當然是喜歡她時時留在自己身邊，但又怕一不留神，將她拖入危險當中。新縣在後方倒是安全，可那裡有王子瑜，還不如將她送回西路軍呢！起碼褚琮知道她是他的人，不會讓旁人打歪主意。

算了，還是送走吧，留在這裡，他的心老是亂跳。

「妳收拾收拾，今天就跟衛戌回西路軍吧！」

隨安原本就打算走，可沒想到他突然這麼說，心中登時有些委屈了。不讓她走的是他，現在突然變卦趕她走的也是他，但是教自己開口說想留下？她還沒有那麼厚顏。

她低頭「哦」了一聲，臉上有些發窘不自在，說著就站起來打算往外走。

看她這樣子，褚翌的心都跟著酸了。

兩個人之前挫折這麼多，還不是因為往常都藏著、掖著，不肯說清楚明白？自己的心意自己知道，但要是讓他這麼天天表白，還不如殺了他；可要是不說，讓她誤會他的意思，再胡亂尋思……

他猶豫再三的結果就是不經大腦地說出一句。「算了，妳不想回去，就留下吧！」

可這句飽含無奈跟心疼的話，在隨安聽來卻像是自己臉皮厚，巴著他死皮賴臉似的，她的神情頓時一冷，垂下眼道：「我在那邊都熟悉了，回去方便些。」

褚翌頓時覺得自己好心被她當成了驢肝肺，不，這個女人本來就缺心少肺！

可他不願意在這種時候跟她賭氣，兩個人難得的相處，歡喜的時間都不夠，難不成還要在這裡糾纏這些虛情假意不成？

想到此，他一下子攔住她的去路。「我是怕妳受我連累……妳能在這裡，我還高興不過來呢！」心裡的話一旦說出來，接下來也就不難了，他深吸一口氣。「我知道妳的意思，妳放心，妳既然成了我的人，我自然是真心相待，以後的事自然由我來安排，反正妳只要知道，妳我之間從一開始就沒有旁人；我現在不會喜歡上別人，估計將來也不會，若是變卦，大不了讓妳殺了就是……」瞧瞧她對林頌鸞的那股狠勁，褚翌覺得，自己要是以後真喜歡上旁人，下場也不會好到哪去。

隨安的雙頰如同燒紅的炭。「說得我跟女魔頭似的……要是以後不喜歡了，自然是一拍兩散，哪有那閒工夫殺你？」

褚翌聽她說起一拍兩散那麼乾脆俐落，又是一陣堵心。所以，兩個人在一起，她不說話，他反而更高興。

想到這裡，他就望了一眼她的腹部，然後道：「上次在栗州，我怎麼記得自己有件中衣不見了？」

隨安立即汗顏了。這件事是她不對，但大姨媽要來，她也沒辦法，就跟他混扯。「或許是哪個傾慕你的人偷走了唄……」

「哦，原來如此，我還以為是被耗子啃了呢！」隨安有點不好意思，也就沒反駁，不過臉色終於緩和過來，問：「那你到底是要我走，還是留下啊？」

褚翌握著她的肩膀一使勁，她便跌入他的懷裡，「哎喲」一聲，臉上嬌羞更是掩飾不住。

褚翌心花怒放，瞇著眼道：「自然是留下。好不容易將妳弄到身邊，遠遠看著算什麼？養花嗎？」

他們兄弟幾個，除了他，六哥、七哥、八哥的屋裡都有孕了，他這裡帳篷裡只有個傻蛋。

軍中說枯燥也不算太枯燥，沒有仗打，但還有其他不少事做。兵士們要操練，糧草要計畫，敵情要分析，百姓要安撫，但是對男人來說，還是酣戰一場才痛快淋漓。

第九十九章

褚翌既然決定要讓隨安留下，自然是不能放羊似地讓她待在身後。他自覺自己是一頭惡狼，那麼隨安不能說成一頭惡狼，起碼得是一隻狼狗吧？

褚翌就叫衛戌過來，問他怎麼安排隨安訓練？

隨安只覺得肚皮一緊，膽戰心驚。

衛戌臉上倒是從容，從容得讓隨安汗顏不止，她還是太嫩。

「在西路軍，頭十日，每日負重一石二十里，紮馬步蹲樁一炷香，之後逐漸加倍，也曾隨兵卒一起披雙甲爬山……」老實說，隨安在步兵中竟然不是最差的。

衛戌也是因為這一點更加喜歡她。因為先天體力不一樣，所以她能保持不脫隊，肯定是因為有毅力支撐。

不過褚翌這時候就不講情面了。「這些還不夠，從明日起，按我說的訓練，你來監督，記得，是監督，不是放水。」

衛戌看了一眼隨安，眼中閃過一絲笑意，而後點頭。

晚上，褚翌摟著她，摸了摸她的頭，道：「估計還有不到半個月就有一場硬仗要打，雖然做了很多部署，也假意迷惑了肅州軍，但再怎麼說，肅州多精兵猛將，又英勇善戰，戰場上刀劍無眼，妳體能厲害些，就算沒有別人保護，也能自己護住自己。所以，接下來的日子，妳可要精心些，別把小命輕易送了。」說完又嘆氣。「妳這才是，臨陣磨槍，不快也光……」

隨安不想聽他囉嗦，轉身睡了。明天起，她已經想到衛戌不會放水，但不放水又如何？能有這樣的機會，她心裡沒有懼怕，反而覺得血液在燃燒。

衛戌還是那三樣，體能加技巧，然後再是逃命。

戰場上，不一定非要將人打死才算勝利，這種大梁內部的戰爭，收割人命不是關鍵，平叛才是，否則當初老太爺也不會年年都在外。皇上是天子，自然不可能棄百姓於不顧，叛亂之地的百姓也是皇上的子民，所有壞的都是特別壞的幾個人，百姓是被脅迫的、被逼著的，是可以原諒的。

隨安每日汗流浹背，連續的鍛鍊讓她變黑、變瘦不少，但相比其他人，還是漂亮，臉也小，笑起來能讓看的人頭暈。幸好褚翌的親兵們都知道她是將軍罩著的，有意無意地護著，阻擋了不少人窺伺她的目光。

至於在周薊大城，宋震雲終於知道隨安確切的下落——她刺殺林頌鸞不成，被褚翌送到軍中。

自從得知這個消息，女王就騎在他身上，左右開弓，揍得他一張臉成了豬頭。

當然，女王的臉也沒好多少，嬌媚迷人的臉上全是鼻涕和淚水。

宋震雲感覺喉嚨一陣發緊。他不想把身上這人看成一個女人，可不管是惹火的身材、半露的圓肩還是秀氣的眉尖、粉紅的嘴唇，都教他沒辦法把她當成男人。

宋震雲身痛、心痛，身心俱痛！

他喃喃道：「我去把她換回來。」他好歹是個男人，身強力壯，換個瘦弱、看上去就手無縛雞之力的小兵，將軍們應該不會不允許。

女王哭得紅腫如桃的眼立即使勁瞪他，不僅如此，還用雙手去掐他的脖子。「你是不是想逃跑？是不是想拋下我？」

「那妳說我該怎麼辦？總不能不管孩子。」就算隨安再早熟也是個女娃娃，他想像不出她在軍中要受多少罪？

女王咬牙切齒。「我不管！你要是走，必得帶上我！」

宋震雲想想外面層層包圍的侍衛就不寒而慄。他自己要走都是百般艱難，要是把這些人看重的女王給拐走了，後果簡直不敢想像，萬一到時他既沒有換回隨安，又因為拐帶女王而入罪，得不償失。

宋震雲吃力地抽出被她壓在身下的胳膊，伸手戳了戳自己的臉，已經麻木到沒有感覺。「要是帶上妳，到時候我留在兵營裡，剩下妳們娘兒倆可怎麼辦？」萬一被人拐到山溝裡給那些老鰥夫當老婆啥的，他拚死拚活有什麼意義呢？

女王哭累了，挪動著屁股坐到旁邊的大紅遍地金地毯上，用衣袖胡亂擦了擦臉，又開始小聲哼唧著哭泣。「嗚嗚，我苦命的孩兒啊……都是爹對不住妳……爹是沒臉活著了……」

宋震雲心如死灰。「又來了。」他也沒臉活了。

其實周蓟大城離肅州並不算太遙遠，但即便只隔著幾堵牆，隨安就一定能發現宋震雲處在水深火熱之中嗎？

唉！宋震雲這樣，算不算一碗餿飯引發的悲劇？

隨安在接受訓練之前，還能抽空想一想宋震雲到底怎麼了？在加重的訓練之後，每天都累得像打了一場硬仗，回到帳篷裡，連洗漱都顧不上就睡了。

褚翌天生神勇，在這一方面自然是榨乾她榨得毫無問題，在她睡著之後，給她揉捏肌肉，幫助活血。

當然他不是聖人，做好事不求回報，等隨安的大姨媽徹底走得不留痕跡，親自幫她洗白，然後裡裡外外地吃了好幾遍。

第二日，褚翌神清氣爽地出門，叫了衛戌，打發他去新縣給王子瑜送一份文書。

隨安睡到中午，揉了揉腰，發現自己確實比以前結實了，睡一覺，腰力竟然恢復了八、九成——這算不算更耐磨了？

不過現在天氣寒冷，能在被窩多待一會兒，她還是很願意的。就算有征戰沙場的信心，在連日的疲累訓練之下，也會偶爾生出點懈怠之情。

何況，生命就是為了享受，享受疲累激烈，自然也會享受懈怠懶惰。總之，為自己的發懶找了個藉口，隨安翻了個身趴在被窩裡又睡了過去。

再醒來，發現褚翌正摩挲著她的腰，抬頭見他一臉若有所思，就問：「你想什麼呢？」

「想妳怎麼睡了這麼久？」褚翌微微掀動眼皮，覷了她一眼。本來就跟小籠包差不多大，再繼續這樣趴著睡，豈不是成了煎雞蛋？到時候孩子吃什麼？

隨安以為他嫌棄自己睡得多，立即道：「好累，所以才多睡了一會兒。」

「多累？比訓練還累嗎？」明明幹活的是他，讓她在上面待一會兒，她能黏在身上，扯著動都不動。

褚翌摩挲了兩下，替她揉了一會兒，然後才慢條斯理地開口。「妳這體力還是不行。」

隨安唯恐他繼續給自己加重訓練，連忙抱住他的手開口。「其實我早就醒了，是發懶才又睡了一會兒。」

褚翌確定了，臉上露出一絲壞壞的笑，喝罵道：「當初老子寫功課，妳是怎麼鼓勵我的，嗯？」

隨安只好耍無賴，把有點亂蓬蓬的腦袋塞到他懷裡，像小豬一樣拱來拱去，咿咿啞啞、哼哼唧唧。

褚翌雖然吃飽喝足，但他年輕，消耗得也快，被她這樣拱很快就有了反應，覺得好不容易昨天洗乾淨了，只做一場太浪費，便抬手去解自己的腰帶，順便告訴她一個消息。「肅州軍決定三日後偷襲……」所以再次洗澡只能在三日後了……

當然，這種程度的恩愛對隨安來說，屬於放縱，可對褚翌只能算小試牛刀。

真正的體力活，當然還是在戰場上。

肅州軍決定偷襲，自然不會派很多人，那樣不容易掩藏行跡；但人數太少，除非中路軍全都膿包到不行，所以偷襲一擊之後，還要讓大部隊趕緊過來接應，那樣才能大殺四方。

褚翌決定給他們一個大殺四方的機會。

隨安問他。「你怎麼知道肅州軍要偷襲？」

肅州軍偷襲這種事，當然不會傳得大家都知道，但具體細節，褚翌張了張嘴，突然不想說了。

隨安有點納悶，還以為他是因為軍事機密呢，連忙擺手道：「好了、好了，我不問了，說點別的吧！今天晚上能不能不吃燒雞了？」

褚翌一見這樣子就知道她誤會了，不過，還真不是她想的那樣。其實他也沒想到俘虜李成亮之後，竟然有意外之喜。李成亮比小陳可靠，在新縣待了一段時間後，寫了封信，獻計讓褚翌俘獲了文城裡，李石茂帳下的謀士程光。李石茂是李程樟的弟弟，能被派守文城也算是看重，程光則是李石茂的小舅子，這親上親的關係，自然是程光的價值特別大。

褚翌雖然沒有招降李石茂，但程光是個文人，對李氏自立為王之事本就持不贊同的態度，再有褚翌再三保證，會將李程樟之事奏明朝廷，不會株連九族，程光被他跟李成亮聯手勸服，答應回去之後裡應外合，幫褚翌拿下李石茂。

不過程光也說過，若褚翌是太子一類的人，那他寧願跟著李程樟造反。

褚翌沒開口說程光的事，不過是因為他這次能順利成事，與隨安的獻計、獻策不無關係，說白了，就是面子上抹不開。

但褚翌不是俗人，在他這裡沒有抹不開就不抹的說法，想了想，他還是跟隨安說了，並且道：「妳就是我的福氣。」

這話真是太直白了，直白到隨安都不好意思，雙手摀著發燙的臉，嘿嘿傻笑。

褚翌看著她的傻樣，微微揚起嘴角，眸子裡盡是笑意。

他覺得隨安是一座寶山，但是寶山並不神祕，寶山不知寶，坦然而不遮掩，或許這也是林頌鸞嫉恨隨安的原因之一。

在許多人眼裡，隨安精明能幹，可褚翌知道，她有多麼努力才保存了心中正義跟善良。人無完人，他自覺要是落到隨安的地步，說不定還沒有她這麼努力。

三日的時間並不長。

對褚翌來說，肅州夜襲，時機正好，中路軍忍得太久了。

這一夜，先是肅州奇襲前鋒以為得逞，放了煙火讓大部隊過來追擊，褚翌帶著人邊退邊打，漸漸將人引入布置好的腹地，西路軍跟北路軍則從兩側包抄，終於把大鱉兜到了口袋裡。

當然，戰事並非一夜就定出勝負。

隨安跟著褚翌，一連好幾日不說沒工夫睡覺，連吃飯都是邊走邊吃，或者蹲在路邊、田野溝渠旁邊，飲風餐露的。

戰事既起，可以說褚翌的中路軍壓力最大。

程光給了他消息，讓褚翌在面對肅州軍的時候不會措手不及，還有精力不動聲色地布置了幾處險要。

這邊佯裝戰敗，邊退邊打，剩下的西路軍跟北路軍合圍之後，慢慢地開始割裂後面的肅州大軍，收繳他們的糧草、輜重。

一場大戰足足打了半個月，不是說天天有仗打，而是大部分時間都用在了行軍跟等待作戰機會。這其間，褚翌若是有時間，就會帶著人好好安排，只要對方犯錯或者落入陷阱，他們這邊就撲上去小勝一場；若是沒有時間，乾脆放開手腳，短兵相接，或勝或敗。

隨安起先還跟在他後面，後來見己方傷員越來越多，就主動去幫著給傷員包紮。

等褚翌退到幾十里之外的元城外城，這場仗才算是真正開打。肅州軍要慘烈一些，當然不只是被褚翌打的，最主要的還是沒了糧食。

中路軍的伙食也改成了一日兩頓，食物減少，傷員的待遇更是直線下滑，這時可沒有後世那種受傷應該得到優待的觀念，一般在戰場上，受傷的傷員若是傷得太嚴重，就被直接放棄了。

雖然知道戰爭的殘酷就在此，可隨安看了還是心情難過，猶豫了很久才去見褚翌。

褚翌正坐在城牆的臺階上啃窩窩頭，這種窩窩頭經過風乾，比骨頭還硬，優點是不容易變壞且能果腹，剩下的全是缺點。

隨安過來先讓人通傳，褚翌看了看自己，和在豬圈裡待了三天的差不多，但想她估計有事找自己，就喊她過來。

兩個人四目相對，隨安的臉上黑一塊、白一塊，褚翌的臉倒比她乾淨。「讓衛戍送妳去內城，好好拾掇拾掇，妳這樣子，說妳是個姑娘，誰信啊？」

隨安看了看自己，再看看他。褚翌也算不上好，衣服都爛了，這麼冷的天只穿單衣，而且瘦了很多；他平日飯量不少，本來就算苗條，現在則像竹竿。

隨安想起自己來的目的，心裡略愧疚，露出還算白皙的牙齒衝他一笑，走過去坐在他身邊。「大家都一樣，我拾掇得國色天香，給誰看啊？」

褚翌一下子噴笑出來，咳嗽了好幾下。「國、國色天香？哈，妳怎麼不上天？」

隨安遭他嘲笑，伸手摸了一把他的腰。「你現在腰都要比我還細了。」

褚翌防備地看了她一眼。「褚隨安，妳可別真把自己當成個男人，妳瞧瞧妳的樣子。竟然摸男人腰，怎麼不把我撲倒？」

隨安撇了撇嘴。「我倒是想呢，可那能實現嗎？」

褚翌從上到下地打量她一眼，然後笑得得意地開口。「那倒是，妳要是男人，那也是個假男人，頂多算個太監。」

隨安在心裡把他罵了個半死。

褚翌見她不高興了，連忙低聲咳嗽兩聲。「妳來找我是有什麼事？」他有好幾日都顧不上歇息，也就沒空想她，只不過心裡知道衛戌信得過，她又是在後方，應該不大要緊。

隨安心念一閃。「這場仗，咱們一定會贏對吧？」

「嗯。」褚翌心中升起防備，主要是她的眼神有點邪惡。

隨安一聽他這樣說，一下子靠到他身上。「我有個好主意。你想啊，這仗已經打贏了，你要是再有幾個好名聲，是不是猶如猛虎添翼？到時候，肅州軍說不定拱手而降，你只用你的個人魅力就能將他們折服了。」

褚翌在她靠過來的時候，頓時屏住呼吸，還以為她身上有怪味，沒想到喘了口氣，什麼怪味都沒有；再偷偷瞄看她衣領底下，肌膚還是雪白，瞬間心猿意馬起來，口氣也軟和了，心不在焉地道：「什麼好名聲？」

隨安以為他被自己說服，連忙道：「就是那些傷員們的伙食。他們本來就吃得不多，從一開戰就一日兩餐，現在又砍成了一餐……」

褚翌聽她說起傷員，心神被拉回一點。「他們有意見？」

隨安搖頭。「大家都曉得戰事艱難，只說餓，倒沒有說旁的。」

不過她這話褚翌是不信的。軍中的男人可不是那些扭捏的娘兒們，想到什麼就罵罵咧咧，但是傷員吃得少是慣例，並不是從他這裡才立的規矩的。「現在後方有多少傷兵？」

「重傷的有兩、三百人，輕傷的有四、五百……」

褚翌點了點頭。「我知道了。」將啃剩下的窩窩頭全塞進嘴裡，手在衣裳上擦了擦，然後摸了摸她的臉。

隨安連忙抓他。「不要把我臉上的灰摸勻了！」

褚翌哈哈大笑。他還真是這種打算。

兩個人沒待太久，就有人上來找褚翌，他便叫隨安回去等消息。

第一百章

等隨安走了，褚翌略尋思一番叫了錢糧官過來，吩咐傷兵的伙食還是一日兩頓，而且這兩頓裡要有湯、有麵。

錢糧官還愁著沒錢買糧食呢，頓時皺眉道：「將軍，不是末將不讓大家吃飽，只是這糧草不繼，末將是巧婦難為無米之炊啊！」

褚翌點了點頭道：「戰事這兩日便會結束，兩日總能支應下來吧？要是沒米，就先去內城買一點。」

錢糧官猶豫地點了點頭。這米不好買，一打仗，老百姓就沒法安穩地種田，糧食都不夠自家吃，還怎麼賣？

他的疑慮，褚翌也是知道，不過有些事說多了不行，褚翌便打發錢糧官趕緊去辦這件事。「別教傷員們沒在戰場上犧牲，卻被我們餓死了。」

褚翌說的話並不客氣，但他在這種事上還是很有慈悲之心的。

當初他在華州一戰，用銀子買命，便是後來大獲全勝也曾遭過彈劾，公器私用當然不行，反之私家之物拿為公用，便成了邀買人心。

褚翌早就看得一清二楚，朝廷裡的官員有許多牆頭草，在真正的國家大事前拿不出正經主意，等到事情風平浪靜了，卻又回頭扒拉找事，看上面人的眼色，拿捏有功之臣。

他懶怠跟人分辯這些。依照早幾年的性子，若是有這些事，一早就提劍殺了過去；也是被拘束在府裡，整日裡被那些之乎者也給弄得脾氣平和。當然隨安更是功不可沒，沒有她又吹又哄的，他不可能性子沈靜下來，對那些勾心鬥角能避則避。可沒想到他對林頌鸞的消極對待，卻讓她痛失親人……

經歷過這些事後，他才算吃一塹、長一智，開始謀定而後動，早在很早之前就找了心腹之人去購買糧食。

當然這是隱密為之的，而且他不打算輕輕鬆鬆地拿出來做好事。

元城現在有不少存糧就是他的糧食，這些糧食當初收上來的價格不高，可那時候還沒有打仗，現在已經漲了二、三十倍了。

錢糧官去買糧，他後腳就打發了人給元城的自己人送信，按市價減上兩成賣給錢糧官十日的糧食。

這兩成，便是我的善意，他看著虛空，心裡笑了笑。

仁不帶兵，義不行賈。兵賈之事他都沾染了，這輩子顯然要跟「仁義」失之交臂，不過並不後悔。活著，就是求個痛快，別人能窩囊地活著，他不成。

之後，事情便如他所料，肅州軍糧草斷絕，開始拚死對戰，褚翌這邊自然是仗著人多。

肅州軍勇猛，但一個餓了許久的勇士，能打得過一個天天吃兩頓的書生嗎？何況褚翌的兵比書生們還是好得太多。

不過半日的工夫，戰事結果便已見分曉。

這半日，只有經歷過的人才知道贏得多麼艱難。肅州軍出動幾萬人，打的主意是全殲褚翌帶的中路大軍，而褚翌邊打邊退，也已經退到離地界很遠的地方。

但是這一場戰事打完了，並不代表李程樟就徹底敗了。

褚翌不過下令原地休息一日，打掃了戰場，收繳了俘虜們的兵器，而後又帶著人往肅州方向前進。

在寫請功摺子之前，他先寫了一封信給老太爺，信中詳細地寫下自己的安排部署，並且將中毒的事也一併寫了，末了才說出自己的打算。……這一仗，兒子打算將功勞分給北路軍跟西路軍多些，中路軍的將領們自然也不會少，但兒子就不要這些東西了。兒子越顯得無能，皇后跟太子一派才不會死力逼迫皇上讓兒子去營救太子……想必李程樟接下來也會龜縮城中，肅州城牆堅實，想要攻下又保全太子，何其艱難？待兒子的請功摺子上呈，父親應及早安排人彈劾，就說西路軍功勞最大，而我不過是且敗且退……

皇后的年紀已經很大，且很難再有親生兒女，因此皇后不會停止營救太子。

褚翌放下筆看看自己的手，手上有灼燙感。去周薊的人送了信回來，說南天之毒乃是周薊之秘，尋常人根本接觸不到。

或許，他真的該自己親自去一趟。

「將軍，隨安來了。」外面的衛甲稟報。

「嗯，進來。」褚翌起身，活動了一下肩膀。

隨安才進來就遭他抱怨。「不是老早就叫妳了？怎麼磨蹭那麼久？」

隨安剛從傷兵營出來，雖然戰爭贏了，可看到那麼多人受傷，心裡還是有些沈重，過來看到褚翌才算好些，解釋道：「我在軍醫那邊幫忙，你打發的人一叫，我就立即出來了。」現在有些軍醫知道，她同將軍的關係不一般，見將軍叫她，不等她起身就急忙催促她過來。

褚翌點了點頭，指著水盆道：「洗手吃點東西，吃完幫我寫請功摺子。」說完喊衛甲進來，把自己先寫好的家信給他。「連夜快馬給太尉大人送去。」

衛甲應了聲「是」，檢查了信的封口便收到油紙包裡，轉身出去找褚翌的其他親衛送信去了。

隨安洗完手，換了一盆水讓褚翌洗。她在一旁看見他的手，驚異問道：「軍醫不是說很快就會好嗎？」說著就不避嫌地拉到眼前細看。

褚翌乘機將她擁在懷裡。「沒人照顧，怎麼會好？」

隨安本來有些著急，被他語氣弄得哭笑不得。「藥膏到底有沒有抹？還是抹了不管用？」

褚翌的眼光落在她衣服領子下面，深深吸一口氣，聞到了清新的皂角味道，有些心不在焉地答道：「不管用。」

隨安正研究著那塊紅斑，恨不能在自己頭上安上個探照燈好好地研究，卻沒料到他竟然低下頭在她脖子上親了一下。「洗澡了？我還沒洗。」

隨安被他弄得癢，蹭了他一下笑著道：「別胡鬧，一點都不像大將軍。」

這話褚翌不愛聽。「那妳告訴我大將軍是什麼樣的？是不許人家娶妻生子，還是不許洞房花燭？」明明懷裡的這個怎麼看怎麼普通，偶爾還有些可恨，可他就是管束不住自己的心，褚翌這會兒覺得自己中毒頗深。

隨安卻被他的話說得一愣，身子僵了一下。「她應該生了吧？」

這個「她」自然是指林頌鸞。褚翌斜長的眸子一彎，用手敲了一下她的頭。「妳沈著些，她還沒生呢！再說總得等我跟她和離沒了關係，妳再殺人，否則她死了還得埋在我家祖墳。」

隨安一提起林頌鸞，褚翌剛才生起的那點旖旎也漸漸消退。

他捏著隨安的手，用筷子挾了一口菜餵她，接著說道：「我已經安排了人，等我跟她和離之後，我們倆先在這邊成親，成了親我作為女婿，替岳父報仇也更名正言順了。」

隨安轉頭看著他，半晌突然道：「你真的打算娶我？」

她這麼認真地盯著，褚翌先是臉色一紅，然後帶著點惡聲惡氣地道：「不是真的還能是假的？不是妳整日裡琢磨著嫁給老子嗎？」接下來聲音變低，嘟囔道：「老子的童男之身都給了妳……」

兩個人也算「深入」了解，隨安雖然聽到他說娶自己略有些不好意思，但還是立即高興了，回身摟住他的腰，笑著道：「我是整天琢磨著要怎麼嫁給你！」

果然她這樣說了後，褚翌臉上的笑一下子綻放，咧著嘴高興了很久，而後使勁餵她。

「看妳瘦得，下巴都能當錐子納鞋底了。」

隨安連忙摸了一下。「瘦了當然好，我以前的臉有點圓，看著像包子。」

褚翌罵道：「有妳這樣說自己的嗎？再說包子有什麼不好？有菜有麵的，吃起來方便！」說到吃，看了她一眼，心頭微微悸動。

打仗的時候不想，但是仗打完了，他心裡特別想跟她在一起，想要她。想要，又覺得現在不能要，心裡的痛苦就別提了。他的呼吸漸漸變粗，手捏著她的手心，若有還無地摩挲；還有身體的反應，都顯示出他的掙扎。

他有點後悔，應該在當時林頌鸞不要臉地求皇后賜婚時，就弄死她。

但是事情已經發生，就像他很後悔，可褚秋水也回不來了一樣，他只有竭力周旋，讓隨安跟著自己再不受委屈就好。

「吃飯，吃點肉。」身體的想望無法滿足，他便努力轉移心思，挾了一筷子五花肉給她，一邊道：「難得有頓肉，看我對妳多好。」

說完見隨安竟然把那片五花肉放到一邊，立即不高興了。「怎麼了？」

「不想吃肥肉。」隨安摸了一把自己的臉。當然還是瘦的好。

「得瑟！」褚翌一邊說著，一邊把肉挾起來，自己咬了肥肉，剩下的瘦肉放到她的碗裡。「吃吧！」

隨安一怔，張了張嘴，拿起筷子把剩下的瘦肉塞到了嘴裡，一碟子五花肉便是如此分吃完。

隨安悶聲不響地吃完了飯，就去親他。

褚翌肚子裡的肥肉彷彿都成了蜂蜜，先親了一陣才嘀咕著抱怨。「嘴上都是油！」可說完，他又緊緊地巴住她親了過去。

他也有掙扎過——他輕輕地推了她一下，在她剛撲上來的時候，但那一下的力道連門都推不動，隨安便更加用力地圈住他的腰，彷彿他會跑了似的。

兩個人難分難捨，褚翌心裡既得意又鬱悶。

等隨安停下靠在他懷裡喘息，他想起當日她說的那些狠話，委屈道：「不嫌我是未娶之身了？」

「不嫌了。再說，就算嫌，那也要看對什麼人。林頌鸞又不是好人，我幹麼委屈自己。」隨安說著就笑了起來，終於覺得痛快不少。

褚翌聽見她這麼說，眼底終於浮上笑意。「妳知道就好，我是我，她是她，妳若是以後再把我跟她扯到一塊兒，我可不依。」

隨安「嗯」了一聲，繼續道：「你是我的，以後誰想要你，我都不會退讓，活著要跟你蓋一床棉被，死了也要埋一個坑！」

褚翌忍無可忍噗地一聲，使勁打了她的屁股一下。「那叫生同衾、死同穴，嫌我不唸書，妳又好到哪裡了？」

隨安格格笑著，摟著他的脖子。褚翌蜻蜓點水地試探，見她真的不掙扎反抗，立即加重力道含住她的唇，大手在她後面緊緊地鎖著她的脖子，舌尖探入她的口裡……

待褚翌一停，她立即撲了上去，捧著他的臉吻得比他還凶猛。

褚翌氣息不穩地將她抱了起來。這邊的帳篷是才搭起來的，還有些漏風，他將她抱到後面，兩個人躲在狹小的內帳裡，厚重的帳篷遮擋了大部分光線，隨安這才大著膽子去看他的臉。

褚翌英挺的五官已經染上旖旎的風情，發自內心的愉悅跟歡喜，讓他有些迫不及待地撕扯著她的衣裳，嘴裡也說著一些在軍中聽來的粗話。

隨安被他弄得臉頰通紅，軟軟的兩團紅讓褚翌簡直像著了魔一樣地喜歡，一邊吞噬，一邊說：「日夜都想，有時候閉上眼，也是它們……」

隨安捣著臉。「別說了。」她身不由己地被他帶著發熱，明明已經訓練得很結實的身體在他懷裡卻綿軟成一團，彷彿他怎麼揉捏都成。

不到最後，她就受不住了，一個勁兒地哼唧，說他最喜歡的那些話，嬌嫩的身體都成了他喜歡的顏色。

她的聲音如被蜜糖浸泡過的李子，酸甜的滋味教人癡迷。褚翌心裡歡喜，可也知道她有多麼狡猾，明明是她受不住了，卻還想讓他也趕緊完事。

等褚翌徹底盡了興致，抱著隨安坐在椅子上時，衛甲安排的送信人已經跑出兩百里遠。

等請功的摺子及為陣亡將士請封的摺子送進京，老太爺安排的人立即在朝會上彈劾褚翌。

此時，天色將白未白，文武百官有的還偷偷打了個哈欠，皇后安排的人還沒有開始哭訴尚被俘虜的太子，老太爺這邊先發制人，說褚翌治軍不力，此次僥倖勝利，其實是西路軍跟北路軍百里馳援、力挽狂瀾。

別看老太爺是個大老粗，但他特別敬重文人，一向對那些親善自己的文臣施行「明著不來往，暗地裡塞大錢」的原則，現在找出來進行彈劾的這個，就是御史臺裡口才頗佳的年輕御史。

只見這御史把褚翌行軍的日期一點點排開，細細分析，從戰略安排到地理形勢，經過他的嘴皮子一說出來，連老太爺聽了都覺得兒子是真的沒啥功勞，而且褚翌的位置就算讓個完全不懂兵事的人來坐，情形都不一定比他更壞。

皇后安排好、準備哭訴太子的人完全不知道該怎麼辦了？說褚翌不行，說誰做這個大將軍都不會比褚翌更差，那太子呢？兵敗不說還被俘虜的太子算什麼？

褚翌這樣的都不行，那太子是不是乾脆不用救了？

散朝後，皇后很快聽說此事，她想了想，決定用封賞有功之臣的名義叫林頌鸞進宮。

林頌鸞的肚子已經很大，已經遮掩不住。

進了宮，她才跪下，就聽見上首的皇后含笑的聲音。「這都快有兩個月不曾進宮了吧？本宮還怪想妳的。快點，妳還傻站著幹什麼，還不把鸞兒扶起來？」

林頌鸞嘴角含著笑意謝恩，心裡還在想，不知道誰在皇后這裡？突然一隻冰涼的手碰到自己的胳膊，她有些奇怪地抬頭。

這一看，幾乎嚇去了半條命。

穩穩當當地扶著自己的是個熟人——她的親姨母，李貴嬪。

李貴嬪目光看著皇后。「娘娘事多，記得不準。臣妾記得她上次來還不怎麼顯懷，這才四十九天不見，一下子就像吹起來似的……可憐我的小外甥，爹爹在外面征戰沙場，爺兒倆不知道什麼時候才能見面？」說完，含笑地看著林頌鸞，目光裡盡是慈愛。

然而這份慈愛落在林頌鸞的眼裡，卻像看見一條五彩斑斕的毒蛇，她一下子將胳膊從李貴嬪的手裡抽了回來。

李貴嬪卻不露聲色，只笑著對皇后娘娘道：「這孩子快生了，臣妾斗膽，搬張凳子給外甥女坐，還望娘娘恕罪。」

皇后笑。「說得好像本宮是那不通人情的，妳呀，這嘴皮子比劉貴妃還厲害，難怪她跟妳處不來。」

李貴嬪格格地笑。「臣妾沒福氣，現在才曉得，福氣都到了娘娘這兒，臣妾只好來娘娘這兒沾一點。不知娘娘身邊還缺不缺捏肩捶腿的丫鬟，或者外面摘花養草的活兒，人手夠不夠？」

皇后娘娘笑得用帕子掩著唇角，眼角用餘光打量林頌鸞的神色，見她分外不自在，就打發走李貴嬪。「行了，讓本宮好好跟鸞兒親近親近，妳呀先回去，等過了午，本宮再把她送到妳那邊。」

李貴嬪忙道：「那怎麼成，還是臣妾過來。她現在不是一個人了，怎麼教她為了臣妾來回跑動奔波？」說著就很有眼色地告退了。

第一百零一章

等宮裡只剩下皇后跟林頌鸞，林頌鸞咬了咬牙，跪了下去。「請娘娘救臣婦一命！」

「本宮怎麼救妳？本宮的兒子還在肅州，本宮在這宮裡吃不好、睡不著的，還盼著有人救太子跟本宮一命呢！妳給本宮說說，人手本宮給了，妳要的東西本宮也給了，結果妳回報本宮的呢？」皇后雖然愛聽奉承，可真到了這種時候，奉承是能救回太子，還是能保住太子的皇位？

「妳知道嗎，皇上現在讓三皇子、四皇子都進了上書房唸書，聽說皇上還親自督促！妳知道這意味著什麼嗎？」說到最後，皇后臉上已經是一片厲色。

林頌鸞渾身一顫，身子跪在地上，搖搖欲墜，哀哀道：「娘娘，太子救不回來，臣婦能得什麼好？臣婦也難逃一死。」

皇后一笑。「妳知道就行。」

林頌鸞慌忙道：「娘娘，褚翌現在這樣，不管怎麼說，肅州軍是敗了，褚翌已經用不到了，此時若是換了旁人領兵，譬如承恩公，譬如運昌侯，收復肅州也不過是時日的問題。臣婦雖然捨不得褚翌，可為了皇后娘娘，為了太子殿下安然返還，臣婦寧願再次成為寡婦，只要臣婦好好養大這個孩子，也算對得起他對臣婦的一片癡心了。」

皇后遲疑，眼睛帶著疑問地道：「褚翌再無能，那也是褚太尉的嫡子，本宮一直懷疑，妳會捨得殺了他？他可不是劉家門裡出來的那些窩囊廢……」

林頌鸞的眼中閃過一抹怨毒，聲音悲戚。「臣婦何嘗想？只是他到如此地步還不知死活，不肯效忠娘娘跟太子，性子又倨傲，臣婦一介婦人，除了見了面勸說幾句，現在都幾個月不知音訊，哪裡能夠勸服得了他？」

皇后心裡舒了一口氣。褚翌不管是勝利還是失敗，不管是無能還是有才，總算是消耗了肅州軍的主力，現在朝廷的彈劾也不是沒有道理，畢竟有太子兵敗失勢在前，大臣們肯定希望褚翌能勇往直前，直接拿下肅州。結果褚翌退了那麼遠，才勉強藉著其他兩路兵力圍了肅州軍……這簡直就是勝之不武。

周薊大城的王宮居處，燈火亮得如同白晝。

宋震雲伸長了脖子，看著幾乎趴在大梁肅州一戰陣亡將士名單上的女人，急急地問：「找到了嗎？」

說完就挨了一巴掌，一巴掌之後，女王猶嫌不夠，抬腳踹他肩窩。「怎麼，你盼著我姑娘死了啊？」

宋震雲捧著她的腳，又怕她摔倒，又急她誤會自己，連忙解釋道：「我怎麼會這樣想？要是我真的這樣，教我五雷轟頂不得好死……」其實現在也有些生不如死了。

每日不管是睜眼、閉眼，眼前都是一個玉人一般的美人，漫說他是個知道人事的鰥夫，就是個愣頭青也受不住這等刺激；偏偏美人壓根兒沒覺得跟他在一處有什麼不妥當，不是雙眼看累贅似地看著自己胸前，就是解開褲頭想站著解手。

就這樣也還罷了，偏她又常常跟自己貼近了，搧巴掌、踹胸膛，手腳並用，衣領風光旖旎無限，真如同進了桃花源，惹得宋震雲一個勁兒地嚥口水，卻著實不敢有所行動。

當然，他不敢行動，可他身下的卻沒有那麼乖覺。見她垂首伸出蔥白玉指，一個個指著紙上的那些名字，慢慢往下滑，宋震雲突然羨慕起那些個名字來，恨不能自己也變成一張紙，或者一個名字，被她用手指這樣溫柔而仔細地撫觸……

女王一邊找名字，一邊沒好生氣地訓斥。「別跟我說那些沒用的玩意兒，要是發誓管用，我先發個誓把自己用五雷轟回去。」

宋震雲雖然心猿意馬，但是腦子還是很好使，聞言小心翼翼地道：「妳之前的身體在棺材裡已經待了快一年了……」爛得差不多了，真的還想要啊？

女王立即惡聲惡氣，一拍桌子，轉身去抓他的衣領，惡狠狠地道：「老子沒嫌你，你敢嫌老子?!」

宋震雲心道：怎麼沒嫌我？天天嫌我，嫌我還不讓我滾。

可他只敢在心裡腹誹，面上還是一臉的老實。「沒有，我怎麼敢？」又小心翼翼地扶著女王的腰，拉開兩個人之間的距離，免得自己不小心戳到她，又要挨揍。

而且這個話題實在不安全，他深吸幾口氣。「我看那個大將軍好像算通人情，說不定能對隨安照顧一二呢！要不，咱們再寫一封信去吧？」

女王咬著一側的嘴唇沈思，半晌突然道：「你說得對，這次再寫信，就說你被關到大牢裡，即將擇日問斬，請她來替你收屍。」

「妳對我真好……」

女王撩起裙子一屁股坐在他身邊，笑著道：「知道你不樂意，又不是真的，再說你瞧瞧你現在出去，他們對你畢恭畢敬的，這也算是一人之下、萬人之上了吧？」

宋震雲心裡憋屈，暗想那些人對自己好，還不是因為自己能哄她？她倒好，對旁人只是疾言厲色，對自己可是手腳並用，自己的臉都腫成了豬頭，外面的人能不對自己畢恭畢敬？

女王沒有計較他的內心想法，磨了磨牙齒道：「行，就這麼辦。」

宋震雲生無可戀。「那妳把我關牢裡好了，要是她來了此地，一打聽我其實在妳的宮裡，說不定以為我騙她……」

「你想得美！嗯，我找個人扮成你去蹲大牢好了，你給我老老實實待在這裡！」

好吧，宋震雲的臉上是想笑又不敢笑。說悲傷吧，也談不上悲傷，只能用兩個字形容——糾結。

他的內心深處究竟有沒有真正想過離開她，或者說是「他」？

應該，不，當然是沒有。

從他那日站在門口，高傲中帶著一點點憐憫地對他說道：「進來吃點東西吧！」他就動了心。那時候，他的心動是感激，是歡喜，是覺得自己跌倒在地，有人伸手來拉的那種感動。

對於林頌鸞的種種算計，隨安想過，但對於來自周薊大城的思念，她是半點都不知情。不過就算她曉得宋震雲惦記自己，她也顧不上，因為褚翌休整之後，為了肅清肅州主城周邊，開始做準備。

在此之前，他們一行人輕車簡從地去了王子瑜所在的新縣。

褚翌這次行兵特意避開新縣，但肅州軍太多，也不確定新縣是否受到潰敗後的散兵游勇的衝擊？所以褚翌在擬定兵事策略後，主動提出跟隨安等人悄悄去瞧瞧新縣的情況。

然而，這並不是他此行的唯一目的。

他私心裡還是想就近觀察王子瑜見到隨安之後的表現，至於隨安，哼，若是表現不好，那就回來修理一頓，包准乖巧。

可是到了新縣，沒見著王子瑜，褚隨安倒是給了他意外之喜。

褚翌睇著眼，看著把隨安拉到一旁的陳姓刺客，聽他問：「妳怎麼跟大將軍在一起？」

隨安只道：「嗯，我看上他了，打算嫁給他。」

「噗，妳別饑不擇食、自不量力行不行？」

隨安不高興了，雙手抱胸，斜著眼剜他。「到底是饑不擇食還是自不量力，你給我說清楚！」這兩個詞是相反的意思好不好？前者是她不挑揀，暗示褚翌配不上她；後者則是她高估自己，暗示自己配不上褚翌。

小陳跺腳。「都什麼時候，妳還跟我計較這些沒用的！我問妳，妳是不是打算……嗯？」

「說清楚，打算什麼啊？」

小陳看了一眼褚翌，又拉著隨安多走了兩步，這才小聲開口。「我又不是完全拒絕妳，妳幹麼這麼想不開？妳是不是想跟他借種？」

隨安深深提起一口氣，扠腰對著他大吼。「你才借種！你腦袋裡整天塞著些什麼東西？魚卵嗎?!」

褚翌豎著耳朵，只聽到了一句「我又不是完全拒絕你」，臉色一下子陰森起來。

隨安恨不能有把鐵扇公主的芭蕉扇，把小陳這夯貨搧出十萬八千里。

畢竟相處久了，褚翌雖然表情未有深刻變化，但是隨安還是感覺到他在生氣。所以吼完小陳之後，她就乖乖地走回褚翌身邊，剛要開口解釋幾句，就看見得到消息的王子瑜跟李成亮騎馬過來，只好悻悻地閉上嘴。

一番廝見之後，王子瑜請褚翌等人到自己落腳的地方。

吃罷午飯，褚翌藉口喝得有點多，想歇息一下，到了後面，屋裡就留下王子瑜和隨安幾個。

王子瑜見褚翌不像高興的樣子，隨安也不大開心，還以為他們兩人是互看不順眼，就悄聲問隨安。「妳不是一直在西路軍中，怎麼過來了？還跟著九表兄？」

隨安不知道說什麼好。王子瑜雖然對自己表白過，但當自己拒絕之後，見面也是溫文爾雅，可以說他的修養比褚翌好太多，但教她對王子瑜把兩人的關係說清楚，她也開不了口。

她垂下頭，正發愁怎麼才能把話說圓了，就聽王子瑜突然道：「是不是他怕妳回去找林氏報仇？」

隨安愣然抬頭，剛要說正是如此，眼角看見內室閃過一片熟悉的衣角，她的大腦就不假思索地道：「不是的，大將軍是好人，他不是包庇林頌鸞，而是林頌鸞肚子裡的孩子是無辜的，所以希望我晚點報仇。我之所以跟著大將軍，是因為、因為……我，」她垂下頭，喃喃地道：「我願意跟著他……」

王子瑜的臉上先是吃驚，而後了然，最後挫敗，張了張嘴，卻什麼也沒說。

隨安被迫表白內心，神情也有點扭捏，但再扭捏，她也沒想到褚翌竟然偷聽。

過了一會兒，王子瑜才算恢復正常，笑著道：「我說呢！從前以為九表兄不近女色，祖母老說他開竅晚……若是他，我自然心服口服。」

隨安心裡還有點不自在，但不自在再多，也沒有褚翌帶來的危險多。她抬頭，抿唇笑道：「表少爺別開玩笑了，隨安何德何能，能得您照拂一二已經是前世修來的福氣。」

王子瑜卻突然問：「那九表兄呢？」他是她前世修來的福分，那九表兄是什麼？

隨安一愣，旋即明白過來，略一沈吟道：「他對我來說，就像餓了很久的人，花光身上所有的積蓄，在酒樓裡點了一道從來沒吃過的大菜。上來的菜無論是酸甜還是苦辣，即便辣哭了也要哭著將它吃完。」她面對的便是這樣的褚翌，再無其他選擇。

王子瑜一下子笑了出來。

他明白了，九表兄對隨安來說，是能夠維持生命的糧食。

而他，對她來說，可能是和煦的春風，是夏日的荷花，是秋天的湖水，是冬天的冰雪，唯獨不是她的菜……

對話進行到這裡，再說下去也沒意義，他笑著道：「我出去看看，妳在這裡等九表兄醒來，再一塊兒出來吧！」

隨安說開了之後，心底最後一絲不自在被風吹散，她含笑起身送他。「表少爺慢走。」

王子瑜笑著搖頭。「唉，多少年，都是表少爺，這稱呼是改不了了。」說著走了出去。

隨安等他一走，立即站起來往內室走，正好跟佯裝睡醒出來的褚翌撞了個正著。

她臉上表情本來極有氣勢，他則還裝著惺忪，可就在碰面的一瞬間，她氣勢全無，他則火氣一下子上湧，咬牙切齒。「妳行！」

隨安自己敗下陣來，才想起他之前偷聽的事，頓時沒什麼好臉色地道：「一般。」

見她毫不知道悔改，褚翌心裡恨不能把她按在手下壓成肉餅，恨聲道：「妳給我進來！」

隨安抬頭。「我本來就打算進去。」卻忘了自己進去是準備幹麼？

這間內室只有一張臥榻，連個座位都沒有，隨安進去，見鋪蓋都是整整齊齊，可見褚翌根本沒睡過，就直接坐在榻上。

褚翌則氣得在屋裡轉圈，轉到頭有點暈了，才惡狠狠地站到她面前。「給我仔細地一點一點說清楚，是什麼時候的事？」

隨安聽他的口氣，火氣也跟著上來，一拍床榻。「說什麼？我們又沒有拜天地，沒有入洞房，表少爺也沒懷孕，林頌鸞她爹還好好地活著！」

褚翌一噎，站了半天突然道：「中午妳怎麼吃得那麼少？是不是我們喝酒醺到妳了？」

隨安從鼻子裡哼笑，煩躁道：「你快問吧，還有什麼想問的一塊兒問清楚。」

褚翌提著的心漸漸落下，哼哼道：「以後慢慢問，我現在頭暈，妳給我揉揉。」

「揉哪兒？」

褚翌一陣沈默。

隨安的臉也有點紅。真是，熱戀就是這般不好，隨時隨地，想污就污了。

王家知道王子瑜主持新縣事務之後，一口氣派了許多幕僚來幫他，因此新縣各項工作都安排得井井有條。

王子瑜也不自吹自擂，笑著道：「雖然我有決策權，但是選擇的範圍卻不大，總歸不是這樣、就是那樣，大夥兒總能想到最好的法子來解決問題。」下面的人把事情做得差不多，他的活兒就輕鬆了。

褚翌對新縣還是很滿意的，又跟王子瑜商量了些跟賦稅有關的事情，答應寫摺子，趁著現在得勝的勢頭沒有過去，替新縣多討要些好處。

而後，李成亮單獨求見褚翌，隨安則乘機跟小陳說話去了。

小陳就道：「妳真的跟……」

隨安死豬不怕滾水燙，臉不紅、氣不喘。「嗯，我看上他了，不行嗎？」

小陳聞言沈思，過了一會兒，突然嘿笑。「那以後我豈不是成了大將軍的大舅兄？」

隨安目光灼灼。「你先改姓才行！」

隨安這頭剛鎮壓了小陳，晚上趕路宿在野外的時候，褚翌就找她算帳了。

「這個姓陳的，妳當時跟他打的什麼主意？」

「誰打他主意了，你不要亂給我戴帽子。是衛戌讓我跟他比武打賭，結果他輸了，我說讓他改姓，要他過繼給我爹。」說完白了褚翌一眼。

本以為聽到她說褚秋水，褚翌會內疚，沒想到他壓根兒不當回事地道：「這麼麻煩幹什麼，妳將來生了不是一樣？」反正都姓褚，將來孩子都不用改姓。

隨安心頭一顫，以為自己聽錯了，或者自己根本會錯了意，可她又還是忍不住想確認一下，便小心地看著褚翌。

褚翌似看出她的想法，眼角帶出笑意，伸手捏了下她的臉。「別看了，就是妳想的那個意思。」

隨安望著他，忽然覺得千言萬語不能表達，便那樣呆呆地仰著臉，傻傻的、眼睛酸酸的，想笑卻又同時想哭。

褚翌看到她這種傻樣，心中多少嫉妒惱恨也都沒有了，伸手扣著她的後腦勺，讓她靠在自己胸口，無奈地嘆道：「想哭就哭吧，最近跟個哭包似的。」

第一百零二章

感動來得快，去得也快，她很快便恢復情緒，正色問：「要是我不跟你一個姓呢？我若是姓王、姓李或者姓宋呢？你也肯讓孩子跟我姓嗎？」

褚翌心道，女人就是愛犯傻，他的答案難道能左右事實麼？難不成她就不姓褚了？不過女人麼，就是愛聽好話。

「自然，孩子是妳辛辛苦苦生下來的，跟著妳姓又怎麼了？他將來要是敢不孝順妳，我一定打他！」

等隨安睡了，褚翌還坐在帳篷外面，望著天上的月亮。本來是秋後算帳，怎麼成了秋後表白？

不過他心裡不覺得彆扭難受，相反地，見到她的笑容，他亦非常開心。這種感受跟戰場上打了勝仗的感覺不盡相同，打了勝仗是男子氣概的湧現，而讓隨安開心則是甜蜜，像花香的芬芳，像茶的清香。

隨安睡得迷迷糊糊，後肩卻漸漸有些發癢，一股熟悉的溫暖氣息縈繞不去。她臉上帶著笑，轉身伸手，而後聽到身上的呼吸聲更加急促，她的手不知何時，落在他的腰上……

寂靜深夜，一絲蟲鳴也無，篝火漸漸燃燒殆盡，只有帳篷裡，深深淺淺的呼吸，帶著壓抑，有些痛，更多的是歡喜。

她在半夢半醒浮沈間，聽到他喚自己的名字，便低低地應了一聲，而後聽到他嘆息道：

「咱們成親後趕緊生個孩子吧！」

然後不待她回答，他便驟然動作起來，像深夜大海裡的颶風包裹著飄蕩不定的小船……海水翻湧，船兒飄搖，雨打芭蕉，舌品櫻桃。

第二日，隨安又是在馬車上醒來，總覺得裡面的衣裳不舒服，偷偷扯開一看，果真是穿反了。

大勝之後，褚翌等人終於有了屋子住。天氣滴水成冰，士卒們的訓練也改成上午一個半時辰，下午一個半時辰。

隨安雙手呵氣，問褚翌在新縣的時候，李成亮跟他說什麼？

褚翌對她招手，帶她到沙盤前面，指著竿城之處，道：「前日竿城令跟守將已舉城降了朝廷，北路軍的壓力驟降。李程樟得知竿城投降，急急將東邊守軍跟親兵們都調回南線，是防著中路大軍壓境呢！不過也由此可知，他定然是恐慌了。李成亮跟我說的，是取肅州的關鍵——李遊息，此人乃是李程樟的心腹，想抓他雖不容易，卻也不是不能。」

隨安點了點頭。「以前從未聽說過此人啊！」

「嗯，李程樟雖然重用他，卻同時防著他。哼，此等小人注定成不了大事，我定然要親手報當日一箭之仇！」

隨安吃了一驚，繼而失聲道：「難不成他就是當日……」想當日，褚翌挨了一箭，她的命運也因此而改變。

褚翌「嗯」了一聲。「聽李成亮的意思，十之八九是他了，不過此人也不是全無弱點，想要抓住他，我已經有了主意。」

「你不會是想抓住他，然後親自把他射成刺蝟吧？」

「當然不。當日他射我，算是各為其主，我受傷的事自然要算到李程樟頭上。」

隨安受教地點了點頭，又忙問：「你有什麼主意能把這個李遊息抓住？對了，你發現了沒有，李程樟用人彷彿特別喜歡用姓李的。」

褚翌用鼻子輕哼。「這有什麼，我爹用人也特別喜歡用姓褚的。」

好吧！「你還沒說什麼主意呢！」

「一個女孩子知道那麼多幹什麼？」褚翌不高興地看她。

「我知道了，你這麼說就代表那主意不是正經主意，哈哈！」

「妳知道個屁，兵不厭詐懂不懂？既然知道不是正經主意，還接二連三地問，妳想幹啥？」

「那是因為你說話說一半好不好！」

兩個人唇槍舌劍，你來我往，毫不相讓。

上京宮裡，梁皇特意召見了老太爺，把自己的想法說了。「這次是大勝，論理該重賞，不過太尉也知道，孩子再不爭氣，到底是自己的孩子，便是處置，朕也希望能將他救回來，親自處置；若是教太子因肅州兵敗而死，到時候，天下人怎麼看朕，又怎麼看褚翌？」

老太爺忙道：「陛下言重了，褚翌小小年紀，得陛下信重，萬事應以陛下之意處理，別說重賞了，就是不賞，在他，也絕對說不出別的話來。」

皇上滿意地點頭。「朕自然知道愛卿跟褚翌的忠心，這次雖然不賞爵位，朕卻打算賞他一座將軍府邸，另外財物也不會薄待了……」

老太爺忙跪地行禮謝恩。

等他回府，聖旨也跟著一道下來，府裡眾人得知褚翌被皇上賞賜了一座將軍府邸，人人臉上帶笑。

林頌鸞卻暗暗焦急起來。她叫了方婆子過來，詢問道：「妳說，若是我先搬到將軍府怎樣？」

方婆子同她相處日久，已經摸到她三分想法，笑道：「將軍府乃是皇上所賜，一直空著倒是不好。」

林頌鸞點頭。「妳說得有道理。」

方婆子敷衍了林頌鸞，可出來之後卻暗暗焦心，找了嚴婆子商議道：「將軍連書房院子都不許她進，要是讓她住進將軍府，到時候將軍豈不是連我們也要惱了？」

嚴婆子笑道：「說妳傻，妳還真傻起來了。她是什麼人？上面公婆俱在，她一個媳婦去住將軍府？就算她想，老夫人也絕對不會允許的。哼，她倒是想搬出去，恐怕老夫人還嫌她髒了將軍府的地呢！」

方婆子點頭。「這邊產房都已經布置好，要是真往那邊，驚動了神靈可就不好了……」

說到這裡，兩個人對看一眼。

嚴婆子悄聲道：「找好人了？」

「嗯。」

嚴婆子嘆了口氣。「將軍也算心慈了，老夫人根本沒把這個孩子當回事，看那樣子，恨不能一屍兩命了才好。」

「可不是呢！只是話又說回來，誰攤上個這麼糟心的，也是盼著趕緊死了算了。算了，我還是找徐嬤嬤絮叨絮叨，免得她真提出來，老夫人聽了噁心。」

兩個人又偷偷囉嗦了幾句，這才散了。

第二日，府裡就傳出話來，老夫人命人去將軍府丈量尺寸，重新休整房舍。林頌鸞摸了摸肚子。現在肚子已經大到不大敢出門，就怕生在路上，但是別的地方可以不去，宮裡那頭卻是不由自己。

她沈了沈心，叫來方婆子問道：「宮裡是不是賞賜了許多東西？跟老夫人要一份名單，就說我想選一些給將軍送過去。」

方婆子心裡叫苦地出了門。

自從褚翌娶妻之後，老太爺坐鎮府中，府裡的規矩越發嚴格起來。老太爺多年治軍，治府同樣嚴格，他並不懼怕打殺不聽話的下人，如此一來，老夫人身上的壓力驟減，許多重要的事情慢慢就交到了大夫人手裡。

方婆子進了徵陽館，先問徐嬤嬤可在？徐嬤嬤不在，她便又問棋佩可在？回話的人還沒回來，就聽見丫鬟喊她。「老太爺喊妳。」
方婆子進了正房，低眉屈膝將林氏的話說了。
老太爺手裡的茶盅「砰」一下子放到了炕几上。
過了好一會兒，方婆子才聽到老太爺的聲音。
「去，把東西跟名單都送到錦竹院去，等她整理好了，拿給我看。」
這時，老夫人打外面進來。「慢著，就說東西太多了，等明日再叫人送去。」
方婆子連忙應是，大氣不敢喘息地回錦竹院傳話。她以為老夫人拖延一日會有後招，可沒想到，東西卻在隔日真的送到了。
林頌鸞叫人把東西放到空置的廂房裡，挺著大肚子去看。
這次的賞賜裡照樣有進貢的蠟燭。她眼睛盯著那一箱子整整齊齊、如玉色一般好顏色的蠟燭，深呼吸一口氣，從裡一根一根地拿出來，而後換了另一批同樣模樣的蠟燭進去。
這後面的蠟燭是她上次出宮的時候，夾裹在皇后的賞賜裡的，至於皇后從何處所得，她就不清楚了。
可她知道，自己若是想活下去，只有殺了褚翌。他不仁在先，就怪不得她不義在後，要怪就怪他心腸狠毒，對自己毫無情誼，卻處處維護一個賤婢！
想得有點多了，她的肚子就突地亂動起來。她低下頭，摸了摸，眼底的慈愛一閃而過，卻又瞬間換成了恨意。褚翌寧願要孩子也不要她，她有時候想起來，連肚子裡的孩子也要恨上！

既然褚翌不要她活著，那她也不用在意他的生死，反正她不下手，旁人也不會放過他！
想到這裡，她的目光重新變得狠戾，任由恨意占據了她的心。
窗戶外面的方婆子膽顫心驚地縮回頭。
林頌鸞換好東西，隨意指了幾樣，自然那蠟燭也在裡面，讓方婆子命人裝車給褚翌送去。
方婆子哪裡敢，藉口覆命，到了老太爺跟前，一五一十地說了。
很快地，蠟燭就送到老太爺跟前，他冷哼一聲。「這蠟燭留下兩根，其餘的妳再換回去，讓林氏用了。」
方婆子吶吶地應下，回去趁著林頌鸞午睡換了不提。
徵陽館裡，老夫人卻有點遲疑。「這東西給她用……」
老太爺怒道：「她既然有膽子換，那就自己嚐嚐滋味！難不成還要我們憐惜她？」
老夫人見他是真怒了，就道：「我倒是不憐惜她，只是九哥兒彷彿還是看重那個孩子的，若是看她不順眼，生產的時候一碗大黃便是，何苦折騰這些？」
「龍生龍、鳳生鳳，林氏的孩子能是什麼好東西？此事妳不要管了，就算生下來我也不會認的；還有九哥兒那裡，不能總是事事處處地依著他，他年紀小，知道什麼孩子不孩子的？」
老夫人心道，若不是你將林氏一家子弄進京，誰管他們死活？但兩個人為了這事已經吵了不下百八十回，再吵下去也是親者痛、仇者快，老夫人勉強轉開話題。「我說去修繕那邊將軍府的房子倒不是敷衍，你有空也與我一起去看看吧。」

林頌鸞並不是只對人壞，是心底太自私，狠毒刻薄，狠毒到令人懷疑世界上真有這樣的人。

然而真有。就像有的植物能食用，有的植物帶著劇毒一樣，她生來的心腸就不同於一般人。

隨安對林頌鸞的恨意一點也沒消退，而宮裡的李貴嬪對林頌鸞的恨意，則是隨著三皇子跟四皇子的日漸受重視逐漸增加，最終到了頂點——若是她的孩子還在，憑藉劉貴妃當日的恩寵，被立為太子也只是遲早的事。

李貴嬪在皇后那裡親自確定了林頌鸞有孕後，就找了一直銷聲匿跡的劉貴妃哭訴。「嬪妾只要一閉上眼睛，就是皇兒撕心裂肺的哭喊……醒來淚水濕透枕頭，再為娘娘想一想將來，只覺得痛悔得恨不能將林氏殺了……當日劉家，何嘗不是受林氏拖累？她反倒因為弄死了我的孩子，而受到皇后高看，哼，現在還嫁入褚家，成了堂堂的將軍夫人……」

劉貴妃知道李貴嬪想讓她出手對付林頌鸞，她也確實恨林氏，但並不想成為李貴嬪的刀。

李貴嬪沒有得到劉貴妃隻言片語的幫助，然而她並不死心，同時，終於尋到了機會。

林頌鸞最近的精神很不好，脾氣很大，夜裡也睡不好，請了太醫來看，都說這是快生產的徵兆，孕婦都是如此，還讓她多活動活動，有助於將來生產。

正好宮裡宣召，她想了想便進宮了，卻不想宮裡等著她的不是皇后，而是李貴嬪。

林頌鸞知道不好，也不硬氣了，直接道：「姨母，妳我是至親……」

李貴嬪笑。「妳害我的時候，怎麼不想想妳我至親?!」

林頌鸞抓著李貴嬪的手，慢慢道：「姨母從小在我家，母親把妳當大女兒看待，父親對妳也不薄；後來能進宮服侍皇上，享受榮華富貴，都是父親的功勞。明明那機會該是我的，可父親還是首先想到了妳，而妳呢？為了妳自己的前程，設計將我嫁到劉家，妳在宮裡養尊處優的時候，有沒有想過我在劉家過得什麼日子?!今日我求妳，看在父親、母親的面上，將往事揭過，否則真的撕扯開來，妳又比我乾淨多少？」說到最後，她的神情裡已經帶著狠戾。

李貴嬪怎麼可能被她三言兩語地勸服，她的真實情緒早已被掩蓋，此時話說出來，就顯得格外地平和。「妳踩著我孩兒的骨血走到皇后面前，卻又回頭要我忘記妳一路上留下的腳印嗎？」

「那姨母想如何呢？妳要殺了我？」林頌鸞終於有些激動，她喘息不止，眼中盡是紅色，情緒很快地起來，彷彿一觸就要崩潰。

李貴嬪被她的樣子嚇了一跳，沒等再說話，就聽林頌鸞喘息著道：「行，我弄死了妳的孩子，我用我的孩子賠妳一命！妳拿藥來，拿藥來！」她聲音一下子變大，惹得宮裡人不由得看向她們。

李貴嬪皺著眉道：「妳瘋了！」說著就甩袖子走開。她是想弄死林頌鸞，就算不弄死她，也不教她好過，但現在看見林頌鸞的樣子，心裡竟然生出恐懼。

虎毒不食子，林頌鸞已經不是個人。

李貴嬪不打算收手，但覺得沒必要為了弄死她而拉自己下水，畢竟自己重新獲得聖寵才是最關鍵的。

不知道是不是在宮裡動了胎氣，林頌鸞的樣子很不好，回褚府之後，臉色更加難看。方婆子連忙讓馬車趕進當初林先生進京時待的小院子裡，林頌鸞的產房便布置在此處。

林頌鸞當初想在錦竹院生產，可請人算出來宜生產方位，正好是林家最初所在的院落，她不想答應也沒有辦法，褚府畢竟不是劉府，能任憑她鬧騰。

催產的藥下去之後，她很快就有了反應，當天夜裡，生下一個五斤重的男孩。

在孩子的頭剛冒出來時，接生婆衝方婆子點頭，方婆子立即請她喝了一小盅參湯。

林頌鸞喝完之後更有力氣，一下子把孩子生了出來，而後才渾身脫力，陷入夢鄉。

嚴婆子臉色有些白地提著一個籃子，躲躲閃閃地從側門進來，見小院裡一個人也沒有，才慢慢鬆了口氣，然後深一腳、淺一腳地往掛著紅布的產房過去。

方婆子這邊已經將孩子洗好，用乾淨的包被包好，看見嚴婆子，忙輕聲道：「妳怎麼才來？為了這個都沒敢讓孩子大哭。」

嚴婆子抖了一下，問：「妳怎麼知道？這個……」她目光瞄了一下手中的籃子。「是怪胎？」

方婆子撇了下嘴。「哼，這個小媳婦常年在婆家受苦受累，她懷孕的頭一個月就生了場大病，那家人刻薄，不給她請醫問藥，這懷孕頭三個月多麼關鍵，胎神能不生氣？我當時就覺得恐怕不好，再說她孕中又不停流血，是她福大命大，才沒把自己的命搭進去……」

嚴婆子道：「可不是嗎，這麼冷的天，就教她在土地廟裡生。我去了，連點茅草都沒有，身邊也沒個旁人搭把手的……唉！只是這個孩子，看樣子恐怕活不了太久……」

方婆子小心地俯身掀開被子一角，看見籃子裡沒有成人拳頭一半大的孩子頭部，再往下看，渾身青紫，手腳細得不正常。

嚴婆子催促。「快點吧，她那邊嚇得要死，趕緊把孩子換了。」

方婆子點了點頭，兩個人合力將孩子的包被都換了。方婆子看了一眼換來的孩子，嘆了口氣。這個孩子命苦，親生的爹娘、父祖不會待見，來褚家也不一定好。

果然，林頌鸞一睡醒，立即嘶啞著嗓子不肯相信。「我怎麼會生了這麼個東西！拿走，把他拿走！」

方婆子憐憫這個孩子，只是實情只有她們跟褚翌知道，就連老夫人那裡，知道林頌鸞產下的孩子不健康，連看都沒過來看一眼。

第一百零三章

褚翌知道林頌鸞的孩子已經送走時，是在五天以後。

在這之前，他收到父親的家信。

這些事，他沒有瞞著隨安。

隨安一直在呼氣，有些事壓在心底，並不代表它已經過去。

她默默地收拾東西。褚翌看見她的樣子，心裡不好受，走過來伸手按住她的。「別走，最起碼現在別走，妳我的約定，還不到半年。」

隨安一直垂著頭。

褚翌將她的手握在手裡，當初滴到蠟油的地方現在依舊紅腫，他故意將那地方露了出來。

他見自己的傷勢已經打動不了她，沈下心想了想，決定動之以情。「她身上的人命不止一條，妳等等，不能只教妳一個人報仇，也得給其他人機會是不是？何況她現在還沒離開褚家……起碼也要我們和離之後吧！」

隨安咬唇。「那我先回去等著！」

褚翌幾乎跳腳，口不擇言。「要是死的是我，妳會不會這麼心急地給我報仇?!」

隨安臉上一白。「別胡說！」

褚翌喘息不止，剛要發火，就聽她低低地道：「別嚇我……」

褚翌覺得自己快被她氣出偏頭痛來了。「妳別走，等收復肅州，我同妳一起……」

褚翌本來陰鬱地望著她，沒想到突然感到一陣噁心，頓時頭重腳輕，天旋地轉得再也站不住。

隨安在他往後倒去的瞬間便撲了上去，卻也只是搆著他的衣襬，被他一下子帶倒在地上。

只見褚翌嘴角溢出一絲血跡，臉色潮紅地往後倒去。

隨安聽到不對勁，抬頭一看，頓時如墜冰窖。「褚翌！」

倒地的瞬間，她忍著痛硬扭了一下身子，這才沒有壓在他身上。

顧不上身上的痛，她飛快地跪坐起來，伸手摸著他的臉，臉色煞白如雪，嘴裡有些驚惶地叫著衛甲、衛乙和衛戌。

聽到隨安的叫聲，衛甲、衛乙還有些遲疑，衛戌已經衝了進去。

隨安抖著嘴。「去叫軍醫！」

褚翌已經吐出一大口血。

衛甲、衛乙也變了臉色，只有衛戌尚算淡定，俐落地轉身出去。很快，軍醫就被衛戌提進來。

褚翌也被衛甲、衛乙合力放到了榻上。

隨安看著軍醫幾針下去，臉上血色盡失，目光裡除了焦急還有心疼。

褚翌很快醒了過來，目光在見到隨安的樣子時，露出一個極淺的笑來安撫她。

隨安抖了抖嘴，很想堅強地回個笑容，可實在做不出來，眼淚倒是嘩嘩地流。她微微側身，手忙腳亂地擦眼淚。

軍醫把完脈，問起剛才的感覺，褚翌低聲咳了一下，隨安連忙給他端了水來，水杯直接遞到他的唇邊。「先漱漱口。」聲音有些沙啞。

褚翌覺得心狠狠地痛了一下。這種感覺不是看到她為別人痛哭時，那種嫉妒的痛，而是心疼她，不想讓她這麼難受。

不過他也知道，此時不是兒女情長的時候，漱口之後就回答軍醫的話。「……剛才情緒有些不穩，而後一陣劇痛，感覺頭重腳輕，控制不住自己的身體……」他一邊說話，一邊忍不住去看隨安，見她仍舊不停用袖口抹著眼淚，如此稚氣，卻又如此教他心痛難忍。

他故意做出煩躁的樣子呵斥她。「行了褚隨安，妳不嫌丟人啊？」

隨安慌裡慌張地吸了吸鼻子，止住淚水，無措的樣子讓褚翌越發心痛，對軍醫道：「剛才就是忽然一陣暈眩，現在沒事了。」

軍醫道：「看樣子倒像是毒發，只是這種毒，下官以前也只是聽說，並不知解法，還怕貿然用藥傷了將軍身體……」

隨安擦完眼淚，轉身就往外走。

褚翌出聲。「妳站住！」又對軍醫道：「行了，我自己的身體自己知道，先不用藥，你們都出去吧！」

軍醫汗顏地道：「下官再回去查查醫書。」說著他便收拾好東西退下。衛甲、衛乙還有衛戌三人互相看了一眼，略微遲疑，也跟著軍醫轉身走了。

褚翌就喊隨安。「過來這裡。妳剛才是想幹什麼去？」

隨安悶悶道：「我先回京把林頌鸞給殺了，替你報仇。」

褚翌要被她氣笑了。「妳怎麼這麼衝動啊？就不怕等妳回來見不到我——」話沒說完就被她給堵住了嘴。

隨安瞪大眼。「你再說。」

褚翌的嘴被她用手捣著，動了動，她才把手拿下來。

褚翌忍不住一笑。「行了，看妳這慫樣，老子一定死在妳後面。」

隨安就惱了。「說我不在乎你的是你，我去報仇，你又不讓。」

「哼，妳哪裡是給我報仇？分明是給妳爹報仇，然後捎帶我一下而已。」褚翌理智地跟她辯駁。

隨安心道，連這種醋也要吃，不知道是誰孩子氣？

褚翌拉著她的手。「行了，之前是沒有防備。妳看，我都說了妳是我的福星，要不是去見妳，也不會發現那蠟燭裡有毒，是吧？所以妳還是好好地留在我身邊。」

隨安鼓著腮幫子看著他，過了一會兒，突然問：「你是不是想直取肅州？你有什麼計畫？」

褚翌心裡暗罵，這會兒又精明了，無奈地道：「再給我倒杯水，我告訴妳。」

上次大戰之後，除了戰場上死的人，對於肅州軍的俘虜，褚翌並沒有過多的折磨懲治，而是以安撫為主，隨安也是知道的，但她不知道的是，這些俘虜裡有許多探子。

褚翌一視同仁，對於那些主動投誠的肅州將士極盡優待，發現其中有人的家屬竟然跑出肅州，便將他們都安置到新縣。這會兒他不再小氣，安排人給新縣送糧食、送財物，保證了大家在青黃不接的時候有飯吃。

「妳還記得妳在西路軍時，寫來的一封條陳嗎？上面說，應該廢除藏匿叛軍滿門抄斬的舊令，我當時雖然沒有批，可回頭察看了一下，把之前太子在時抓起來的人都放了。這樣一來，大家便知道我的態度——軍中是嚴禁濫殺無辜。後來乾脆明文下去，廢除了那條舊命令，本是想著手裡少添些人命，沒料到竟然有人主動投誠，反而對我盡吐實情，為我所用。」

見她臉上露出傻笑，他也跟著笑了一下，摸了下她的腦袋，才繼續道：「這些人將肅州的險易要地、遠近虛實都一一說來，比我自己打聽得還要清楚，只是茲事體大，我也不敢只聽他們一面之詞，就悄悄令人再去打探消息，後面的事妳也知道了。」

這些日子，他自然是加緊清掃肅州周邊的據點，先後令各路軍分別出兵，清掃了肅州西南跟東北的許多據點，三路大軍至此終於兵勢相連，接在一起。

「現在中路大軍已經到了文城。」他用手沾著茶水，在桌上一畫，手指點在文城正北的肅州主城。「兩地不過相距百十里……」

隨安順著他的目光望去，再看看他，剛恢復的臉色還有些蒼白，不禁為他暗中捏了一把冷汗。

他這是想奇襲肅州。

如今天氣一直沒有回暖，動輒雨雪交加，這樣的天氣容易令人懈怠，肅州軍會懈怠，同樣的，梁軍因為是進攻方，也容易懈怠。

因為要是真這麼跋涉去突襲，不僅是跟肅州打，還是在同老天抗爭。

她腦子裡算計著距離。急行軍的話，一百里地得走一天，而且人的體力是有極限的，走兩個時辰的速度跟走一個時辰不一樣；走上五、六個時辰，那時候得多累？這是去打仗，還是去送命？

「可是這樣，對兵卒而言太……」殘酷了些。

「天底下沒有白吃的飯，想借天氣掩飾蹤跡，自然要做好消耗己方兵力的準備。妳以為每日兵卒加緊訓練是為了什麼？自然是希望他們在戰場上活下來。」

一談到兵事，褚翌就變得肅穆。隨安望著他的目光，忽然心生膽怯。

將軍百戰死，壯士十年歸，並不是一句誇大的話。

而且褚翌的兩位兄長，也是戰死沙場，那時候還是老太爺帶軍，想來他對自己的兒子們也一定是呵護的，但真正的戰場上不講父子，不論權勢地位，只靠頭腦與熱血。

戰爭好嗎？戰爭不好；軍人能少嗎？軍人不能少，可讓她說那種「你不要這麼拚命」的話，她說不出來，褚翌並不是個畏懼死亡的人。

隨安一時間想了很多，最後道：「你別忘了，肅州還有個太子。」

褚翌點了點頭。「妳放心好了，太子那邊，我會好好照顧。」

皇后和林頌鸞是覺得肅州必敗無疑，所以勾結起來要謀害他性命，好讓他騰出位置來讓太子的人當將軍。

那樣的話，太子被救出來，還可以對外宣稱太子是身在敵營臥薪嘗膽，而後披肝瀝膽，與梁軍裡應外合。

褚翌已經懶得跟皇后分辯這些。當權者的無恥他自小見識得多了，皇后賞下來的「蠟燭」，褚翌已經託投誠的探子帶去孝敬「太子」，讓太子知道，就算皇上不管他，皇后娘娘這個親娘還是很思念他的。

「你……真的不要緊嗎？」隨安忍許久，還是忍不住問了一句。

褚翌笑開來。「我已經打聽過了，周薊的毒說厲害，不如說奇怪。妳放心好了，父親那邊也在悄悄打聽，一有消息就會快馬加鞭地送來；而且我都反覆強調了，妳就是我的福星，沒有妳，事情也不會進展得這麼順利——」

隨安打斷他的話，聲音裡全是無奈。「以前想讓你誇我，你不誇，現在為了轉移話題，真是無所不用其極。」

「怎麼是轉移話題，我說的是真的。妳再等等，給我一點時間，我今天晚上見李遊息、李成亮等人，布置布置，咱們不跟李程樟玩了。」

隨安真不敢一走了之。她猶豫地出了帳篷，找軍醫問，軍醫道：「看脈象看不出別的，只是肝火略旺了些。」

「若是用藥呢？」

軍醫搖頭。「藥若是不對症也是無用，且是藥三分毒，若強行用藥，下官恐難以擔待啊！」而且，戰事快結束的時候往往才是緊要關頭，在這種時候若是傳出大將軍用藥的消息，對己方來說是極大的打擊。

隨安明白軍醫的擔憂，只是對褚翌的毒無能為力的感覺太糟糕了。她已經知道這毒跟林頌鸞脫不了關係，如今對林頌鸞更是深惡痛絕，若是林氏現在在她面前，她覺得自己能直接掐死林氏！

她忍不住罵了聲髒話，一拳打在牆上。「這樣的人怎麼還留著！」

軍醫嘆道：「這種毒，若是吸得多了，會使人脾氣變壞；神智受損後，極容易因衝動打殺，在宮裡有時候為了懲治不聽話的宮人，就會用這種毒，只要宮人們中毒，很容易會因為行動出錯受到嚴厲的懲罰……」

隨安咬牙道：「卑鄙！無恥！盛產這毒的周薊也不是好東西！合該一把火燒光它才好！」

或許是見她暴躁，晚上的軍事小組會議，褚翌就帶著她出席。

李遊息忍不住看了隨安一眼，而後回神，對褚翌道：「精兵都在南境，守衛肅州的不說全是老弱，也有半數之多是毫無戰力的兵士，如此一來，我們正好可以乘虛直搗黃龍，出其不意，一舉擒下李程樟……」

李成亮大為贊同，連聲叫好。

褚翌也深以為然。打仗打到這種程度，再死人也是死梁國百姓，沒什麼意義；能兵不血刃對他來說更省力，免得肅州動盪太大，東蕃再乘機進攻。

隨安發現，這些人都很聰明地沒有提起尚在肅州城裡的太子。

等深夜開完會，她備好熱水讓他擦臉，問了一句。「太子……會如何呢？」

太子的行為，在外人看來就是太蠢、太自私，但是說不定在太子看來，是他時運不好，或者說他被人坑了之類。事實上，太子確實是被人坑了，被褚翌從頭坑到腳。

褚翌拉著她坐到床上，伸手攬著她的肩膀。「就算李程樟想讓太子活著，他手下的人也不會同意的。」一兵敗到一定程度，他再對李程樟身邊的人說不株連九族，他們也不信啊！到時候，自有人拖著太子下地獄。

隨安嘆了一口氣。

褚翌問：「是不是煩了？」

她轉身將頭窩在他的肩窩。「不是打仗打煩了，是覺得這些爭鬥沒意思極了。」

「等不打仗了，我帶妳出來住。」

「皇上賜的將軍府不住？」

「住，怎麼不住？不過將軍府裡沒有夫人，只有丫鬟。」他捏了下她的鼻子。「有個大商賈是我的人，一直在給大軍獻糧草，等戰事結束，妳就認他為父，到時候我去請皇上下旨賜婚。妳要是不想回上京，咱們就一直留在肅州，或者華州，栗州也行，妳喜歡什麼地方，咱們就在什麼地方落腳。母親這麼多年沒出過遠門，跟她說說，接她過來住，然後給我們照顧孩子。」

隨安聽他說起老夫人，頓時心裡有些退縮。

「老夫人不會喜歡我做她兒媳婦的。」

「得了吧，那得分跟誰比，而且皇上賜婚，我又喜歡，妳覺得她會生多久的氣？再生氣，等我們有了孩子也就消氣了！白胖的大孫子往她懷裡一扔，她還不得笑開花啊？」

褚翌知道，她是覺得兩個人門不當、戶不對，不過，這種事自然也要分誰來做。見她還是不高興，就故做生氣狀。「我說妳猶豫未決的，是不是還想逃跑？都說了事情交給我就好。我可告訴妳，褚隨安，凡事適可而止，要是一、兩次，我還能原諒，妳若敢看我好欺負又逃跑，我可就不客氣了！」

隨安是有點心慌，唉聲嘆氣，摩挲著他的唇瓣哼道：「我是由愛故生怖。」

褚翌罵道：「我看妳是欠罵！睡覺，不睡覺就幹活！」

她睜著大眼故意撩撥。「幹啥？」這種撩撥的話還是頭一次說，內心有點小忐忑，但更多的卻是興奮，甚至是顫抖。

褚翌不負所托，用實際行動回答了她的問題。

這一夜，隨安死去活來，腦子空了，反而能認真思考跟褚翌共同過餘生的可能。

首先是她的身分。就像褚翌所說的，皇后能給林頌鸞賜婚，皇上就能給她跟褚翌賜婚，只要好處足夠大，不怕拚不過。

再者是褚府眾人。憑褚翌的戰力，其他人不在話下，估計就是褚翌想娶頭豬，其他兄弟姊妹也不敢有意見，那麼剩下的便是老太爺跟老夫人了。要是皇上真的賜婚，老太爺肯定不會說什麼，因為林頌鸞的身分更糟糕，但是老太爺也沒有反抗這樁婚事，只是心裡不滿是肯定的，因此只剩下老夫人，明面上敢說，私下裡敢做，有勇有謀……不好攻略。

想到頭大也沒好主意。兒媳婦跟婆婆是天生的敵人，一個辛苦地把男人養大，一個把人家好不容易的甜瓜摘走了，換了她？呵呵，到了一定年紀，她也不一定會講理。

隨安這邊「深思熟慮」沒多久，褚翌很快就定下了突襲的日子，她也跟著將這些「成家立業」的雜事放到一旁，專注去做「正事」。

眾人開始為突襲做準備，褚翌不斷出兵，先後肅清了肅州周邊許多重鎮，隨安跟著參與其中，有許多小戰都是兵不血刃，守將望風而降。

隨安的騎術越發精進，能真的做到策馬狂奔。

隨著氣候變差，加上戰事頻頻失利，李程樟更是直接龜縮起來。肅州兵勢一蹶不振，梁軍這邊日子卻比之從前充實而有奔頭，人人盼著開春一舉拿下肅州。

知道實情的隨安有點擔憂地看著外面天氣。今年又是春季大冷，冰天雪地裡行軍會凍死人。

褚翌選了五千人為先鋒，一萬人為中軍，另外一萬人殿後；他在先鋒軍，程光跟幾個副將在中軍，李成亮等人殿後。

第一百零四章

冰凍三尺，雪虐風饕，隨安怎麼說，褚翌都不肯帶她去。

「這並非兒戲，妳給老子老實待著！」

「我想跟著你。」

褚翌剛要繼續發火，聽到她這一句，嘴上彎出個月亮，而後瞬間拉成地平線。「這時候給我灌迷魂湯沒用。」

隨安堅持。「我要跟著你！」

褚翌。「都說了不行，妳怎麼這麼強啊？娘的，都是老子慣壞了妳！」

「就是要跟著！」

褚翌最終妥協。「行了、行了，跟著！跟著老子步行，可別扯後腿！」他們騎馬不過只能騎三十里左右。

隨安立即去找衛戌。

衛戌臉上露出笑容，破天荒地多說了一句。「此戰若成，必將載入史冊。」說完又有點擔心地看著隨安。「妳能行嗎？」

隨安拍了拍肚子。「我最近吃得多，沒事。」

衛戌臉上的笑意就加深了。吃得多，訓練的強度也大，不只是她，其他準備出征的人也被刻意地加強了訓練。

除了少數知情者，大多數人並未想到加強訓練是為了突襲。

這一日風雪交加，探馬來報肅州軍放鬆警戒，褚翌便命褚琮留守替自己壓陣，他則一馬當先，帶著先鋒出發。

在這樣的日子還用這樣的方式出兵，軍中除了少數將領，全軍上下幾乎都不曉得行軍目的。先鋒營都這樣，更不用說後面的人。

不過得益於平日的訓練有素，這時候並沒有人提出異議。

褚翌下令全軍往東北方疾行，到了中午，大雪紛飛，幾乎看不清路，全軍艱難跋涉近三個時辰才到達張柴。乘張柴守軍不備，褚翌率兵殲滅包括負責烽燧報警兵卒在內的守軍約百餘人。

「就地休整！」褚翌說完就席地而坐，拿出背上的乾糧就著刺骨的冰水啃了起來。

他身上的血腥味很重，目光肅然，隨安自覺這個時候不去招惹為妙，就跟衛甲等人在一處。

衛甲拿出自己的水囊問她。「妳喝不？我這裡的水還熱呢！」

隨安連忙點頭，喝之前虛心請教。「你是怎麼做到的？怎麼水囊熱呼呼的？」就算一開始灌的是滾燙的熱水，行軍這麼久，也變成冰渣子了。這鬼天氣，溫度起碼有零下三十度。

衛甲頗為得意地道：「我一直把這水囊放在懷裡來著！」

隨安都放到了嘴邊，又悻悻地還給衛甲。

無他，並不是她矯情，而是剛才褚翌往她這邊冷冷地看了一眼，那一眼，最起碼是零下一百度。

原地休整之後，褚翌肅目站立。「王策！」

副將王策應聲立正。「標下在！」

「你率五百人守張柴城柵，以防備松山方向之敵。」

「是！」

「衛離！」

「標下在！」

「你率兩百人往東切斷孝清河方向橋樑。」

「是！」

烈烈寒風，簌簌飛雪，褚翌屹立在雪地裡，眼神冷硬。他冷靜清晰地下著命令，又命衛側率領三百人往東切斷一切救援路線，不讓肅州求救兵出，嚴禁肅州周邊藩鎮馳援。

王策、衛離、衛側等人都是當年他在華州一戰時選出的親兵，忠誠悍勇，匍匐下來時如同泥土一樣夯實，可一旦用起來，則如大浪拍石，帶著千鈞之力。

最後，他緩緩移步大軍之前。「全軍，即刻開拔！」

此語一出，眾人皆譁然，尤其以兵士為最，各小分隊將領也有些控制不住，有人估算著褚翌往日脾氣，大著膽子請示道：「大將軍恕罪，不知大軍即將開往何處？」

褚翌雙眼一瞇，肅然道：「往肅州，直取逆賊李程樟！」

眾人聞言，大驚失色，唯有一部分深知內情的人不動聲色。

隨安看著說話抱怨的眾人，眼中隱隱含著憂慮。

褚翌神色冷然。「大軍開拔！」

有人終於發聲。「將軍，這……天氣寒冷，是會死人的！」

褚翌冷冷看了一眼目露哀求的眾人，聲音肅然。「爾等也是從軍多年的老將，應該比我更知道軍令如山的道理！」

「可，大將軍，這種天氣出兵，只恐我們還未到達肅州，就先凍死在半路了。」

「大將軍，宋卓說得有道理，此舉太過冒失！」

「住嘴！爾等只知氣候寒冷，不知軍令如山，凡是不聽約束者斬首無赦！我最後說一遍，誤令者，不從者，當如此石！」

褚翌說完，長槍一挽，電光石火之際，銀光飛濺，只聽一聲巨響，他身邊的一塊大石頭應聲而碎。

他這一出手，先前心中不服的人心中俱震，先前的抗拒彷彿也被褚翌的長槍敲碎。

在這一刻，所有的人都望著褚翌；而他，在槍擊巨石之後，神色仍舊一如既往，既不高傲也不得意，英姿煥發。

隨安見識過他的天生神力，但還是對他露出的這一手感到震驚。不管怎樣，先前譁然的士兵已經消音，褚翌確實夠霸氣，也足夠震懾眾人。在這一刻，無關年紀，無關閱歷，單憑他這份侵掠如火、不動如山，便教眾人生出畏懼跟拜服之心。

此舉之後，眾將忙整肅軍隊，全力往西北方向急進。這回便不是騎馬，而是徒步行走，褚翌身為大將軍，亦隨眾人一道。

風雪更硬、更厲，簡直就像在故意阻撓大軍前行一般。

隨安跟著衛甲幾個，幸虧她平日練習徒步都是負重，現在走起來，並不覺得太辛苦。不過就算如此，衛甲幾個知情的人還是擔憂地看著她。

衛甲低聲嘟囔。「便是妳想夫唱婦隨，也不必做到如此地步。」

隨安懊惱。「你別跟小陳學得濫用成語好不？我這怎麼是夫唱婦隨，分明是見證歷史，共襄盛舉！」

衛甲欽佩。「妳這拍馬屁的水準可比我們高竿多了，難怪將軍那麼喜歡妳。」

隨安用一塊帕子蒙住口鼻，聞言白了他一眼道：「我說的是實話，怎麼叫拍馬屁？我拍你一個，你能像人家一樣用槍就把石頭擊碎？」

衛甲嘿嘿笑。「將軍是夠霸氣的。嘿，妳剛才不還跟在他後面，這會兒不會是怕了吧？」

真是哪壺不開提哪壺。

隨安瞇著眼看著前方，幾乎辨別不出方向，她加緊走了幾步，趕到衛甲前面，背對風雪飛快地道：「我覺得那一手很霸氣、很震撼，但不如孫仲謀當年拔劍砍桌角來得文雅。你想啊，那桌子砍下一個角，不妨礙它的用處，反而能被當成古董，而且隨著時間越久，那桌子的價值越大，大家看了一眼，就知道孫仲謀當年是多麼果決、多麼地明智！可你看看大將軍，他這麼厲害，一槍就擊碎了石頭，但是誰知道呢？就我們這些人知道！可我們就算對旁人說，又有幾個是不會認為我們在吹牛？我們能怎麼辦？是能把碎石頭扛在肩上揹回上京，還是能讓大將軍天天表演槍擊巨石？」

衛甲衝隨安豎起大拇指，衛乙也一臉欽佩，只有衛戌知道隨安是心情激盪，所以在胡說八道。

天色漸漸暗了下來，風雪卻沒有停，道路難以辨識，不少人又在軍中小聲嘀咕起來。

等到渡過漣水橋，褚翌回身命人斷橋，軍士們無不神色震動。此舉分明是破釜沈舟，許多人已經認為自己是必死無疑。

只有褚翌神色依舊。然而雪大風烈，旌旗都被吹裂了，便有人叫道：「旗子都裂了，分明是老天爺不贊同我們這般行事，此乃不祥之兆！」

在這種時候，別說還沒凍死，就是真凍得快不行了，也不能說這種喪氣話。

果然在說完後，就見褚翌長槍一挑，先前說話的人像只破袋子一樣，被扔了出去，頃刻間便被大雪覆埋。

褚翌神色更冷，冷冷看著眾人。「誰再說這種喪氣話，便如此人！」

隨安剛才便知那人要不好，現在看來，就算僥倖沒被褚翌殺死，扔在雪地裡一夜也要凍成冰了，心裡暗暗嘆了口氣，只覺得這個歷史的見證並不全都是激盪，走到這一步，其實人人畏懼褚翌，再無人敢抗命。

第三次原地休整的時候，她小聲招呼衛甲。「先前帶在車上的東西都帶著嗎？」

衛甲點頭。「將軍不知道，我偷偷令人塞進去的，妳神神祕祕地做什麼？」

隨安深吸一口氣，懶得跟他說話，轉身往後面推車的士卒那邊去。

褚翌的神情彷彿也被風雪凍住，看著眼前的隨安用手心托過來的東西，蹙眉。「這是什麼？」

「是紅糖加生薑，熬在一起的，你吃吃看，我跟軍醫做了好些，若是行，一個人分一塊吧？」

褚翌捏起一塊放在嘴裡，一咬，硬得跟石頭一樣，皺眉看了隨安一眼。

隨安覺得自己後背冷汗都出來了。明明自己是做正經事，怎麼被褚翌一看跟做錯事一樣？再說，她也不會挑這時候做錯事，再做錯性命都要沒了。

「熬得比較硬，這樣功效更好，你可以含在嘴裡。」

褚翌閉嘴舔了一下，覺得又辣又甜，確實是好東西，比烈酒還辣，也比烈酒更有用處。

「一個人夠分一塊嗎？」他問。

「夠，照目前的人數，一個人能分三塊。」

褚翌點頭。「妳帶著衛甲、衛乙還有衛戌，妳指揮，他們分發，注意安全。」

隨安立即點頭。「我曉得。」這種糖比平時吃起來辣甜，很難喜歡，可此時非平日，能夠迅速地補充體力，保持隊伍的戰力才是最重要的。活下去，就是一種勝利。

此時已經入夜，但沒有人入睡，隨安喊了衛甲幾個在軍醫那裡領糖。

衛甲先拿了一塊放嘴裡，硬生生咬開，過了會兒直呼痛快過癮。「一個人幾塊？」

隨安伸手比了三，衛甲立即拿了兩塊放自己懷裡。這種時候，他渾身的肉都是涼的，再也捂不了熱水囊，更化不開薑糖。

分糖的眾人都先各自拿了自己的三塊。

衛甲故意問隨安道：「妳咬得動嗎？要不要我幫妳咬開？」不是他不怕死，而是這種時候，活著比死難受多了，所以他膽子格外大。

隨安拿眼睛睨他。「不用你咬，我要是想吃，直接找將軍用槍砸。」她學著褚翌的樣子比劃了一下。

衛甲頓時老實了，舉手投降。「好，我知道錯了，再不敢了，要是我再說一句，我就跟著妳姓，把我過繼給妳爹……」

衛乙則是欽佩這些糖長得一模一樣。「這是什麼刀刻的？想挑一塊大的都挑不出來。」

隨安見他們是真不知道，只好默默道：「這不是刀刻的，也不是刀切的，是用模子做出來的，把糖熬濃了，模子都是齊整一樣，所有糖的大小也一樣。」

「原來如此！佩服、佩服。」衛乙含著糖塊大聲道。

隨安是真不好意思了，擺手道：「咱們快分完吧，免得大將軍一會兒又要出發。」

這種時候，她是真的畏懼褚翌，把他當作戰神，而自己只是麾下的一個小卒。

他能容忍她做一些事，她便高興，覺得自己有用。

「褚隨安！」她的話才說完，就聽遠處的褚翌喊她。

眾人的目光頓時充滿憐憫。

隨安忙顛顛地跑過去，狗腿似的。「將軍？」

「我剩下的兩塊糖呢？」

「在這裡、在這裡！」隨安連忙拿出兩塊給他

褚翌伸手接過，目光冷冷，站了一會兒突然開口。「妳咬得動嗎？」

隨安心道，咬不動難不成你敢當著全軍的面咬給我吃啊？

當然她只敢心裡腹誹，面上是一點不敢亂說。「咬得動。」

再回來，兩車糖分得一塊不剩。這些糖比乾糧更能迅速地補充體力，隨安再看眾人臉色，心裡舒服不少。她能力有限，只能說是盡力周全。褚翌的突襲計畫雖然沒瞞著她，但是她還是儘量不問，而是選擇默默做了一點準備。

先鋒兵是特意選出來的精銳，是以精力、體力在全軍中屬於上上等，不過此時行軍已經超過六個時辰，說是到了極限也不為過，隨安懷疑大家還能堅持，都是因為褚翌帶頭在前。

若說從前她想過突襲也能騎馬，馬蹄上裹上棉花之類的，現在則是完全不想了。雪越下越大，落在地上就成了冰，人還算好走，馬卻難行，別說裹棉花，就是裹棉被也非要凍爛了腿。

風雪沒有停下來的跡象，褚翌回身看了一眼大軍，人人困倦；再找隨安，見她正跟衛戍說話，或許是察覺到他的目光，也看了過來，兩個人之間隔著風雪，他只看到她的眸子，熠熠如星。

他本是個疏懶高傲的性子，可為了她，他願意跨過這風雪，走到她面前。

若似月輪終皎潔，不辭冰雪為卿熱。

他順從自己的心意走了過去，而後低頭。「睏不睏？」

隨安忙搖頭。「不睏。」

褚翌的眼角帶著半絲笑意，突然道：「妳體力倒是好，看來是我從前小看了妳。」

隨安沒意識到他話裡的意思，還以為是真心誇獎呢！誠懇地道：「這都是平日將軍督促操練的功勞。」

她越是這般一本正經，褚翌就越忍不住想笑，鼻翼翕動。「嗯，這倒是，不過以後也不能懈怠了。」

說完之後，又是那個冰涼無情的將軍，下令繼續出發。

強行數十里後，終於到達肅州。

風雪呼號，掩蓋了行軍聲音。四更將過，探馬們很快回來，小聲稟報自己發現的守城兵據點。

隨安讓衛戌幫忙遮掩，她坐在地上，把身上的包袱拿下來，裡面是一雙棉靴，她腳上這雙已經磨爛了，只覺得腳都沒了知覺。

衛甲見了，小聲道：「妳也不提醒我，叫我帶一雙。」

隨安將棉靴換好。這雙靴子她特意用油紙層層包裹，因此雖然冷，但比自己腳的溫度高，穿上之後整個人頓時回暖。

衛戌替她回答衛甲。「她跟我說過了，我嫌囉嗦，只讓她自己帶著。」

衛甲磨牙。「把你的鞋子跟老子換換！」

衛乙過來勸阻。「打情罵俏也不看看時候。」

隨安扶著衛戌的手站起來，跺了跺腳，心裡也有點吐槽。明明這種時刻又緊張、又刺激，應該人人嚴肅，人人謹慎，可為何她總覺得大家都有些不正常？

或許這種不正常才是正常？

大軍毫無聲息地到了肅州城下，守城軍竟然毫無反應。

一些武藝好的便帶頭在城牆上掘土，挖出可供人抓蹬的土坎；褚翌更是身先士卒，第一個翻上牆頭，衛甲、衛戌緊隨其後。隨安深吸一口氣，伸手看了看自己短小的雙手，最終還是跟著衛乙站在人後。

衛乙有兩個任務，一個是保護她，另一個則是防備李遊息。

李遊息雖然之前投誠了，也跟著先鋒隊而來，但褚翌對他並未完全放下戒心。

隨安曾問褚翌，他說：「這是一朝被蛇咬，十年怕草繩。」

隨安不解，褚翌也不多說，就只看著她，一直看到她垂下頭，而後又迅速地抬頭，回瞪。

褚翌心裡暗暗發笑。男女之間便如曹劌論戰，一鼓作氣，再而衰，三而竭。不，連戰都不用，還未戰呢，他心裡先投降了，說得肉麻些，便是為愛投降。

第一百零五章

褚翌上了外城城頭，按照李遊息說的，果然找到守門的據點。風雪呼號，這些人睡得縮成一團，在夢中便直接去見閻王爺。

如此輕而易舉，衛甲咋舌，對著衛戌道：「這要是東蕃來……唉！」

原來以為肅州是一塊鐵板，卻原來是快風乾的破木頭。

衛戌輕舒口氣。「走，下去開城門。」這邊只是南外城，裡面還有內城，至於裡面如何，他們就不知道了。

褚翌下來城牆。「把巡夜的抓起來，換上我們的人。」

衛甲已經帶人行動，先抓起數十人，結果一看這些巡夜人穿得還沒他們好，身無分文，一貧如洗，衛甲偷罵。「娘的，吃不飽、穿不暖的，你們自立個屁啊！」本想著讓衛戌去開城門，他先抓人發點橫財呢！結果抓著一幫乞丐。

巡夜的老實，被抓了也無人反抗，大家手裡唯一的兵器便是巡夜的破鑼。這種天氣被派出來巡夜的本就是些老實過頭的，衛甲將人趕到門洞裡，免得凍死他們，皺著眉道：「行了，老實待著啊！等天亮了，給你們找口吃的。」

有人聽到這話，知道這是不打算殺了他們，忙道：「軍爺，我能帶路。」

衛甲一挑眉，上下打量說話的這人，看到隨安跟衛乙路過，連忙喊隨安進來。

隨安聽了衛甲的話，就道：「領路按照規矩記七等功，有五兩銀子的賞錢。」

她不說還好，一說這話，門洞裡的巡夜人全都撲了上來。「軍爺，我知道、我知道！」

衛甲將隨安往後拽了一下，咧著嘴從牙縫裡擠出一點聲音。「五兩是不是有點多？」他都有點心動了。

隨安沒理他。肅州這邊都是本地軍，大梁的軍隊多少年沒來過這兒了，有人指路當然比他們瞎摸索強，所以對於俘虜跟主動投誠的，褚翌都是大力安撫獎賞。

不一會兒，梁軍這方巡夜的人也都打扮好了，個個腰裡繫著麻繩，有的手裡拿著梆子，有的手裡提著鑼，個個雙目無神，維妙維肖。

隨安見狀，叫他們跟那些真正的巡夜人兩兩搭配。「按照往常時分擊柝報更，注意不得驚動肅州兵卒，違令者殺無赦！」

她雖然個頭不高，模樣也不粗實，但大家見褚翌的親衛們都聽她的，也都順從，迅速各就各位。

大軍占領外城，又依法突襲進入內城，就是褚翌自身也沒料到肅州如此容易取得。

此時天色微微發白，肅州城裡銀裝素裹，褚翌問李遊息。「確定李程樟將太子關押在他的外宅？」

李遊息點頭，問：「大將軍要先救太子？」

褚翌心道，你是不是看我傻？他笑一下，抬頭望著遠處的牙城。外城、內城都好攻克，但牙城就不一定了，牙城乃是主帥居住之地。

軍行有牙，尊者所在，肅州被李家父子霸占多年，牙城便如牙齒，硬得很。不過，再硬也要把他的牙齒一顆顆地敲下來。

如褚翌所料，此時的牙城內已經有人發現，火速稟報了李程樟。

李程樟近來戰事失利，不過情場卻得意，夜夜醉生夢死，此時從愛妾懷裡伸出頭來，先是不信，後面清醒了，連忙喊人。

「傳本王號令，左右禁軍、親兵登牙城拒敵！近衛軍隨我將太子綁到城樓上！」

攻下內城之後，褚翌的步伐終於緩了下來，一面令人催促後面的中路軍即刻趕到，一面命人敲鑼安撫城中百姓，讓大家暫時留在家中，不要出門，免得被當作細作處置，而後將先鋒軍分成三班，輪流攻城。

「剩下的兩班就地紮營休息，生火做飯！」

說是做飯，哪裡來的糧食？只有乾糧，也就是燒點熱水。

隨安卻沒能歇息，她忽然就忙了起來，投誠的巡夜人往她那裡登記，人人擠成一團。紙張倒是有，可哪裡能夠寫字呢？雪雖然漸漸止了，可天氣照舊寒冷。看著一張張望過來的臉上的熱切期盼，她又說不出拒絕的話，尋了尋全身，正好發現身上還塞著當初褚翌扔掉的那個閒章。

當時，褚翌扔掉之後，她便揀了起來，曾經一度想把這個鷹擊長空的圖案磨平了，後來一想，自己的手還摸過褚翌呢，難不成也把手砍了？於是就心安理得地留了下來。

這會兒四下望了望，看見已經有燒好的熱水，就叫眾人排隊稍等，自己則走到灶火旁，往墨條上倒了一點熱水，然後在紙上一口氣印了二、三十個印子，巡夜的人一人一個。「各人的都收好了，等攻下牙城，再拿著這個一一登記；先說好，若是沒了這個，那賞錢就沒了。」

李遊息跟在褚翌身邊，看見褚翌在看隨安，笑著道：「此法不錯，將軍這個親兵很有頭腦。」

褚翌沒有說話。他見隨安被一個更夫模樣的人拉到一旁說話，頭幾乎挨著頭，心裡就有些不喜，覺得這娘兒們真把自己當男人了！

可隨安抬起頭，卻是滿臉笑意，面孔比房頂上的積雪還要白，笑容比陽光還要亮，他也不由得跟著微微一笑。

褚翌看到隨安轉頭跟那人低聲說了一句什麼，然後就抬頭尋找，等目光落到他身上，立即露出個更大的笑容。

她的笑容那樣迷人，褚翌覺得自己忍不住想伸出手。

「將軍！」隨安緊跑了兩步到他跟前。

褚翌再看看地上那些快癱了的兵卒，皺眉罵道：「妳果然精力好，都不曉得老實些。」

「先別罵我了，我有好事同你說。」她說著就去拉他的手。

褚翌一邊嘀咕著。「在外人面前……」一邊攬著她的肩膀走到一旁。許多人在看他跟隨安，不過他不怕，也不許她怕。

「那個人說他知道李程樟的私庫……」隨安沒想到這種好事能教他們碰上。

褚翌聽了亦是眼前一亮，不過仍舊謹慎地道：「別給我露出這副財迷樣來。」轉身叫了李遊息幾個過來，又另外安排了三十多個兵卒，讓那個投誠的巡夜人領著去收繳李程樟的私庫。

隨安也想去，被他一把抓住後頸。「這裡還有這麼多事，妳留下。」

其實是他看她累得狠了，不願意讓她出去而已。

隨安也沒勉強，跟著他去啃乾糧。褚翌跟她閒話，問她。「什麼時候預備了那些糖，我怎麼一點動靜都不知道？妳藏得真嚴實。」

隨安只是笑。「要不是你吐血嚇唬我，我也不會想起這個。」

此時已經進了肅州，褚翌倒是不怕她跑回上京，聞言笑道：「妳怎麼看出來的？」

隨安哼了一聲，小聲嘀咕。「我不會原諒你的。」

褚翌笑著，臉上痞痞的，一點也沒有路上的冷然，不過嘴裡的話卻不怎麼好聽，就像那些三瓦兩舍裡，鬥雞走狗屢教不改的混混一般。「妳不原諒又怎樣？再跑老子打斷妳的腿。」

氣得隨安轉頭坐到一邊，褚翌卻靠了過來，抬起頭看著遠處攻城的情況。

他們這頭其實攻城攻得很「吊兒郎當」，但顯然李程樟軍心已失。「照這個樣子，明天就能進到牙城裡了。」

他料得不錯，此時李程樟確實有窮途末路之感，本來以為憑藉惡劣的氣候，褚翌率領的軍隊絕無兵臨城下的可能，捲起鋪蓋回上京興許機會較大。

也是因為近來天氣實在寒冷，就是肅州軍也不時地朝他覓衣求食，梁軍那邊應該更是難以支撐才是。他原本打算等過了春天，便可以使用東蕃人馬，既能保存自己實力，又能慢慢消耗大梁軍隊。

誰知褚翌偏給他來了個出其不意，簡直就像天兵、天將，橫空出世，降臨到肅州城內。

他一面責罵內城、外城的守將無用，一面匆匆忙忙去找太子，想說動太子。如果太子承諾保下他的性命，他願意束身歸朝；如果太子不願意，那他只好拿太子抵擋一下，跟朝廷談條件了。

李程樟到了太子門外，再不是以前那種高高在上的模樣。

太子聽說梁軍已經到了內城，哈哈大笑，笑完滿臉陰鷙。「你想讓孤庇護你，也不是不行，肅州兵符先拿來！」

李程樟還沒有真糊塗到那個地步，他略一猶豫。「這……」

太子卻非昔日的太子，見李程樟遲疑，大步上前抓著他的衣領。「孤竟敗在你這樣的孬種手裡，真是恥辱！」說完咬牙目視李程樟左右。「還不把兵符上繳！你們想滅九族嗎？」

李程樟被他一扯，倒在案桌上，琉璃杯碎了一地，他的胳膊壓到案桌上，一下子流下血來。

誰知太子看見血，雙眼通紅，沒等他繼續說話，上去就按住他，咬上了李程樟的脖子。

眾人好不容易將暴戾的太子拉開，李程樟已經被活活咬死了。

太子還在瘋狂大笑，滿嘴鮮血，彷彿從地獄裡出來的魔。

跟隨過來的人不禁駭然。其中，李石茂是李程樟之弟，過來也是為了索要文城糧草，但被李程樟留在城內小聚，怎麼都想不到，一夜之間，天翻地覆。

他確認了二哥已經死去，心中悲痛，又想起自己的妻舅程光多次勸誡早日歸降的事，看著太子，上前一劍將他打暈過去，而後對眾人道：「大勢已去，當下要緊的是保全了我們家小，爾等可願意與我相商？」

大家的命保不住了，但老婆、孩子的命說不定還有救，看著暈倒在地的太子，心裡其實也是惶惶不安。

眾人面面相覷，有人覺得李石茂的主意適合，便道：「不知守備有何高見？」

李石茂心裡苦笑。這個守備也是二哥封的，二哥都沒了，他算什麼守備，階下囚還差不多；但想想妻兒，又覺得不能如此消沈，便是他活不下去，也不能拽著妻兒一同去死。

「當務之急，需要有人去見大將軍，看我們如果舉城投降的話，大將軍能不能網開一面？」

他剛說完，就有人點頭。「守備說得是，另外我們還有太子。」

眾人七嘴八舌，亦有人道：「聽說褚大將軍從來優待俘虜，事不宜遲，看誰去求見大將軍適合？」

褚翌還不知道太子戰力如此強，已經弄死了李程樟，他在外面碰上過來給他請安的百姓，老人扶著幼孫，拄著枴杖，華髮蒼顏，上前就要給褚翌行禮。

褚翌連忙拉住。「老人家，當不得，不知您老該如何稱呼？」

老人家道：「鄙人姓宋。」說著話就流下眼淚。「將軍，鄙人是來感謝將軍的。將軍當年救活栗州百姓無數，神兵降世，昔一知悉，無不孺慕。自從李賊叛國自立，肅州百姓幾乎沒了活路，我等日夜期盼，盼著將軍能早日來肅州；可恨天公作難，人人哭訴於道，不想將軍竟冒風雪晝夜前來，將軍莫不是菩薩轉世嗎？」

褚翌不習慣如此含情脈脈，求救般地看了隨安一眼。

隨安含笑上前，和宋公的孫子一左一右地扶著宋公，嘴裡甜道：「爺爺這可說錯了，不是將軍菩薩轉世，是皇上掛念肅州百姓，日夜憂心，愛民如子。」

這種場面話必定要先說在前面，隨安這樣說，其實是避免被有心人聽了，在朝堂上攻訐褚翌。

沒想到宋老爺子也是個妙人，聞言立即道：「皇上千金之子，坐不垂堂……」大意隨安倒是聽懂了。宋老爺子的意思是，皇上一個人貴重過天下萬民，更不用提肅州這些草民了，所以皇上就算掛心，也不能親自來，而褚翌便是那救苦救難、大慈大悲的活菩薩。

隨安用「老爺子您膽子真大」的崇拜眼神看著他，一直將他領出褚翌的身邊，聽到褚翌長長的呼氣聲，心裡暗笑。這得虧了來的是位老人家，要是個青壯過來說這種話，估計褚翌會站起來就走。

宋老爺子估計也看出褚翌不善於交際應酬，笑著對隨安道：「將軍真是個實在人。」

隨安嘿嘿笑，結果宋老爺子緊接著窩了一句。「姑娘妳還年輕，將軍這樣的才是真正的好人呢！」

隨安一陣猛咳，這下都要嚇尿了，再也不敢敷衍老頭，老爺子這才笑咪咪地坐在她找來的小板凳上。

時間很快就到了傍晚，肅州百姓見梁軍入城絲毫不犯，便主動拿出糧食、棉被等物獻到軍前。

褚翌喊隨安過去。「照舊登記，折算成財物，等大軍到了，還給百姓。」

來送東西的人紛紛道：「將軍，這都是家裡用不著的。」

褚翌抬手止住大家的話，臉上並未有笑意。「要麼按著我說得辦，要麼就拿回去。」

他這種硬脾氣不討人喜歡，頓時有不少人真的轉身回去。

好在前面的一些人沒走，隨安連忙準備了紙筆，褚翌又將她叫到一旁，叮囑道：「用略高一成的價格算給他們。」

這一夜，兵士們輪流歇息，隨安整理登記之物，忙到很晚。褚翌見她熬得眼睛都紅了，也沒管她，就一直陪著；等她忙完，才壓著她的頭，將她押回臨時搭起來的營帳裡睡覺。

營帳搭建在雪地之上，裡面跟外面差不多的溫度，不過被窩裡就舒服多了，有四、五個湯婆子，隨安鑽進去幾乎是立即就入睡。

直到後半夜，褚翌才進來，身上像冰塊一樣，也不體貼，脫了衣裳就往隨安的被窩裡鑽。

隨安夢中蹙眉，剛要踢人，聞到他的氣息，又慢慢放鬆了。褚翌從她腳下撥拉了兩個湯婆子略暖了暖自己，然後纏到她身上，也很快地入睡。

睡了不過一個多時辰，卯時不到他就醒了，他一動，隨安也跟著睜開眼。

褚翌道：「衛甲他們弄了些羊肉，起來吃點。」

不說還好，一說，隨安立即滿嘴口水。

兩個人穿戴整齊，洗漱完，衛甲便將飯食端了進來，不僅有羊肉，更有一小塊豬頭肉、半鍋糙粥。

衛甲衝隨安擠了擠眼，隨安戀戀不捨地看了一眼飯桌，還是跟著他出來。

衛甲從袖子裡摸出個油紙包。「衛戌給妳留的。」他們抓著隻雞，衛戌搶了一隻腿。

隨安也沒客氣，拿過來先啃一口，一邊嚼一邊問：「你們一直沒睡啊？」

「睡了，輪著唄。李程樟可真有錢，那私庫簡直——」

隨安一聽興奮了。「很多錢？」

「何止錢，首飾、金銀珠寶、金磚……簡直就是真正的金山啊！還有那麼多首飾，也不知他是留著自己戴還是給他的妾室們戴？」

隨安一看他的樣子就知他酸了，心裡好笑之餘，看了一眼身後的帳篷，拉著衛甲往遠處多走了幾步，嘿笑道：「你是不是藏了點？拿出來我看看嘛……」

衛甲立即擺出正經臉。「說什麼呢？褚隨安我告訴妳，我沒把妳當外人——嗯，妳可千萬別跟將軍說啊！」正經了不過三秒立即又軟了。

隨安已經把雞腿啃完了，剩下的骨頭叼在嘴邊。「快拿出來，看一下，讓我瞧瞧你眼光。」

衛甲摸出一枝毛筆粗的金簪子。隨安喟嘆。「好粗的針。」這哪裡是首飾，凶器還差不多。

衛甲一副唯恐她看入眼裡拔不出來的樣子，連忙收進懷裡，然後問：「怎麼樣，這應該是最貴重的吧？」金子最值錢，他可是選了一件最沈的。

隨安沈重地點了點頭。

落在衛甲眼裡，就看成她是稀罕了。衛甲看了她一眼，再看一眼，在心裡想著，褚隨安長得忒好看，人品也不壞，就是他沒膽子從將軍嘴裡奪食，所以送首飾簡直就是肉包子打狗。

扭捏了好一陣子，他決定出賣衛乙跟衛戌。「妳可不能嫉妒啊！衛乙跟衛戌也都有份的，再說衛戌跟妳最好。」

隨安白他一眼。「餓得半死了，給根金條能吃還是能喝？行了，我要回去了，也不知道將軍會不會給我剩下點？」

留下衛甲在那裡自言自語。「嘿，給我根金條，我能三天不吃飯。」

第一百零六章

隨安回了帳篷，見褚翌就坐在床上吃飯，面前的豬頭肉已經吃得只剩一塊，羊肉倒是剩下一半。

褚翌作勢拿著筷子往豬頭肉上戳，隨安立即撲了過去。「給我留一口。」

半晌，褚翌被她虎口奪食，摸著撞出血味的唇角喃喃道：「褚隨安，老子怎麼會稀罕妳這麼個東西！」

隨安打了個噴嚏，重新洗臉回來，褚翌已經朝羊肉進軍。她不客氣地坐過去，一吃肉，卻是極鹹——軍中伙食一貫如此，菜不夠，鹽來湊。

沒有饃饃，她便舀了碗菜粥，結果菜粥也難逃厄運，鹹得能結晶，還是褚翌起身，叫衛甲端了盤饃饃過來。

她吃了兩個饃饃，剩下的全都進了他的肚子。

那麼多飯菜，有九成都是褚翌吃的。

兩個人吃完，褚翌沒動，支使她去倒了兩杯茶，而後才開口，一開口就石破天驚。「李程樟死了。」

帳篷外面不知何時起了風，吹開帳篷，穿過縫隙，涼涼地灌入帳內。

帳中燭火彷彿也承受不住這陰冷，搖晃了三下，突地滅了，只留下一絲青煙裊裊。

在燭火熄滅的當口，隨安的目光落在那截蠟燭上，而後問：「太子呢？李程樟是自殺還是他殺？」她說完沒等褚翌開口，緊接著道：「不，李程樟應該不會自殺，他應該沒有自殺的勇氣。」

褚翌眼底閃過一絲笑意，不過笑意也是轉瞬即逝。「太子還活著。」

宮裡的人除了皇后，大概連皇上都盼著太子死了。太子若是死了，便是為國捐軀，是俘虜後受盡折磨而死；若是沒死，史書上該怎麼評價太子，又該怎麼寫才能堵住悠悠眾口？

太子是國之儲君，而且不知道是皇上忘了，還是故意的，一直沒有廢除太子的尊位。

「要是將太子廢為庶人，是不是他還能活著？」隨安想想現在朝廷中的那位皇帝，只覺得雲山霧罩。不說昏聵吧，但絕對跟英明神武搭不上邊，但從各方面來說，對太子還算是挺好的。

「庶人……」褚翌低聲沈吟，抬起頭目光落在隨安白淨清瘦的臉上，唇角的笑意更濃了些。

隨安也知道自己作夢，皇上要是會廢太子早就廢了，現在卻像是忘記了一般，估計皇上也是等著太子自裁謝罪。

褚翌難得有興致跟她多說兩句。「若是想噁心噁心皇上跟幾位皇子，就把太子送回去。咱們先說太子回去之後，只會有兩種結局——要麼登上帝位，要麼病逝身亡，再找不出第三條路來。」

隨安皺眉打了個噴嚏。「他還能登上帝位？」

褚翌白她一眼。「妳是不是著風寒了？喝點熱的。」推給她一杯熱水，而後才接著道：「妳可不要小看了皇后，太子是皇后最大的希望。」是最大的希望，而不是最後的希望。因為皇后就算沒了太子，皇后依舊能繼續做皇后，等著新帝繼位，再做太后。當然，誰做皇帝也比不上太子當皇帝更好。

「太子登上帝位，頭一個清算的恐怕就是我啦！」這也好理解，升米恩、斗米仇，他雖然救了他，但功勞太大，相當於站在太子的頭頂上救了太子。他繼續道：「若是太子死在上京，一死萬事休，但他總是太子，要是惹新帝厭惡，新帝拿他沒辦法，還能拿我沒辦法嗎？」

隨安點頭。「這倒是真的，那就不讓太子回京唄，就說太子身體虛弱，實在撐不住長途跋涉；若是朝廷堅決讓太子回去，就派人來接，反正咱們不敢送！」

褚翌面露驚喜，笑道：「看不出來，妳還有這等心計。」

剛說完，隨安又打了個噴嚏。

褚翌立即獅子吼。「去給老子喝藥！」

軍醫被衛甲火速地提溜過來，一把脈。「一頓一碗紅糖薑茶就行。」發發汗就好了，藥材匱乏啊！士兵們又多受風寒，軍醫頭都有點大了。現在是士兵們因戰爭受傷得少，倒是因路上勞累過度，得了風寒的人太多，這要是說出去，多麼不威武啊！

因為自己手上的瘢痕沒有消掉，褚翌已經有點不大相信軍醫的能力，但現在大夫難找，只好將就著，等軍醫出去後，他立即找來衛甲。「去把肅州城裡的大夫們都請過來，草藥也讓他們帶齊了，給大家看病。」

隨安連忙喊住。「這麼早去敲門，嚇著人家怎麼辦？宋老爺子不是留了個家人在這邊照應，跟他說一聲吧？」

褚翌這才點頭同意，然後又罵她。「妳給老子坐回去！」

隨安無辜。「本來好好地，誰知睡了一覺反而凍著了。」說著看他一眼。

褚翌一回想，略感心虛，就瞪她。

「行了，妳在這裡歇著，我出去看看。今日許妳好好休息，等攻下牙城，妳幫我寫摺子吧！」

「那我們什麼時候回京啊？」

「妳急什麼？到時候我自會安排。」

褚翌出了帳篷，喚了親衛過來。「京中的消息傳回來了嗎？」

「回將軍，尚未收到。」他們攻下內城之後，便有人火速往京中方向去了，但京中的消息要傳回來，興許還要再幾日。

褚翌點了點頭，心中默默算著日子。

如果說，林頌鸞間接導致了褚秋水的死亡，她手裡其實還有另外一條人命——是劉家的劉琦鶴。

褚翌心裡不願意褚秋水之事再翻出來折磨人，命人安排了劉家人去皇上面前告狀，告的便是林頌鸞殺夫。人證、物證都幫忙準備好了，林頌鸞這次是在劫難逃，等待她的只有秋後處斬，到那個時候，他跟隨安應該能趕得及回去觀刑，所以他覺得等攻下肅州牙城之後，送隨安回去也不是不行。林頌鸞關在大牢裡，隨安再想殺她，除非劫獄。

呵呵，他突然十分期待隨安進京後臉上會是什麼表情呢？暴跳如雷的話，會不會打他一頓？

天色大亮，雪住風停，就好像前日和昨日那般惡劣的天氣是專門為了考驗梁軍而來。

宋老爺子能來，還說了那麼一些話，自非尋常人。他不僅把肅州城裡大大小小的大夫都請來給士兵們看病熬藥，還整頓了大半個城的百姓幫忙進攻牙城。

百姓們爭先恐後地揹著柴火放在牙城門下，褚翌假意勸阻了幾句，說太子還在城內，不該如此冒失等等。

百姓們也不是真傻。「早一日攻下牙城，也好早點見到太子……」

褚翌感動得都哭了，太想見到太子了！他被太子他娘坑得可真慘！

當然，他也回坑了太子就是。

午時二刻，牙城終於攻破，李石茂代表李程樟出來投降，褚翌立即率軍進駐，而後面見太子、寫摺子。

太子虛弱地躺在床上——被李石茂打得還沒恢復過來，看見褚翌的第一句話便是指著李石茂道：「給孤殺了他！」

褚翌才不聽他的，轉頭對李石茂道：「太子的失心瘋症這麼嚴重，看來要從京中請御醫……」

太子看褚翌的目光陰冷潮濕如毒蛇，他笑著回看過去。

從前，太子站在高臺上，俯視著他，那時他對太子還沒那麼多厭惡；可後來太子跟皇后越來越過分，不為他們所用，便要被他們折辱……

若不是褚翌模仿了李程樟的信，太子不會親自出兵；太子若是不出兵，說不定這會兒他都榮登大寶了。若是太子登基，褚家不說完蛋，也差不多了。

褚翌整肅兵馬，除了將李程樟的妻兒、心腹關押起來，其他的從犯，凡是投誠的，一律厚厚撫恤。

得知鄘州平定的消息，原來從逆的兩個小州也都遣人來送降書。褚翌連休息都沒能好好休息，緊接著投入到繁忙的戰後安置當中。

隨安被他拘在身邊，好不容易等到冰雪消融，匆匆忙忙地要回京。

結果她才上馬，笑著對褚翌道：「總算是能從上往下看你一回了。」話沒說完，就見陽光下的褚翌眉頭一皺，硬生生地嘔了一口血出來。

隨安先是懷疑他又騙自己，可這種想法沒維持一秒，身體先她的大腦一步，已經飛快地從馬上下來了。「褚翌！」

褚翌暈倒之前，喃喃道：「別怕……」

能不怕嗎？嚇死了好嗎！

軍醫猶豫地看著隨安。「這次像是真毒發了。」

隨安幾乎暴跳。「不是說那毒不要緊嗎？他媽的周薊是個什麼玩意城，竟弄這些破爛毒！」

她氣急敗壞，拽著褚翌的衣領。「你給我醒醒！」

褚翌這回卻是真的毒發了。

幸虧他送隨安的時候並未出府衙，周圍就只有衛甲、衛乙，還有原本打算和隨安一起回上京的衛戌，知道這種情況的局限在幾個心腹之中。

衛甲著急地低聲問：「這可怎麼辦呢？肅州初定，這……」餘下的話他沒說，但大家都知道，軍心不穩、民心不定之際，若是傳出大將軍中毒，後果不堪設想。

軍醫匆匆去了又回，臉色雪白地說道：「太子那邊也嘔血了，比大將軍還厲害，也是南天之毒！」

隨安心裡真是恨死了皇后跟林頌鸞，聞言道：「你管他去死！」而後咬牙。「我們去周薊！」

「那府衙這邊？」衛甲問，實在是因為褚翌的身分太重要了。

「對外就說將軍去巡邊，嗯，火速請褚琮將軍過來吧！」反正戰後事務，褚琮將軍也是處理過的。

衛甲點了點頭，看向衛乙，衛乙立即道：「我去請人！」

眾人分頭行動。隨安只覺得心中彷彿有一團火在燒，燒得她理智都沒了，咬牙在褚翌耳邊罵道：「褚翌你個王八蛋！」

褚翌動了下眼皮，剛才扎針沒醒，現在卻被她罵醒了。

隨安想笑，但扁了扁嘴，眼眶倏地紅了，又脹又酸，覺得像無形之中有一隻手捏緊了她的心。

褚翌以前覺得自己的力量若有萬斤，現在則是發現自己的身體像有萬斤之重，費力地抬了抬手，也只是動了動指頭。

隨安的淚滴了下來，卻被她胡亂擦去。她深吸一口氣，小心翼翼地捧著他的手貼在自己臉上，然後目光堅毅地道：「我一定會治好你。」這次她也當一回將軍，若是周薊城拿不出解藥，她便讓周薊那些獻藥的王八蛋們給他陪葬！

「嬌弱」得一陣風就能吹倒的褚翌這次是真放心了。這個女人，終於像稀罕她爹那樣也稀罕起自己來。

不過褚翌就算躺下，腦子裡仍舊想繼續試探，他「虛弱」地道：「讓……衛甲帶……我去周薊……妳回、回……」回哪兒就是說不出來，可從表情到語言都是戲精上身。

隨安剛提起氣，想表白一下他現在在自己心中最重要，但見他目光灼灼，她皺著眉，懷疑道：「你這樣讓我回哪兒？你莫不是試探我吧？」

褚翌心中捶胸頓足。一定是他中毒之後身體遲鈍了，所以表演得不夠到位！

隨安見他不說話，這才放他一馬。「好了，你別多說話，衛戌在準備馬車了，事不宜遲，我們今天就動身。」

褚翌閉上眼，他的五感並不受影響，但軀體重似千鈞。

隨安接了些水餵他，誰知他閉著嘴不肯喝。「喝點吧，沒準兒那毒能排出來呢！」說完見褚翌臉色微紅，這才想起來，她嘿笑道：「要不我叫別人過來幫你？」

褚翌的眼中閃過一絲懊惱。

他如此有活力，隨安的心也稍稍放下，硬掰開他的嘴唇，給他倒了一點水，而後道：「路上我帶些米，給你熬點粥喝。」

想到這裡，她立即覺得這主意不錯，起身跑到外面找衛戌，道：「在車上放只爐子，專門熬粥。」

衛戌點頭。「準備了兩輛車，一輛讓將軍休息，剩下的那輛熬粥，兼讓侍衛們輪流休息。」這回趕路便是日夜不停，能早日到周薊，將軍就早一日有痊癒的希望。

隨安點了點頭。衛戌看著她一下子蒼白許多的臉色，心中略猶豫。

隨安便道：「還有什麼事嗎？」

衛戌問：「京中的褚太尉那裡是不是要說一聲？」

「應該說一聲的，不過將軍剛才醒了，我先去跟將軍說一聲吧！」

褚翌在屋裡聽見，眼皮微動。「這、麼快、就知道、討公婆歡心了……」

褚翌平定了西北，對大梁來說是一件舉國高興的大事，然而對於接到了消息的褚府來說，卻不那麼令人開心。

由嚴婆子悄悄抱來的那個孩子，沒活過三日便夭折了，林頌鸞連問都沒問一句，遑論幫那個孩子爭取葬到褚府祖墳裡。嚴婆子跟方婆子知道，他並不是真正的褚家骨肉，兩個人商議著買了一小塊墳地，正正經經地給孩子立了個墳頭。

她們做這些事是心裡憐憫那個孩子，徵陽館裡老夫人知道了，叫她們到跟前，每個人賞了二十兩銀子，卻沒有說別的。

這之後，皇后親自賜婚的褚府九夫人林頌鸞被前夫家告了，罪名便是殺夫，以及構陷劉家行巫蠱之事。

按理，褚翌在外行軍打仗，家眷是應該受到敬重的，但謀殺前夫這種事實在是驚悚，簡直是悖逆人倫了。京中傳得沸沸揚揚，很快就傳到了宮裡，皇上被丹藥餘毒給侵害得不行的大腦，這才徹底反應過來皇后到底幹了什麼蠢事。

「褚家乃是忠臣良將，這樣的人家，妳竟然賜了個寡婦?!妳腦子是被驢子踢了吧？」

皇后哭道：「當初賜婚，您也沒說別的啊！林氏一個婦道人家，卻是一向潔身自好，臣妾想不明白，這種殺夫的事怎麼可能呢？要說殺夫，那褚翌不是好好的？」

皇上皺著眉思索，發現自己確實忘記了。當然，這算不上是什麼好事，因此他的表情惡狠狠的。「將林氏關押起來！」

皇后蹙眉。「林氏才生產完不久，這天氣還不算暖和……」

「妳給朕住嘴！」皇上怒吼。「林氏的孩子已經死了，現在外界都在傳林氏心狠手辣，因此報應到自己骨血上！」

皇后一聽報應這個詞，自己先受不了了。她不覺得自己心狠手辣，只是太子如此倒楣，如今救出來了，竟然無法挪動，皇后一想，就心如刀割。

「皇上，再多派幾個御醫去肅州看看太子吧，他可是臣妾唯一的依靠了啊！」

說完就聽說劉貴妃來了。

按理說，劉貴妃跟皇后還有賢妃、淑妃等人，都是皇上的女人，而且賢妃、淑妃跟皇后都育有皇子，可皇上心中，就是對劉貴妃偏愛得十分明顯。

太子攝政期間，曾經廢了劉氏的貴妃之位，但皇上一回來，幾乎不用提醒，就又恢復了劉氏的尊號。

那個時候，太子已經出事，皇后顧不上理會，一面派人積極營救太子，一面示好賢妃、淑妃的兩位皇子，心裡想的是，反正不管是自己還是賢妃、淑妃，都不會喜歡劉氏，那就等新帝繼位，讓劉氏殉葬好了。

卻不料，劉貴妃自從皇上出關以來，性情變得更加柔和乖巧，進來就道：「請皇上允准皇后娘娘的請求吧，娘娘不似臣妾，臣妾的依靠只有皇上……」

皇后一聽她的後一句，差點給她跪下。

第一百零七章

上京發生這些爭鬥的時候，隨安已經帶著褚翌到了周薊的外城。

褚翌起不了身，吃得少，喝得也少，一天只靠三小碗粥撐著，他身體冰涼，偶爾還會抽搐痙攣，隨安幾乎變得神經質。

她溫柔的時候，細心照顧他，幫他清潔身體，時不時地親一口；有時候褚翌陷入沈睡，她打起再多的精神，也覺得自己快要崩潰，就洩憤似地捏他的臉蛋。「你給我醒醒，王八蛋、王八蛋、王八蛋！」

褚翌被她蹂躪，臉上的表情沒有變化，她又是心疼、又是著急，最後還是嘆息一聲，輕輕趴在他身邊。

周薊入城的查驗並不嚴格。

入了城，隨安才想起宋震雲此時應該還在周薊，她連忙翻出信來察看，結果失望地發現宋震雲竟然連地址都沒寫。

眾人入城先找大夫，可顯然，外城的大夫能力十分普通，沒人知道褚翌中了毒，有一個竟然說收拾收拾就可以辦理後事，氣得隨安把人家的藥店砸了。

做了一回土匪惡霸的後果顯然很嚴重，內城的人家不讓他們進了，而且看隨安的目光就跟小媳婦看流氓似的。

隨安急得不行，差點要吼，還是衛戍拍了拍她的肩膀。「冷靜點。」

她深吸一口氣，回去那被砸了還沒收拾好的店裡，鄭重地給人家賠不是，嚇得大夫雙手齊揮。「不、不用了，沒事……」

隨安掃一眼地上的東西。「您說個價，我折錢給您。」

大夫想說不要的，隨安猛然抬頭，嚇得大夫連忙道：「一、一、一……」一了半天也沒一出個多少來，是一兩、一百兩，還是一千兩？

隨安瞪著他，從荷包裡拿出一張銀票。「銀票可以嗎？還是只要銀子？」

那人的臉脹得通紅，點頭又搖頭，隨安哪裡有空管他，將手裡的銀票拍在他的面前，然後惡狠狠地問：「還怪我嗎？還生氣嗎？」

這回大夫終於給了個明確的答案，使勁搖了搖頭。

隨安一拍桌子。「行了，我們走。」

然而，內城那邊依舊不讓他們進，隨安急得抓耳撓腮，便如那西天取經怎麼都說不通迂腐木訥的唐僧。

忽然，她靈機一動，雙腳再一次衝到城門官面前。「我們是來探親的！探親！」

城門官官位不大，就是個芝麻官，原本不需要他親自坐鎮，但百姓們紛紛傳說有個惡霸進了城，城門官這才特意過來當防火牆。

「探親？妳有什麼親戚在這裡？」城門官看著她。說實話透過今天這一日的接觸，他都有點怕她了！

「您看看，這是我親戚寫給我的信！」她拿出宋震雲給自己的兩封信，笑得很「真誠」地放到城門官手裡。

城門口一看信封上的小戳就瞪凸了眼珠子，然後飛快打量著隨安。

隨安任憑他看，臉上的表情竭力維持著，免得自己又要打人。

她從來也沒想過自己會有成為潑婦的一日，但為了車裡的那個男人，她現在不介意與整個世界為敵。

「看到了嗎？他是真的在周薊。

「再說，我剛才都道歉了……」她轉頭看了一眼不放心地追出來的藥店大夫，那年輕木訥的大夫連忙使勁點頭。

隨安看著他的樣子，垂下眼皮，長長的睫毛遮住了眼中神采，腦子裡想到已經去了一年的父親，再想到半死不活的褚翌，心中一下子悽惶起來，眼睛瞬間就濕潤了，淚水一滴一滴地落在地上。

城門官嚇了一跳。「我、我又沒說不讓妳進，快進去吧！既然有信，怎麼不早拿出來？」

隨安一聽這話，眼淚瞬間收了回去，抬起頭，眼中亮光忽現，看也沒看城門官，對衛甲等人道：「我們進去。」一進外城之前，他們便把兵器藏了起來，剛才砸店也是用雙手，但若是內城還救不了褚翌，她不知道自己會做出什麼事來。

城門官看著他們進了城，忙不迭地坐上自己的車，往王宮方向去了。

進了城，隨安便對衛甲道：「咱們分頭打聽這裡有名望的大夫。」

衛甲點頭，轉頭給身後的親兵們安排任務，按照方位，大家分頭行動，又約定了集合的時間、地點。

人手都分派出去，褚翌身邊就只剩下衛甲、衛乙、衛戌跟隨安。

衛戌看著隨安的樣子，道：「妳進去車裡，我們去打聽。」

隨安剛點了點頭，沒等她上車，衛戌先警戒起來。一隊騎士從南邊瘋狂地湧了過來，目測有五、六十人。

衛戌急道：「妳進馬車！」

「不！」隨安同衛甲、衛乙一起，護衛在褚翌的馬車前。

衛甲小聲道：「笨蛋，妳進去把兵器拿出來，一會兒見情況不對，趕緊給我們！」

隨安放下胳膊，悻悻地轉身剛要往車廂裡，就聽見有人大聲喊自己的名字。

「隨安！褚隨安！」

聽到這個聲音，她身軀微微一震，飛快地轉身。

「宋大叔！」

衛戌抓住她。「慢些！」

說話間，宋震雲已經到了跟前。

他一身黑色精緻騎裝，如果忽略眼眶下的烏青跟嘴角的紫紅，看上去就像一個富貴逼人的貴族子弟。

隨安將腦子裡瞬間飛過的一萬隻烏鴉趕走，宋震雲已經下了馬，他往前一步，身後的人便跟著他走一步。

饒是隨安心如火焚，也忍不住抽了抽嘴角。看上去這些人不像是想對他們不利，反而是怕宋震雲逃跑……

宋震雲確認了果真是隨安，眼淚倏地流了出來。

可這一場故人異地相見，空氣中流動的不是溫情，而是緊張。宋震雲身後的人都一臉緊張地看著他，隨安幾乎懷疑宋震雲這是掉到直銷團體裡了……

她抬手將這不著調的念頭打散，上前兩步。「宋大叔，我要看大夫，我家官人中毒了！」

她這話一出，彷彿魔咒一般，空氣中的緊張氣氛一下子退散了。

宋震雲張口結舌。「妳、妳、妳……成親啦？」後面三個字直接大舌頭。

隨安沒聽清楚，胡亂點了下頭。「是！」強調道：「我想找最好的大夫！」

陽光下，她的眉眼與昔日褚秋水的模樣奇蹟般地重疊，那樣高傲，明明是求人，看上去更像發號施令。

宋震雲忙點頭。「那你們跟我來，妳……」妳爹……一直盼著妳呢……

回神之後，他連忙轉身吩咐。「快把醫術最好的長老請到王宮裡！」

隨安一聽王宮，先是一怔，接著難以置信地看向宋震雲，而後又轉頭尋求支持地看向衛戌。

衛戍也把宋震雲看成了周薊女王的禁臠，衛甲更是一把拽住隨安，小聲而急促地說道：「將軍可比那個宋震雲長得還要好看，像我們這些人留下也就留下了，可妳看看一個宋震雲，他們都那麼寶貝，不知道那女王多麼變態呢？」

隨安踹了他一腳，原本忐忑的心事被他這樣說出來，反而淡定下來。褚翌是誰？一百個宋震雲加起來也沒褚翌的強勢，周薊女王能拿捏住宋震雲，可不一定能拿下褚翌。

隨安忍不住又看了一眼見著她如同見到親人般的宋震雲，心裡微微嘆息。若是能救他出火坑，她還是要努力一把的。

就這樣，大家還沒見到周薊女王，但已經透過宋震雲的種種舉措，自動自發地將她想像成了一個暴戾恣睢的人。

他們一到王宮，宋震雲看著長老已經到了，匆匆忙忙上前。「白長老，請幫忙看看馬車裡的病人。」

他一如既往的熱心腸令隨安熱淚盈眶。總算世上還有個同時跟他們父女有聯繫的人，這樣對她好。

因為宋震雲的熱情，隨安在白長老走過來時，恭恭敬敬地掀開車簾。

白長老探身進去，翻看了褚翌的眼皮，又捏了他的脈搏，而後道：「能治。」

隨安臉上一喜，剛要說話，就聽宋震雲趕在她之前道：「那就麻煩您給他看病。妳跟我來，女王要見妳。」後一句則是對著隨安說的。

隨安一怔，衛戍在一旁沈沈道：「不行，她跟我們在一起。」

宋震雲看看衛戍，又看了一眼隨安。「不是，我不會害她。」眼睛看著隨安，幾乎是目露祈求的那種。

隨安看看宋震雲，再看看衛戍等人，一咬牙，對衛戍道：「我去去就回，你們守著他。」說完就要走。

衛戍一把抓住她的手腕，眉頭緊皺。「不行，將軍醒來肯定要見妳。」他們本來人手就不足，若是分開，誰也不能保證隨安的安危。

隨安忙道：「我信得過宋大叔！」

宋震雲看著他們的樣子，急道：「算了，我叫她來看妳好了。」希望她在知道隨安已經嫁人之後能淡定些，起碼不要再在人前打他。

隨安一臉猶豫地看著宋震雲走了。

衛甲拉了拉她的胳膊。「算了，別看了，妳想想將軍！」宋震雲那張長期遭受家暴的臉，實在是給大家的印象太深了，不說衛戍，就是衛甲、衛乙也不敢讓隨安出去啊！萬一肉包子打狗回不來了，將軍好了豈不是要拆了他們？

衛乙也勸隨安。「正好我們一起會會那什麼女王，不過妳看他們這些長老神神秘秘的樣子……」

「在人家地盤上，你膽子也忒肥了！」兩個人嘀嘀咕咕。

那邊，被宋震雲稱為「白長老」的老頭道：「把這位公子先送到醫署吧！」

宋震雲一路幾乎是「飛奔」地奔到內宮。

女王扒著門框，望眼欲穿，看見他就撲上來。宋震雲已經有了經驗，這才沒被她撲倒在地，但是身形仍然被撞得晃了晃才穩住。

女王已經抓住了他的脖子，急急問：「真的是隨安？」

宋震雲一點頭，脖子上便是火辣辣的疼。他眼角看見她的長指甲，暗忖等她睡著了一定要偷偷把指甲給剪了。

女王得到了答案，鬆手，一陣風似地颳進屋裡。

宋震雲跟了進去，見她撅著屁股，正在扒拉滿櫃子的衣裳。

他莫名有點不是滋味，等見到她差不多快將自己埋了起來，才開口。「妳身上這身就很好看。」

女王氣喘吁吁地起身，兩手扠著腰道：「我怎麼能穿這種衣裳過去？我得找身男裝。」

宋震雲嚥了口唾沫，目光掠過她高聳的胸前，有點不敢想像見面的場景。

其他幾位長老聽說城裡來了惡霸，而且還被人請到內城、進了王宮，深恐大王出事，連忙相攜而來，正好遇到了匆匆忙忙往外走，一身深紫男裝衣袍的女王。

高長老看向一同前來的王長老，眼中盡是詫異。

王長老也有些驚異。女王近來性情大變，但沒想到變化這麼大，今天竟然穿起了男裝。難不成女王以後要喜歡女人，所以才做男人打扮？這樣一來，城裡的男子是不是就能正常起來，能安安穩穩地娶妻生子？

王長老想得有點多，因為女王已經無視地從他們身邊過去了。

高長老嘆了口氣。被無視也比被揍一頓好，他看一眼宋震雲。「請宋公快跟上王。」

宋震雲點了下頭，脖子頓時更痛，可此時也顧不得了，飛快地去追女王。

醫署裡，隨安正幫著褚翌脫靴子，將他的腳也挪到床上。

白長老趕人。「只留下這位小哥給我搭把手，其他的人都去外廳等著吧！」他留下了衛戌。

隨安看著衛戌，衛戌衝她輕輕點頭。

她剛跟衛甲、衛乙到外面，就見宋震雲滿頭大汗地回來了，指著前面對隨安道：「妳跟我去那邊一下！」

隨安對衛甲、衛乙說：「那你們在這裡等等。」宋震雲指的地方離得不遠。

宋震雲走在她旁邊，她忍了忍，卻沒忍住道：「宋叔，你在這裡過得好嗎？什麼時候回上京？」要是想回去，偷也會把他偷走。

宋震雲臉上的表情頓時變得複雜難辨。

隨安見他不說話，便又試探道：「他們老是打你嗎？」

他低聲道：「沒有他們，是我自己沒用。」

這話說得騙鬼呢！隨安當然不信，不過已經到了他指的地方，她便問：「是周薊城的女王要見我？為什麼？」神情多了幾分慎重。

宋震雲連忙道：「我不會害妳，妳進去就知道了，反正、反正……一句話說不清楚！」

這個宋大叔。隨安心裡一陣彆扭。既然不會害人，何不把話說清楚了，現在這樣弄得她很忐忑好不？

她抬起手，推開了門。

門裡有一個人，正淚眼婆娑地看著她。

他梳著男子髮髻，穿著一身男裝，膚白貌美，可這些對隨安來說，都不是重點，重點是他胸前高聳，腰肢纖細，體態風流……

隨安一怔，轉頭看向宋震雲。

宋震雲只留下一句。「你們說話吧！」就掩面衝了出去。

隨安再看一眼屋裡的人，暗自琢磨自己打過她，或者他，的可能有幾成？

就在她胡思亂想的時候，那個人終於開口了。

「隨安，我是爹爹啊！」

褚隨安眼前一黑，踉蹌著後退了兩步，才勉強扶著桌子站穩了。

這時，她已經一句話都說不出來了，偏偏那人還一個勁兒地往她這邊走。

隨安的腦子裡嗡嗡作響，太陽穴突突直跳，心臟更是彈跳不止，脖子像是被人掐著，就要喘不過氣來。她勉力抬了抬手，想讓那人不要再靠近了，可什麼也沒來得及說，就聽那人緊接著哭道：「隨安，我真是爹爹啊！妳可不能不要爹爹啊！」

褚隨安最終還是白眼一翻，昏死過去。

宋震雲在屋裡爆發出一陣大哭聲之後，立即往屋裡衝，速度直逼看見紅布的公牛。

看見隨安倒在地上一動不動，他忍不住高聲。「妳嚇死她啦？」

衛甲跟衛乙本來在不遠處豎著耳朵，見這個宋震雲進去又出來，而後又衝進去，還冒出那麼一句，立即就覺出不對勁來了。

他們一起往那邊跑了過去。

到了之後，就見一個女扮男裝的人癱坐在地上，抱著隨安大哭。「我苦命的孩子啊……妳要是有個三長兩短，我也不活了！」

第一百零八章

褚隨安的神魂在一片墨色中飄飄蕩蕩，突然間，眼前不遠處有霞光，似有神佛降臨，她顧不得心中憂懼，連忙跑了過去。

然而到了之後卻發現，並非是頭戴寶冠的菩薩，而是一個唐長老一樣的人物。他臉上表情淡淡，頭戴毗盧冠，身披蓮服，教人看著覺得親切無比。

隨安的腳步遲疑，不知道該怎麼稱呼這位？

唐僧模樣的人衝她頷首微笑。他面容實在是太慈祥，隨安的戒備之心一下子就消失了，情不自禁地走上前。

那人道：「孩子，這不是妳該來的地方，回去吧！」

那聲音宏亮又優美，朗朗如清風，如玉石相擊。

隨安被這聲音震醒，一時間萬般念頭湧上心頭，她心裡最為惦記的便脫口而出。「我爹爹他……」

那人微微淺笑。「他也不在這裡。」

隨安吃驚地張著嘴，用手指了指身後。「她……」

那人竟像是明白了她的意思，依舊淺笑著，沒有任何不耐煩地點了點頭。

隨安得到確認，眼淚突地流了下來，哽咽道：「我曾經想過爹爹要是活著多好，可我沒想過爹爹會、會……哪怕他投胎轉世成了個老頭子，也比現在好啊……」以後讓她喊個女人「爹」，她實在喊不出口啊！

那人的笑容彷彿也跟著加深了些，這次沒有說話，只是緩緩又點了點頭，一副言盡於此的模樣。

隨安只覺得心如死灰，剛往後走了兩步，突然想起什麼，連忙轉身。「您、您是地藏王菩薩？」而後又十分驚異地問道：「世上不是沒有鬼神嗎？」

「世上沒有，鬼神在心，一念為善成神，一念為惡墜入地獄……」他的聲音漸行漸遠，身形也漸漸消失。

隨安張口結舌，一轉身，忽然一陣刺痛，然後，她聽到一個老頭子的聲音。「無礙，只是驚嚇過度，很快就會醒來的。」

有人翻動她的眼皮。

她睜開眼，入眼是一串鼻涕泡，還隨著呼吸一漲一縮。

然後，衛甲來救她了。「這位，您讓讓，讓她緩口氣……」

宋震雲也上來拉已經哭得眼眶紅腫的女王，將她拉到一旁，小聲道：「妳是怎麼說的？咱們不是說過要慢慢地說？」

女王使勁擤了下鼻涕，宋震雲連忙遞上帕子。

「我沒快快地說啊！我就是慢慢地說『隨安……我是爹爹啊……』」

這樣更嚇人好嗎？這比他當初被她撲過來大叫「你終於來了」還要驚悚好嗎？

試想一下，要是自己的老爹明明已經入土為安，有一天突然一個女人上前對自己說：「我是你爹。」……宋震雲打了個寒顫。

女王已經在跺腳。「還要怎麼慢！你說！」

隨安雖然醒了過來，但覺得自己還是暈掉比較好。

但她暈不了，剛才被掐的人中那兒火辣辣地疼。

然後就聽見兩個老頭子在交流自己的八卦。

「看著小姑娘也不像膽子小的，我王怎麼能活生生地把人嚇暈？」

另一個老頭就道：「哼，王上之前一出王宮就嚇死過人好嗎？還是一死一大片那種。」言下之意，隨安才被嚇暈，已經是膽子大了。

衛甲跟衛乙也在嘀咕。

衛甲道：「剛才聽那個女人說，隨安是她的孩子……難不成是她親娘？對了，妳有沒有見過隨安親娘？」

隨安聽見這一句，「脆弱」的心靈頓時遭到十萬伏特的電壓。

衛乙搖頭。「這要是親娘，怎麼會把隨安嚇暈？要換了我，親娘是個女王，還不高興得上天？」

這種場面對於旁觀者或者看戲的來說，很具喜感，但對於當事人來說，就只有兩個字：命苦。

衛甲正好看見她醒了，連忙道：「妳醒了？」其實他更想問：「妳還好嗎？那個女王剛才對妳做什麼了？」

隨安緩緩坐了起來，發現自己躺在一張寬大的床榻上，屋裡的眾人都目不轉睛地盯著她。

老頭子們是一臉的興味八卦，眼睛裡冒出來的意思明晃晃的——孩子，女王剛才對妳做了啥？

宋震雲一臉擔憂，雙手還扶著哽咽不止的女王。

隨安的目光略過他，而後又迅速轉回來，目光定定地落在宋震雲扶著女王的那雙手上。她想起當日的兩封信，或許那個時候，宋震雲就想透過那種方式告訴她，其實褚秋水還以另一種「形式」活著，可她完全沒理解他的暗示。

對宋震雲而言卻成了心虛，他悻悻地將手飛快地收了回來，而後垂下頭。

衛甲發現了，本來想戳戳衛乙，卻不小心戳錯了人，一看竟然是給將軍看病的白長老，衛甲這才回神。「將軍呢？」

白長老揮揮手。「小毛病。」然後炯炯有神、津津有味地看著女王的「一家子」。

隨安聽到衛甲的話，也跟著回神，詫異道：「外面的人說這個很難，還讓我們準備後事。」

白長老謙虛道：「這是我配出來的毒，單解是難解了些，可也不是無解；當然，還有個更簡單的法子，吃點石榴、找個女人睡睡就好了。」

不說話還好，一說話，隨安跟衛甲、衛乙都使勁地瞪著他。

衛乙直接想把這老頭子弄死，以後就沒人害人了。這藥可把將軍害苦了！

不遠處的女王用指甲使勁掐著宋震雲。「他們是怎麼回事？」

宋震雲疼得一哆嗦。「是、是、妳女婿中毒了，看樣子白長老能解，就是白長老配的毒藥！」

女王尖叫。「女婿?!」

聲音太大，嚇得衛甲跟衛乙下意識就去拔刀——刀不在身邊。

然而女王並沒有對他們做什麼，而是朝白長老衝了過去，一把扯住他的頭髮。「你個死老頭子！我教你整天害人！」

白長老人緣不錯，女王這樣一揍他，其他人連忙上前勸架。

而宋震雲看了眼隨安，沒敢動。

這場面……真是不想承認，但確實莫名地喜感。隨安心裡嘆了口氣，側頭問衛甲。「將軍醒了嗎？」

「剛才還沒醒呢！」

「那你們還不趕緊去救他？等他被打死了，將軍怎麼辦?!」

在幾個強而有力的外人援救之下，白長老終於逃出生天。

隨安眼光無神地看著已經弄縐了衣衫的「大美女」，見她也悄悄看著自己，只好無奈地道：「咱們單獨談談。」

宋震雲提著心喊一句。「隨安。」

隨安沒心情理會他。「你閉嘴。」

女王緊接著惡狠狠地瞪著宋震雲。「你閉嘴！」

還是高長老醒悟過來。「咱們都出去，都出去。」

男人們都出了門，王長老還體貼地幫忙帶上房門，白長老整理了整理自己，而後道：「我還是去看看病人。」他為何要多管閒事來挨頓揍？

王長老嘆了口氣，跟高長老道：「你說那個孩子真是我王的孩子？王什麼時候生了孩子，我們怎麼不知道？」

高長老看了一眼宋震雲，小聲對王長老道：「我猜八成是真的，但是那孩子的爹肯定不是他……」

王長老看了一眼宋震雲的頭頂。

屋裡，隨安呆坐著，就見對面的人正拖著小椅子，試圖不動聲色地往她面前湊，心裡還是止不住地嘆氣。

爹爹沒了，她傷心；爹爹活著，為何她仍舊高興不起來？

「我該怎麼稱呼您？」

對面的人吸了吸鼻子，看著她，怯怯道：「要不妳喊我娘吧？」

隨安心裡默默吐了一口老血。好吧，她能接受親爹變成女人的事，但叫她喊「娘」，她絕對喊不出來！

她沈下心，正努力集中精力想接下來的話該怎麼說，就見她「爹」哭了。

「您怎麼哭了？別哭啊……」隨安滿心無奈。

女人哽咽道：「可憐的孩子，我是哭妳命苦，妳剛有了娘，就沒了爹啊！」

一瞬間，隨安想起無數形容傷心絕望的成語——萬念俱灰、捶胸頓足、心如死灰、生不如死……

問君能有幾多愁，恰似一江春水向東流……

她深吸一口氣，拿出帕子遞給她——娘。

「您擦擦眼淚。」

她「娘」接了過去，行動之間，跟褚秋水一模一樣。

隨安聽她擤鼻涕的動靜，垂下眼皮，只覺得心中莫名酸楚。

「您是怎麼到這邊的？」

「我也不知道，就是當時不小心撞在刀上，然後脖子一痛，再醒來就、就發現成了個女人了。」

隨安點了點頭。「他們對您好嗎？」

女王遲疑地點了下頭。「還行吧，打不還手，罵不還口，還求著我吃飯……」

真不想和她說話！都打不還手、罵不還口了，還只是還行嗎？那不應該是很行嗎？

吃虧的不是褚秋水，隨安心裡微微鬆一口氣，又接著問：「宋大叔是怎麼回事？是您找到他的，還是他找到您？」

女王低著頭將帕子摺了摺。「我才醒，發現大家都挺怕我，就想回上京去找妳，可出了內城，想要出外城，他們就哭爹喊娘地不讓我走了，怎麼折騰也沒用；然後我就在乞丐堆裡揀到了宋震雲，本來以為是跟宋震雲模樣一樣的人呢，沒想到還真是他。」

隨安剛點了點頭，沒想到女王又給她來了石破天驚的一擊。「隨安，以後怎麼辦呢？他們讓我趁著年輕生孩子，說周薊城不能沒有繼承人……」

剛才應該再暈一會兒的！

好半天，她才重新鼓起說話的勇氣。「您是怎麼想的？」

女王扭捏著道：「我不敢，聽說第一次都是很痛，我要是痛死了，萬一投胎到一頭豬身上，那豈不是更慘……」

好了，確定完畢，是親爹褚秋水無疑。

「那您想怎麼辦呢？」

女王想了想，突然眼睛大亮。「聽宋震雲說妳已經成親了，要不妳來生？反正妳是我的孩子……」

開玩笑！

「我什麼時候說我成親了？八字還沒一撇呢！」她不願意多想自己的事，接著問道：「妳不想生就不生唄，過繼一個孩子呢？我看這裡的人都神神祕祕的。」

誰知她一說這個，女王就無奈地嘆了口氣。「我也是才知道，我醒來之前的那個女王，把內城適齡男子都糟蹋得差不多了，外城的也盡剩下一些歪瓜裂棗，就算這樣，也沒人想跟我生，而且王族就剩下我一根獨苗了……說要是王族滅絕了，周薊就要覆滅，也不知道怎麼個覆滅法……」

隨安沒好氣地道：「您很想知道周薊會怎麼覆滅啊？」她來的時候，雖然對周薊恨得牙癢癢，但真到了這裡，看著滿城百姓，真生不出滅了人家一個國的心。

女王詫異道：「我沒法知道了，只有我死了，他們才會滅亡。」

這個話題實在沒法繼續聊下去，隨安起身。「喊娘我喊不出來，您有名字嗎？我瞧著您現在年紀不大，要不我喊名字吧？」

女王也跟著起身，嘴裡唸叨著。「沒大沒小，別以為我現在虎落平陽，妳就不認我了啊。」

隨安吐血。「這還虎落平陽？平陽得多倒楣?!」

女王不理會她的詰問，雙手隨便地往上托了托胸，隨安一不留神正好看見，被她胸前起伏的波浪晃得頭暈腦脹。

這日子沒法過了，但生活總是一波又一波的打擊。

女王接著道：「我這裡也忒大了些，要是跟妳差不多就好了！」

隨安從牙縫裡擠出一句。「妳住嘴，別逼我動手！」她要再跟她待在一處，說不定周薊城的百姓就真見不到明天的太陽了！

她窩了一肚子火出門，出來被風一吹，腦子才清醒過來。

偏偏女王還跟在她後面嘀咕。「晚上妳跟我睡，我有許多話要跟妳說。」

不管是爹穿越成了娘，還是娘穿越成了爹，她能接受是她思想開闊，但不代表她有開放到男女不忌的地步啊！

「我先去看看將軍，有話明天說也是一樣。」她深吸一口氣，盡力用正經、沈穩的語氣說道。

誰知女王下一句又讓她破功。「好吧，那我還是跟宋震雲一起睡好了。」她怕黑。

事實證明，就算親爹死而復生，就算與親爹久別重逢，依舊能讓人有心如死灰之感——哦，說錯了，是娘不是爹。

隨安從屋裡出來，外面眾人的目光一下子全都落在她身上。

可惜她誰也不願意看。

女王跟在她身後，眼睛盯著隨安，一臉的委屈跟小心翼翼。這般模樣落在眾人眼中，只有暗爽，但沒暗爽兩秒，就被女王扠腰怒瞪的姿勢給震懾住了，唯恐女王將自己吃的憋都發洩在他們身上。

隨安沒有理會這些暗潮湧動，徑直去了褚翌所在的地方。

白長老正在給褚翌餵藥，褚翌的前襟都是流出來的藥水。

「我來吧！」她走過去，接過了藥碗。

衛戍將褚翌的頭托起來，隨安一勺一勺地餵到他的嘴裡。

褚翌的臉色似乎好了許多，隨安記得在來內城之前，他的臉色發紫、發紅，現在則恢復得差不多正常了，總算是個好消息。

她在餵藥，外面的人也沒閒著，一會兒工夫，衛甲、衛乙進來了，兩個人小聲說：「將軍的臉色是好看了……」

外面的女王見閨女進了門，又找宋震雲的麻煩。「誰教你胡說八道的？隨安哪裡成親了？我剛才都沒想到她怎麼能成親呢，她還在孝期！」

宋震雲心裡默默吐槽：明明你還活著。臉上卻唯唯諾諾，一句反駁的話也不敢說，被女王掐得狠了，才喃喃道：「是我聽錯了。」

長老們也竊竊私語。「還以為宋公要失寵了呢！」

「呵呵，大王的寵愛可不是一般人能消受得了的。」

隨安餵完了藥，衛戌就去取包袱過來，她走出門，留衛甲、衛乙幫忙給褚翌換衣服。

衛乙小聲道：「隨安怎麼出去了？」

衛甲表示理解。「她娘在這裡，她又還沒嫁給將軍……」小姑娘臉皮薄，總是要避嫌的。

衛乙嘆了口氣。「將軍早點好起來就好了。」一切有將軍做主。

衛甲卻不怎麼看好。「你說，要是隨安真的是周薊女王的孩子，那她的身分也是水漲船高，她還能嫁給將軍嗎？」

衛乙瞪眼。「不嫁給將軍，她想嫁給誰？」

然後，兩人有志一同地轉頭去看正在給褚翌換鞋的衛戌。

衛戌再淡定也忍不住目露凶光，嚇得衛甲跟衛乙連忙往外躥。

衛戌確實決定要好好教訓兩個人一頓，等隨安進來接手後，他便道：「我出去一趟，把我們的人手都召集起來。」

隨安點頭。「我問問，看這裡有大家住的地方嗎？」

她口氣看不出拘束，衛戍有點拿捏不準地問道：「那個長老們嘴裡的宋公……」

隨安點頭。「是上京時候的鄰居。」

衛戍的眼睛一下子瞪圓了。他不是個愛八卦的性子，但隨安的親娘跟隨安家的鄰居……簡直就是活脫脫的隔壁老王。

嗓子裡好像卡了一顆帶皮的生雞蛋，他使勁清了清喉嚨。「那、那個女王真的是……」

隨安的臉一下子黑了。「你能不能不問？」

她都這般模樣了，衛戍還有什麼不明白的，絕對是親生的，而且親娘還跟隔壁老宋有一腿！要不是親生的，他打斷自己的腿！

現在看周薊女王這架勢，應該是跟老宋沒有親生子女。這樣就好，反正隨安她爹已經沒了，親娘給孩子找個後爹也說得過去；而且主要是後爹看上去很老實、很好欺負……

等隨安緩過勁來，衛戍腦子裡的想法已經想到從哪裡弄點絕育藥給老宋吃了。

隨安看他的樣子，實在怕他問出更難以回答的話題，就道：「你不是要出去把大家都找回來？」

衛戍點頭。「我這就去。」順便出去問問藥店有什麼男人吃的絕育藥沒有。

第一百零九章

隨安看著他走了，立即長長吐一口氣，齜牙咧嘴地趴在褚翌的床邊。她想靜一靜。

外面春寒料峭，但屋子裡並不冷，陽光透過窗照在她身上，像被一隻溫暖的大手撫摸著脊背。她低低嘆了口氣。

而後，屋裡突然響起褚翌的聲音。「怎麼了？」

她愕然抬起頭，他又問了一遍。「妳怎麼了？」

隨安扁了扁嘴。這一日受的驚嚇絕對大過驚喜，此刻被褚翌目光柔柔地看著，心裡莫名多了一重委屈。

褚翌一抬胳膊，覺得重似千斤，吃力地挪動了一下，讓胳膊與肩膀持平。「來，過來躺一躺。」

他聲音有些暗啞，隨安忙道：「我不累，先給你倒點水喝吧？對了，我還是先問問白長老你現在能不能喝水？」

褚翌卻很堅持。「過來。」

隨安看了看門口，一咬牙，飛快地跑過去，插上門閂。

褚翌看見了，眼中微微露出一抹笑意。

隨安沒有脫鞋，拿他的胳膊當枕頭，窩了過去。

褚翌才醒，身體漸漸恢復力氣，沒有繼續追問。

等他的手能動了，他便抬起來按住她的肩膀，讓她更加貼近自己。

肩窩處暖暖的，沒有濕意，褚翌緊著的心也跟著放鬆，不一會兒，兩個人竟雙雙睡去。

然而不過睡了一刻鐘的工夫，外面就傳來敲門聲。

褚翌先醒，聽見一個女人哭天兒抹淚。「隨安啊！妳可千萬別想不開啊！就是我死，妳也不能死啊！」

隨安在夢中硬生生地打了個哆嗦，一睜開眼，正好看見褚翌略顯呆滯的目光。

她翻身起來，在衛甲、衛乙準備撞門之前，先一步打開了房門。

女王最先撥開眾人衝了進來。

隨安看了她一眼，這一眼可以用「哀莫大於心死」來形容。「我剛才有點睏，躺了一下。」

女王連忙猛點頭。「妳累了，要不去我那邊睡吧？我的屋裡暖和，床也大！」

隨安一想到自己要睡她抱著宋震雲睡過的床，就眼前發黑。

好不容易安撫了「愛女心切」的女王，隨安覺得自己的心情可以用一截焦炭來形容。

那頭，衛甲、衛乙驚喜道：「將軍醒了！」又齊齊感謝白長老。「多謝長老救命之恩！」

兩人不感謝還好，一說話，立即把女王的心思引了過去，白長老又挨了一頓揍。

女王一邊打，一邊罵。「誰讓你弄出這些害人的藥！」

衛甲、衛乙覺得女王罵得有理，下手救人的時候就有些遲疑。

隨安終於目光漸冷，大喝一聲。「夠了！」說完，上前抓著女王的胳膊。「妳跟我來。」

眾長老都以為，隨安敗了女王的興致會惹得女王大怒，誰知女王只是「哦」了一聲，乖乖跟著隨安走了出去。

隨安抓著人走到隱蔽的角落。「妳能不能克制一下？怎麼動不動就打人——」話沒說完，又被她雙手托胸的動作給秒殺了。

女王悻悻道：「我是心好煩，不習慣啊！」

褚隨安心道，老天降下一道雷劈了我吧！

「不要動不動就動手，至少不要親自動手，不文雅。」她其實不知道自己在說什麼，她真的不知道該怎麼辦了！

或許這種事她真的需要有人來幫她拿個主意，叫她自己想，總覺得眼前一團亂麻，不知道該從什麼地方理起來？

屋裡沒了女王添亂，褚翌很快就明白過來。

鑑於褚翌是受害人，白長老也沒藏著、掖著。「……南天說是毒，不如說是藥，要是聞了之後再配合著吃一點石榴，或者喝點石榴酒、石榴汁什麼的，可以發揮助興之用。但若是單用，則如同氣眼不通，吸入腹內久則生火，火灼五臟六腑，發於內，是為力大無窮；發於外，則表現為氣息虛無……」

褚翌已經坐了起來。「此事怪不得長老，有人要害人，那是怎麼都防不住的，他不用這種藥，便用其他藥。」

白長老感激涕零。「多謝將軍體諒。」被不講理的人統治久了，遇到一個講理的，就跟遇到佛祖一樣。

其他幾位長老見狀也連忙道：「將軍才解了毒，不如就在此地多休養幾日。」

褚翌現在雖然醒了，但確實是渾身無力，笑道：「如此，恭敬不如從命了。」說著就看了一眼衛甲。

衛甲沒明白他的意思，但轉念一想，將軍都昏沈了好一段日子，飯食也用得不多，肯定是餓了，就自以為聰明地問：「將軍，您是不是餓了？」

褚翌冷冷瞥了他一眼。

長老們連忙道：「是應該用些水，我們這就下去準備。」

隨安在外面，正好碰見衛戌回來，他身後還帶著一個熟人——小陳。

小陳一見隨安就跳腳。「褚隨安妳不夠意思，竟然撇下我！我不是妳最親的親人了?!」

他這樣一說，隨安身後的女王不樂意了。她才是隨安最親的親人！

女王拉拉隨安的袖子。「他是誰？」

隨安看見小陳腳下一個踉蹌，再聽見身後濃濃醋意的聲音，簡直就是雪上加霜，生無可戀。她深吸一口氣，側目斜睨著一臉憤恨嫉妒的女王。「是我給妳找的兒子！」簡直就是豁出去了。

女王嫌棄地上下打量了一眼小陳，那模樣就跟豬販子挑豬一樣。

人靠衣裝，她穿得實在是華貴非常，所以就連小陳都沒有造次，只是很不滿地看著隨安。

這裡略可靠的就只有衛戌了，他看了一眼隨安，問道：「將軍怎麼樣了？」

隨安這才回神。「剛才醒了，一起過去看看。」

褚翌正躺在大迎枕上閉目養神。

眾人進來，他睜開眼，沒等他開口，小陳就一個箭步衝上去，跪地諂媚道：「恭喜將軍，賀喜將軍！」

褚翌笑道：「起來吧！你怎麼來了？」

小陳忙道：「是褚琮將軍不放心大將軍，屬下便請命過來了。」

「一路上辛苦了，跟著他們都下去歇息吧！」

小陳剛要再表幾句忠心，被人從背後踢了一腳，他轉頭剛要發火，看見踢自己的人是隨安，委委屈屈地忍住了，轉過頭對褚翌諂媚道：「將軍也好好歇息。」

褚翌醒了，他一發號施令，眾人再沒有不從的，很快地屋裡就剩下隨安跟宋震雲等人。

褚翌是認識宋震雲的，看見他，此時心中不免多想一二，再看隨安臉色，並不太好，就道：「你也辛苦了，先歇一夜，再說其他。」

隨安點頭。「我去看看飯食什麼時候上來？」

宋震雲此時才出聲。「剛才已經吩咐下去，再有一刻鐘就能吃了。」

隨安好不容易接受父親變成女人，再一想到他跟父親日夜在一起，心中說不出是什麼滋味。不想理會他，又不能不理會，只好胡亂地點了點頭。「有勞了。」

眾人用過飯，褚翌見隨安一直情緒不高，滿臉憔悴，就道：「妳留下，我有事問妳。」

女王雖然對隨安依依不捨，可被宋震雲拉著，還是出了門。

等所有的人都走了，褚翌便招手讓隨安進前，兩個人挨坐在一處。

褚翌問：「那人是妳親娘？」他記得隨安的娘早就沒了，難不成其實不是死了，而是跟人私奔了？不對，依照那人的地位，彷彿用不著私奔，只是不知道當初褚秋水是怎麼擄獲芳心的？

隨安嘆了一口氣，哀怨道：「不知道該怎麼說。」萬一說出來被他嘲笑怎麼辦？或者褚翌把女王當成妖魔給燒了，那又該怎麼辦？

褚翌喝了水，身上也有了點力氣，抬手揉了她的頭髮一把。「怎麼說？實話實說！總是我的救命恩人。」

隨安這才點了點頭，不過還是道：「你先發誓，不許為了這個看不起我，更不許做對不起我的事。」

她這樣一說，褚翌更是認定這周薊女王的男女關係有問題。

他一邊說著「我能對救命恩人做什麼事」，一邊草草地發誓。

隨安還是有點不放心，關鍵是這事自己都覺得太過玄幻，太過不真實。

「褚隨安，妳看看妳扭扭捏捏的樣子，老子有什麼事是瞞著妳的？」

褚翌不耐煩了，隨安這才低聲說了。

然後褚翌一直笑到半夜，氣得隨安抓他。「你說了不會看不起我！」

「哈哈，我、沒有看不起妳。真的，我發誓，哈哈……」

後來見隨安真的生氣了，他才漸漸止住，不過胸腔裡還是忍不住哼笑兩聲。

他摸了摸她的頭，道：「這有什麼壞處？我完全看不出來，妳就認她……哈哈……當娘，讓她給妳封個公主、郡主什麼的……哈哈，如此、我這二婚的、倒是高攀了妳……哈哈……」

氣得隨安起身踹他，轉身就要走，卻被他扯住腰帶，舉手投降道：「我真的是認真的，我說過要八抬大轎娶妳，縱然妳沒有好的出身也不要緊，我來安排，嗯？」

隨安雙手抱胸，斜睨他。「你若是一刻鐘內忍著不笑，我就信你。」

「哈哈……」

第二日一大早，大家發現褚將軍臉上跟宋震雲臉上一樣，也出現了青紫，紛紛猜疑是不是褚將軍也遭到了家暴？

至於長老們，這一夜都沒睡好。

褚翌在他們之前見了周薊女王，好歹不再笑了，換了正經臉。「不知該怎麼稱呼您？」

女王一如既往不可靠，偷偷看了一眼隨安，而後委委屈屈地道：「要不你跟著隨安一塊兒喊我『娘』？」

隨安再也忍不住。「妳夠了！」

女王「哇」的一聲哭了出來。「那妳想怎麼喊就怎麼喊，喊爹好了！反正我不怕丟臉！」

隨安終於體會電影《大話西游》裡，牛魔王麾下小妖受不了唐僧囉嗦，憤然上吊的感覺。

相比她的不淡定，經過一夜調整的豬翌倒是淡定多了，他對隨安道：「我既然已經好了，免不了要盡快趕回去，妳出去準備，看我們的人馬休整得怎麼樣了？我來跟……談談。」

隨安也知自己實在是暴躁得狠了，亟需冷靜冷靜，聞言點了點頭，卻是對女王道：「我就在外面。」

豬翌笑著看她出了門，雖然一直喊著煩躁不想管，但一有事還是頭一個就想要照顧自己的親人。明明現在兩個人之間沒了相連的血脈，女王一說話，還是立即就相信了，並且沒有絲毫懷疑地把女王當成了最親的親人。

豬翌突然有點嫉妒，覺得隨安什麼時候能把自己也擺放在頭一位就好了；不過轉念一想，兩次都是她救了自己，有這救命之恩，他反倒是欠她良多，似乎也不能太過苛求了。

他微微笑著開口。「既然稱謂還沒有定下來，我就稱一聲先生吧！無論如何，先生都是我十分尊敬的長輩，這次又因您的關係才能這麼快得到救治……」聲音恭敬而溫順，一番話說得周薊女王如同三伏天喝了碗冰鎮酸梅湯，那是一個舒心愜意。

「我昏迷多日，上京的情況不是很清楚，不過想來父母那邊已經幫我解除了跟林氏的婚約。先前，隨安一直心心念念想幫您報仇，親手殺了林氏。林氏其實罪無可赦，只是我不想讓她手上沾血，正好碰見您，也乘機聽聽您的意思……」

周蓟女王連忙擺手。「這仇不報也罷。說實在的，我過來只除了身體不習慣，其他的一切都還好，哈哈……」說著雙手就放到了胸口，想做一下托胸的動作，好在這次她知道褚翌不同於隨安跟宋震雲，連忙又垂下手，假裝什麼也沒做過。

褚翌為了表示敬重，一直正襟危坐，眼睛只盯著眼前三寸地，因此未受女王影響，繼續道：「林氏死有餘辜，實在不值得同情，隨安想親手殺她，我倒是不反對，只是擔心她事後緩不過來。」她要去殺林頌鸞，他必定會安排讓林頌鸞毫無反抗餘地。這種殺人跟戰場上殺人不一樣，戰場上，大家都在殺人，那樣的環境下很容易走出陰影，可這種單打獨鬥，若是林頌鸞再說幾句誅心的話……他不想節外生枝。

周蓟女王一邊點頭，一邊道：「你說得是，就按你說得辦。」然後「霸氣」道：「隨安這邊我來跟她說。」

褚翌連忙道：「還是我來，免得她跟您生分了，覺得為了您報仇，您反而不領情，傷了她的心……」萬一她當成是我挑唆，我還不夠工夫收拾爛攤子。

女王這下感動得不行。「都聽你的。」而後又問：「那你們這親事……」

「我也正想問您，想聽聽您的意見，到底您是她唯一的親人。」

這麼說，女王就有些悶悶不樂。「我看她跟那個叫小陳的彷彿很熟悉的樣子。」

褚翌眉頭一皺，緊接著鬆開，笑道：「隨安性子爽朗，很得人心，大家喜歡她，本在情理之中。那個小陳的事我也聽說了，本來是隨安以為先生不在了，香火不繼，想讓小陳當您的孝子；不過這種事，她當時沒有跟我商量，後來我知道了，就說不如我們的孩子過繼給先生做孫，這樣血脈上更為親近。」

女王果然大為欣慰。她起初聽說小陳要給自己當兒子，還感動於隨安的體貼，等聽褚翌說會將他跟隨安的孩子過繼給自己之後，立即將小陳丟到一旁，再也感動不起來。

「婚事的事都聽你的，你說怎麼辦咱們就怎麼辦。哦，對了，我給隨安準備嫁妝，這個你不用操心，就是等將來你們分家，也包准讓你們三代無憂。」周薊最不缺的就是金子。

女王也是想起一齣是一齣。「要不你們乾脆來周薊好了！」

天底下沒有哪個女婿願意跟老丈人住在一起的，褚翌也不例外，何況教他在褚秋水面前跟隨安卿卿我我，他做不到。

女王當然是想跟著閨女，最好閨女在哪裡，她就到哪裡，但是她現在走不出周薊，長老們說了，除非她生個繼承人。

她不肯生。「生孩子可痛了，死去活來的，我不要。」

「不生就不生唄。」當爹的跟閨女討論這個話題好嗎？她已經不想再說話了。

「那你們生一個過繼給我啊！」

隨安白她一眼。「到時候再說。」

第一百一十章

衛戌過來說馬車已備好了，可以啟程，話才說完，緒秋水的淚水就嘩嘩地流。

隨安很無奈。「過段日子我回來看您。」她也想過自己留下，但留下幹啥呢？天天看親爹在自己面前顯擺胸大嗎？

雖然整天見面時一臉嫌棄，但真要走，上了馬車，她還是忍不住從車窗裡看著眾人。

緒翌也湊了過來，問道：「妳爹跟宋震雲？」受了一記白眼。

他心裡有數了，不過這種事當然是問一次就夠，說多了，反而讓他們之間產生嫌隙。見隨安神情十分惆悵，他又安慰道：「長輩們的事由他們自己做主。」

隨安確實無可奈何，只得點了點頭，緒翌便將她按下。「這些日子妳辛苦了，躺下歇歇。」

他沒想到自己解毒會有此奇遇，但總體而言，他覺得是好事，但看隨安的樣子像是還要一段時間。

隨安閉眼休息一會兒，然後聽著車廂裡動靜，忍不住問：「你是在笑嗎？」

「不是……哈哈……」

由他如此心大地開解，縱然隨安還有幾分不如意，也不再糾結了。

待回到肅州，又是一番休整。

轉眼到了四月，太子的身體卻越發不堪，漸漸多了咳血的毛病，若是不咳的時候，便脾氣暴戾，連皇后打發來的人都受不住。

肅州既已平定，不說褚府老夫人想念兒子，就是皇后也亟需叫個明白人進前問個清楚。四月中旬，已經為人父的褚鈺來肅州探望弟弟，對褚翌道：「皇上已有廢太子之意。」

褚翌微微一笑。他自來到肅州，幾乎切斷了與三皇子的聯繫，這場奪位大戰也是時候落下帷幕。史書上怎麼記載，他不會在意，他只做個將軍就十分滿足了。

褚鈺又道：「皇上要厚賜於你，被父親懇辭了。」

褚翌皺眉。「是封賞的稱號辭了，還是連厚賜的財物也一併辭了？」他的家私在肅州一戰早就花得所剩無幾，要是皇上的賞賜也沒了，以後他可真成了吃軟飯的。

褚鈺哈哈大笑。「自然是都辭了，只辭一樣像什麼話？」連年用兵，朝廷國庫都空了，那些賞賜要了之後落到皇上跟皇后眼中，又是不悅。雖然國庫不是褚翌弄空的，早在太子出兵時就把國庫搬得差不多了。

用兵結束，朝廷自然不會再補發先前所虧欠的糧草，這一場仗，他可是虧大了，只賺了個媳婦略略心平。

「罷了，沒賞賜就沒賞賜吧！只是我的賞賜沒了，這一路上多賴幾家大行商供應糧草，或者贈送，或者低價賣出，這樣的封賞不該少了吧？就算沒賞賜，陛下總該召見一下以示恩賞吧？」

褚鈺忙道：「這個自然，我此次來也是為了此事，皇上說不定會賞他們一個出身。」

周薊之行，同去的人都被褚翌封了口，衛甲等人只對隨安身世一知半解，卻是無論如何都猜不到實情，也因此，褚翌跟隨安商議好，周薊只能作為退路，不能一下子拿到明面上說話，所以隨安還是被那商人認為養女，等待進京後求皇上賜婚。

褚翌又問：「那太子呢？」

褚鈺一愣，繼而笑道：「太子身體有恙，自然還是留在肅州休養。」皇上等於已經放棄這個兒子，只等著拖到太子不行了，改立其他皇子，還能博一個慈父的美名。

褚翌撇了撇嘴，褚鈺就問：「怎麼，還有什麼不妥嗎？」

褚翌搖頭，心裡卻在想，要是自己養孩子，可不能像皇帝一樣養得如此不著調；不說養出來的孩子個個同自己一般優秀到震古鑠今，也必須是智勇雙全、德才兼備、卓爾不群……努力想到這裡，他便又想到自己同隨安成了親，還是該全身心地投入到生子大業當中，努力讓褚家軍從自己這裡開始呈現中興之勢。這麼一想，頓時熱血沸騰，幾乎是迫不及待地籌備班師。

這其間，太子命人傳話要見他。

自從攻下肅州之後，褚翌就沒繼續給太子用宮裡賜下來的蠟燭。

可喜可賀的是，老太爺雖然力辭了皇上的賞賜，但皇后竟然還沒死心。她沒了林頌鸞可用，便親自命人送了許多東西來，其中照明之物多是有毒的。

褚翌懶得去想皇后的心思，但見一見太子，替太子在皇后面前傳個話還是能夠的。

太子已經很瘦了，終於聰明了一回。「是你要害孤？」

褚翌便問：「殿下何故如此說話？臣為何要害殿下？」

太子笑了。「孤一向看不起武將粗鄙，呵，到頭來孤這個武將也做得不成功。你聽好了，孤一定會好好活著，活到父皇殯天，活到孤重新回到御座之上！」

褚翌認真地思索這種可能。太子現在的身體，回到御座之上是絕對不可能，但現在有了褚秋水這個「匪夷所思」的真實案例，他對太子的話突然生出一種敬畏。

他越想越覺得自己的擔憂不無道理，便匆匆對太子道：「殿下的話，臣會一字不差地轉奏給皇上的。」

氣得太子差點翻白眼暈過去。

看著褚翌的背影，太子才在心裡承認自己有點嫉妒褚翌。

褚太尉那麼多孩子，唯獨將得天獨厚的資源都給了褚翌，褚翌出來行軍，褚太尉解甲歸田，他頭上沒有壓著的大山，正好一展帥才，又有兩個從軍經驗無數的兄弟給他壓陣。同樣是兄弟，太子卻要防著底下的弟弟們討好皇上，各種心累。

「孤不想活了……」他喃喃道：「不，孤要活著！」又恨恨地道。

褚翌回去後，對隨安把自己的想法一說。「若是太子跟林頌鸞這樣的人也附身在什麼人身上，怎麼辦？」越想越噁心。

隨安吃驚，隨即笑道：「你還笑話我，我看你才著魔了呢！你想想，若是當初你不去爬那勞什子大石頭，也不會中箭，更不會發現李程樟有反意。危險也伴隨著機遇，若是她真有這樣的造化，我們兵來將擋，水來土掩，你怕什麼？」

褚翌還是很不高興，隨安拉著他。「你既然閒著無事，幫我打雞蛋好了。」

肅州收復之後，除了主犯，褚翌並未大張旗鼓地抓人，而是嚴令兵士秋毫不犯，與民休息。肅州百姓感念他的恩情，時不時地獻上犒軍之物，這些東西，褚翌倒是收下了。

今日也有人專程送了一百多斤雞蛋過來，灶頭兵便打算做菜餅，隨安多蒙他照拂，主動要了幾十斤幫忙打雞蛋。

褚翌覺得這個提議無聊。「雞蛋有什麼好打的，捏一下就碎了。」

「嗯，你若是三息之內能用五根指頭捏碎它，我就幫你做一件事。」

褚翌好看的眼睛十分懷疑地彎了起來，先拿起雞蛋。「這真是一個雞蛋？不是妳弄了塊石頭糊弄我吧？」

「這裡一堆雞蛋，你若是不信，打開一個看看不就成了？」

褚翌還是將信將疑。他天生神力，自己能收放自如，往往還要擔心用力過猛弄壞了什麼，何況一個小小的雞蛋？他微微吐一口氣，將雞蛋放在手裡，用了三分力道，誰知雞蛋竟然紋絲不動。

「這一定是個假雞蛋！」

隨安一把從他手裡拿過來，放到桌上一磕。真雞蛋。

褚翌鬱卒了，這天捏了一下午雞蛋，除了一個有裂紋的被他捏開，其他的雞蛋幾乎都是打開的。轉移了心思，他再沒工夫尋思林頌鸞會不會重生，而是纏著隨安問雞蛋為何捏不碎？

「我也不知道該怎麼描述，嗯，這麼說吧，蛋殼的這種模樣構造很堅固，哦，對了，你知道為何許多大橋要做成拱形？就是利用蛋殼的原理，其他的，貌似還能應用在建築上吧……」

隨安還在努力思考，誰知褚翌突然摸了下她的腦袋。「妳不會是誰附身的吧？怎麼知道得比我還多？」

隨安剛要反駁「我知道得本來就比你多」，突然心中一動，笑著道：「是啊！我還記得我前世呢！」

褚翌頓時來了興致。「來來來，跟我說說妳前世是什麼樣的？是男是女？」

「你不害怕？」

褚翌淡淡睨她一眼。「老子怕妳？呵呵，怕妳跑了！」

說起來，隨安的前世也算乏善可陳，就是從小到大一路摔打，結果也摔傻了，不懂變通。「唉，勇武有餘，心計不足。」

褚翌悶笑。「這麼說，妳整天只知道讀書？是不是妳長得很醜？」

算了，愛信不信吧！

褚翌當然不信。要是隨安是附身過來的，那當初褚秋水身死，她幹麼哭那麼慘啊？到現在他還心有餘悸好不好。

隨安沒傻到跟他解釋。說實話，有時候她覺得前世就像自己做了一個不真實的夢，可是這一世，她有了親人，還有許多朋友，大家志同道合，心有靈犀。

宮裡下了聖旨，令大軍四月十八班師，這次沒人出來搗亂。

「五月裡到上京正好，那個時候櫻桃正甜，桑葚也熟了，我帶妳去摘櫻桃，這種東西，就要自己摘的才好吃。」

一提櫻桃，隨安臉上閃過一絲笑意。

褚翌一看她的樣子便知有事。自從被隨安知道他怕林頌鸞復生之後，隨安就對他沒大沒小起來。

這回終於輪到隨安放聲哈哈大笑，她一邊笑，一邊斷斷續續將之前褚翌醉酒之後舔她肚臍眼，還說那是櫻桃小口的事說了。

他掃隨安一眼，唇角噙著一抹笑。「怎麼，妳有事瞞著我？」

褚翌險些氣得昏厥過去。「胡說！我才沒有！」

隨安舉手投降。「好好好，是我編的，是我編的，哈哈……」終於報了他笑話她爹的一箭之仇了！

褚翌突然覺得，隨安就像一顆雞蛋，看著柔弱，其實也有強硬的一面，硬是將自己無情無愛的心砸出一道缺口。現在好了，那缺口正好把她卡住，也把自己的心補了起來。

再略一深思，便覺得自己實在夠沒有出息的，可情愛這種東西，注定了是誰先愛上，誰就更倒楣。

有一個志同道合的人相伴左右，總比一個人如同斷雁孤鴻要好，也比同床異夢要好。

弱水三千，只取一瓢。或許他在以後的歲月裡，會遇到比隨安好一千倍、一萬倍的優秀女子，可那又怎樣呢？

進京的事以及成親的事，褚翌既然說了全都交給他，隨安就真的隨他去辦，正好一路越往南行，冰雪消融，萬物復甦，褚翌在軍中走不開，隨安卻和衛戌、小陳一起不時策馬出行，照褚翌的話說，整個人都玩野了。

皇上批准得很快，並召褚翌覲見。

善後的奏摺、請功的摺子，隨著大軍進京，一起送到了皇上的案頭。

老太爺已經徹底告老，不過褚翌帶著諸多副將、統領回朝這日，老太爺還是穿戴簇新，為的是看一眼兒子帥氣逼人進殿朝拜的樣子。

褚翌出門又是一年，臉上早已褪去這個年紀應有的稚嫩，老太爺見了，欣慰的同時更多的則是內心的酸楚。他是沙場老將，行軍打仗的苦楚沒有人比他更懂了，別看朝廷上這些人一個個趾高氣揚的，真要把他們弄到戰場上，說不定還比不過太子。

褚翌能收復肅州，皇上當然心中高興，對老太爺道：「褚公後繼有人！」

老太爺也挺高興，假裝沒聽出皇帝話裡的挑撥之意。

其實褚家兄弟幾個，論起勇武來，褚翌只能算之一，不能算拔尖，但論起謀略心計，老太爺覺得褚翌是青出於藍。

褚翌上朝，皇上叫了平身，而後就饒有興致地問起肅州一戰的戰略布置。褚翌侃侃而談，其間不時被皇帝打斷問話，也沒有亂了思緒；到了最後，他乾脆跟內侍要水，就在朝堂的地面上，一邊畫圖，一邊彙報，把肅州就近的地理位置以及各藩鎮形勢，還有他對收復一事所做的種種安排一一講述。

皇上連聲讚好。有了開頭，其他朝臣自然是一迭連聲誇獎。

皇上看著老太爺動了動嘴唇，笑著問：「褚公有何話要講？」

老太爺道：「聽了皇上與諸位同僚誇獎，臣有心替他謙虛兩句，只是臣想，若是臣在他這個年紀，恐怕做得也不一定比他好多少。」說著就笑著搖頭。

皇上大笑。

這一日的朝會幾乎成了褚翌的舞臺，最後，皇上更是直接開了金口。「你是想做統領一方的節度使呢，還是想在朝堂上任職？」

「回皇上的話，臣只會帶兵打仗，不論是武將還是文職，臣自覺都難以勝任，要是讓臣自己選，還不如依舊回金吾衛，給皇上守宮門；只是皇上皇恩浩蕩，天下歸心，並無宵小敢犯，是以臣這俸祿，拿得十分心虛。」

褚翌說完，老太爺連忙跟著說一句。「皇上容稟，這小子從前受了不少傷，他還年輕，不知道裡面的門道，臣請皇上先暫緩一下，讓他休養休養，至於其他，再圖後議？」

皇上點頭准了。太子再不好也是自己親生的孩子，現在太子半死不活的，他硬是給褚翌封官，說不定皇后能鬧破臉；他打算廢太子，可沒打算連同皇后一起廢了。再者，褚翌這樣的帥才，就算賦閒在家也是國之棟梁，沒人敢怠慢的。

就有大臣打趣。「太尉大人這是急著抱孫子了？」

說完，全殿沈默。

褚翌默默看了一眼。這個打趣都打得糟糕的大臣是怎麼混進朝堂裡來的？雖然他不覺得是添堵，但是皇上心裡會堵啊！自己的寵妃娘家搞出來的事情，弄得功臣的媳婦現在還關在大牢裡，等待秋後處斬。

皇上是真的堵心了。他不是故意的，但國法在那兒擺著，他不能因為褚翌有功勞便不管國法了吧？

散朝後，他把褚翌留了下來，沒有留老太爺。

皇上先嘆了一口氣。「唉，你媳婦的事……」開了個頭，實在說不下去了。

褚翌打心裡鄙視皇上，但仍十分圓滑地將話圓了過去。「無規矩不成方圓，臣領兵行軍，也受軍法、軍紀約束，國法如此判決，林氏罪有應得，臣無話可說，只是覺得愧對皇后娘娘。娘娘也是一片美意，誰知林氏玩弄人心、殘害人命，簡直是踐踏娘娘的用心良苦。」

說起這個，皇上更是對皇后更厭惡了一層。褚翌好不好，那都是潔白無瑕的青年，皇后怎麼好意思弄個黑心腸的寡婦給人家？

「雖說是林氏詭計多端害人不淺，皇后也有失察之過。」皇上淡淡道。

褚翌只是笑。「皇后娘娘母儀天下，宮務繁多，臣不敢怪娘娘。說起來，臣還指望皇上能再給臣指一門親事呢！」

皇上哈哈大笑。

第一百一十一章

第二日依舊大朝會，因為要論功行賞。

除了遠赴邊關的將士們得到封賞，那些沿途多番供給軍隊的大商人，也因此得到機會覲見，彼時幾乎將家產全部捐出的商人有幸進了金殿。

頭髮花白的商人戰戰兢兢，哆嗦著表示為皇父盡心，乃是盡孝，不敢求回報的善意。

皇上見這些人耄耋，卻仍舊口稱皇父，覺得自己生龍活虎，頓時龍心大悅，一口氣賞賜了五、六個正七品的虛職，對著貢獻最為突出的那個，正想著要不要加升一品，那人忽然跪倒在地，稟報道：「草民……」然後嚇得說不出話來了。

皇上本來被他打斷思緒，還有些不悅，見他這般模樣，又笑了起來。「平身，好好說話。你將朕視為君父，怎麼在家看見你親爹，也是如此戰戰兢兢？」

那人這才顫抖著起身，擦了擦額頭的汗，連忙道：「草民，不，小人御前失儀，請皇上降罪……」

皇上跟大臣們都笑了，像大臣們失儀，一般都會說：「請皇上恕罪。」這也是文人的聰明狡黠之處，若是皇上不恕罪，嘿嘿，昏君！

皇上這會兒心胸格外寬廣。「你剛才是有什麼事說？」

那人連忙道：「是、是小人，那個、年紀大了，老妻早就去了，膝下只有一女。小人不願意招贅，讓女婿面上過不去，又兼著小人沒什麼本事，恐怕老了之後，家裡無人給女兒撐腰，小人大膽，求皇上賜個姻緣，嗯，小人寧可不要官位，再、再說，小人不會當官……」

就有大臣笑道：「你有了皇上賜下的官位，你女婿也不敢拿你女兒怎麼樣。」

皇上點頭，那人卻連忙搖頭。「不是那個意思，也不能教閨女欺負人，就是……這可怎麼說呢……」

皇上道：「朕明白了，你想讓朕賜婚，朕准了，不過，你心中可有適合的人選？」

商人搖頭。「小人常年在外，許久不曾歸家，女兒一直在湖州老家……小人是想著陛見完了，就立即趕回去，嗯，擇好了女婿，那個啥……」

有大臣聽不明白，小聲道：「吞吞吐吐的，怎麼這麼不痛快？」

皇上卻覺得這個商人質樸。「行了，既然你沒有女婿人選，不如讓朕替你挑一挑。」

商人一下子抬臉，滿臉愕然。這戲路不對啊！

忽然聽到一聲低沈的呵斥。「放肆！還不低頭，爾怎敢直視君父！」是褚翌的聲音。

他說完，立即跪地行禮。「請皇上恕罪，平民百姓，不知皇上胸懷寬廣仁慈……」

皇上抬手。「無礙，都平身。」

誰知褚翌卻沒有立即起來，而是道：「皇上，臣斗膽，也請皇上給臣賜個婚。」

皇上呵呵一笑。「行、行，讓朕好好想想。」

下了朝，皇上立即宣褚翌進御書房，意思很明白。「你這樣貿然提出讓朕賜婚，你爹知道嗎？」

褚翌便道：「不知道，臣是聽皇上說賜婚才想起來的。皇上是天子，皇上的決定，臣父自然無有不尊。」

皇上氣笑。「胡鬧。」

褚翌道：「臣真不是玩笑，皇上都給那個商人的閨女賜婚了……要不您把那閨女賜給臣得了，臣現在缺個媳婦，皇上正好一舉兩得。」

皇上也不是好糊弄的，皺眉道：「你是不是跟人家有了首尾？」

褚翌面露驚愕。「皇上，臣就是再饑不擇食，也得看長相吧！您看看那個商人，他那模樣，能生出什麼好看的閨女來？」

皇上身邊的內侍噗哧低聲一笑，皇上也想笑，不過還是立即收住表情。「那你還要？」

「臣這是自己收拾自己的爛攤子，否則讓皇上賜婚，那姑娘又遠在千里之外，想找個情投意合的也不容易；再者，臣也不是個多好的，前面的婚事不順，但臣長相好啊……」

皇上這次是真笑了。「行了，你若是能說服你爹，朕就給你賜婚。」

褚翌連忙道：「是。」想了想又道：「皇上，何不把臣父招進宮裡來詢問一二？」他跟隨安的事他沒告訴兩老，就指望像奇襲肅州城一樣，來個突然拿下。

皇上想了一下，緩緩道：「如此也好。」

褚府裡，昨日褚翌回來得晚，又渾身酒氣，老夫人也只是看了看他，就叫他歇下了，今日褚翌再度上朝，老夫人這才跟老太爺說起褚翌的婚事。

兩個人正說著話，武英大呼小叫地跑進來，在外面跳腳。「姊姊，我要求見老夫人，是將軍的事！」

老夫人聽見，就叫他進來。

武英進來，施禮後急急地說：「老太爺、老夫人，將軍使人傳話回來，說皇上有意給將軍賜婚……」

老太爺一愣。「那他這是不願意？」

老夫人睨他一眼。「這是自然，換了你，你能願意啊？」

「我當時挺願意的啊！」否則老七跟九哥兒哪裡來的？

老夫人用眼神殺他。中間還隔著個老八呢！王八蛋，你不會把老八忘了吧？

武英打斷了他們默默無聲的較量。「老太爺，將軍說皇上要找您進宮。」

老太爺一聽，連忙收拾衣裳，等出了門，看見來傳信的是衛甲，連忙將他喊到一旁。「皇上賜婚，你們將軍什麼態度？」他知道兒子的意思，也好琢磨應對啊！

衛甲小聲道：「將軍說讓您務必答應，還要感謝皇上賜婚，說皇上當年給您賜婚可是極好的。」

果然兒子是親兒子，貼心啊！

老太爺進了宮，見兒子滿臉笑意，心下了然，顯然是歡喜皇上賜婚。他就說，皇上可比皇后可靠多了。

因此老太爺連問都沒問。「皇上賜婚，哪裡有臣子說話的道理？這不合君臣之禮啊！」

褚翌連忙謝恩，老太爺也連忙謝恩。

皇上只覺得你們這是在家裡說好了，還是怎麼的？不過既然褚翌願意，皇上還能說啥？一口氣解決兩個問題，癡男怨女都有了歸宿，甚好，於是大手一揮，把內宮裡不少好東西都賞賜出來。

次日，皇上賜婚的聖旨下到褚家。

老太爺帶著全家老小跪領了，笑著對褚翌道：「行了，你這輩的到你就圓滿了。」

褚大老爺送走了傳旨的內侍。

老太爺便對將聖旨一直抓在手裡的褚翌道：「剛才那內侍讀得是一個抑揚頓挫，我光跟著他聲調起伏了，來，教我看一眼聖旨。」

褚翌含蓄笑笑。「父親，咱們進屋再看。」

老太爺進了屋。「快拿來。」看了一遍，沒看出親家的出身，但是皇上的溢讚之詞是做不了假的，老太爺呵呵笑。「沒想到親家跟我們是同姓哪，哈哈，不過我們老家可不是湖州那裡。」

褚翌笑。「父親，兒子另有話想跟您單獨說。」

褚鈺就道：「九弟，把聖旨給我吧，我放到祠堂，讓祖宗們也高興高興。」

「對對對，快去，這回總算是真高興了。」

屋裡人都走了，褚翌方才正色對老太爺道：「父親，兒子看您分明寶刀未老，以前是常年在外，這才與母親少了恩愛，現在您都回家啦，是不是也該給我添個弟弟、妹妹？」

老太爺一窘，怎麼也沒想到兒子竟然跟他說這個，一時心裡怪感動的；不過感動歸感動，想想老婆的暴躁，他便歇了心思。「你不懂……」

對於褚翌而言，當然是不希望父母為了他娶媳婦的事生氣，自然也知道作為兒子，這樣欺瞞父母十分不厚道，但是他不能傷害父母，又不忍作踐隨安，只好另找門路。

思來想去的，讓父母轉移一下心思應該是個辦法，但是母親那裡怎麼轉移注意力？有什麼事情能大過他成親？當然是母親若是再懷孕了最好。雖然那樣母親辛苦點，但他會努力做個孝順兒子的；至於隨安，再怎麼頑皮，也比七嫂強吧？

老太爺這話酸溜溜的，聽在褚翌耳朵裡，眉頭一動，連忙表示平日裡對父親關心不夠，實在不孝云云，哄著老太爺把心裡話說了出來。

原來老太爺其實有心跟老夫人重修舊好，不過老夫人因為有了大將軍兒子，就十分看不起他。

「父親容兒子好好想想。」

老太爺被他這一打岔，也忘記了要說的事，擺手道：「你去忙吧！」

皇上下了賜婚的聖旨，同時還指了兩個媒人。老夫人其實對親家也是一無所知，此時就忙著備禮物請媒人過來商議。

褚翌看她一年不見，越發顯得清瘦的臉，心裡十分不忍，扶著她的手道：「母親，這些事有大哥、大嫂，您何必親力親為？來，兒子給您捶捶腿。」

老夫人忍俊不禁。「臭小子，是不是這婚事你之前就看對眼了啊？」

褚翌嘿笑，不答話，反而問道：「母親，您說我娶個什麼樣的媳婦兒您才滿意？」

老夫人看著玉樹臨風的兒子，一年的軍旅生活，讓他更顯成熟，如同樹苗拔地而起，在不經意的時光裡長成了參天大樹。

她臉上閃過一抹欣慰。「自然是歡喜你、體貼你，能照顧你一生一世的。」

褚翌忙道：「那怎麼成？首先得孝順母親，不惹母親生氣，還能哄母親開心。」

老夫人樂不可支，喊徐嬤嬤進來。「快來看看他嘴上抹了蜜了！是你娶媳婦，又不是我娶媳婦，自然是照顧好你為首要。」

褚翌就小聲嘀咕。「那不如娶個丫鬟算了。」

老夫人立即呵斥他。「混說！」見他臉色一下子緊張了，才道：「皇上已經給你賜婚了，你可不許拿這親事不當一回事！」

褚翌心裡只有苦笑，覺得自己還真的要想辦法，讓父母恩愛去吧！

在母親跟前刷了一波好感之後，老夫人趕他出門。「你去前面的將軍府看看，我看成親就在那裡好了，氣派也排場。」主要是那裡沒有林氏的痕跡。

褚翌一笑。「父母在，不分家。兒子進宮謝賞的時候也跟陛下說過，不要緊的；再說這裡是我的家，難不成我還要顧忌一個外人？」

老夫人心裡熨貼，被他這樣順毛理了一頓，手裡的事果真就交代出去一些。

褚翌連忙去找褚大老爺，如此如此地交代一番，頂著大哥懷疑的目光，他硬是淡定從容地把自己的意思表達個一清二楚。

大夫人聽了直皺眉。「九弟，這事這麼辦，父親、母親那裡知道嗎？」

褚翌笑。「大嫂放心，母親既然交代出來，自然是知道的。」

大夫人還是猶豫，等褚翌走了，就跟大老爺說：「您看這事是不是還要再去徵陽館說一聲啊？婚姻畢竟是大事，事關兩家體面。」現在親家那頭，大家都如霧裡看花看不明白，但是有一點卻看明白了，便是這樁婚事是褚翌樂意的。

褚大老爺有擔待，搖頭道：「不用說了，就按九哥兒說得辦，我們只按他說的做就是幫他了。」

大夫人無奈，只覺得自己四、五個孩子加起來，也沒有小叔一個會折騰。

自從林頌鸞被提審，過了堂、入了大牢，老夫人就將錦竹院重新收拾了一遍。除了林頌鸞的陪嫁讓林家拉走，其他那些家具全都賞賜了下人，可以說，現在的錦竹院簡直就是煥然一新。

不過褚翌還是沒進去，而是在書房換了一身衣裳，出了角門。

角門現在由他的親衛把守，全都換成他的人。

褚翌出門上車，徑直來到宋震雲的宅子。

隨安回來執意住在此處，打掃了兩天才算整理出個樣子，此時理完家務，才拿出紙筆給褚秋水寫信。

她寫得投入，褚翌無聲息地進來，都沒注意到。

「抬頭怎麼沒寫？」

他突然出聲，不過話一出口就明白了，頓時臉上笑容收不住。隨安沒寫，大概是因為不知道該稱呼父親還是該稱呼母親？哈哈……

隨安被他一驚，瞬間抬頭，明亮眸子裡的笑意閃過，而後發窘。

褚翌一撩袍子，坐到她對面的炕沿上，手裡提的一個小巧的食盒放在炕桌上。「曉得妳沒好生吃飯，給妳帶好吃的。」

隨安一吸鼻子。就知道又是燒雞。

「還有幾句話，你先等一下。」她繼續提筆寫字。

不料褚翌卻握住她的手。「趁熱吃，這信今天晚上又送不出去。」

隨安沒有固執，洗了手回來，褚翌已經打開食盒，露出裡面用油紙包著、尚有七分熱氣的燒雞。

褚翌待她啃完，才幽幽說了一句。「以後千萬別在老夫人面前露出這副吃相。」

隨安順著他的目光，落在自己手上，手裡一隻雞腿已經被啃得光溜溜，一絲肉也沒有，十分骨感。

她本來還想啃一啃骨頭的，聞言，只好依依不捨地放棄。

褚翌眼中帶笑，拿帕子替她擦手，她忙縮回去。「我洗洗去。」

誰知褚翌今日像溫情大神上身一樣，起身跟著她，走到臉盆旁，俯下身將她籠在懷裡，然後雙手抓著她的兩隻手。「我幫妳洗。」

隨安毛骨悚然，等他洗完又抓著她的手擦乾，她才側頭小小地、偷偷地鬆了一口氣。

褚翌笑著將婚事的安排對她說了，而後道：「妳只管安心等著我派人來抬妳就是，至於嫁妝，不用妳操心，有皇上賜下來的，另外我還備了一些，明面上跟八嫂差不太多就行。」

隨安關心的卻不是什麼嫁妝，她呼了一口氣，沈重地問：「老夫人那裡……」確定她看見兒媳婦不會被氣暈？

褚翌一笑。「妳依照往日對她的了解，多做些討好她的事就是。」

隨安只得點頭，不過還是加了一句。「你可得替我兜住。」

「這是自然，妳只做妳分內的事情，其他的事有我呢！」

有了褚翌這句，隨安總算少兩分緊張了，不過她很快又問起。「林頌鸞那裡，還有林家……」

「林家掀不起風浪，林先生……呵呵，當初跟著太子一起出兵，後來卻不知流落到了哪裡，不過就算林先生回來，我也有辦法將他送回太子身邊，誰教他是太傅呢！」褚翌眉目適意放鬆，伸手接下她遞過來的茶。「至於林頌鸞，等我們成親之後，妳若是想去看她，就去好了。」

話雖然是這麼說，但隨安就是知道褚翌這是不想讓自己去。

褚秋水還活著，長久以來壓在她心頭上的大石頭也已經挪走了。

「我去不去無所謂，有國法在前，我所謂的報復，還不如讓她受到律法的制裁，那樣我更痛快。」

「妳能這樣想很好，免得我還在想，是不是給妳抓幾隻雞來讓妳練練手。」

隨安白他一眼。「她死有餘辜，我就算親自下手也不會遲疑的。」

褚翌實在不樂意提林氏，就道：「將軍府是皇上賜下來的，其實要我說，當然是自己住舒坦，可父母俱在，不能分家，所以成親我們就在府裡成親，等以後看情況再說。將軍府離褚府不遠，要不就將兩處中間的地買下來，合蓋一間，反正大哥家、六哥家的孩子過幾年也要住。」

隨安一想到六夫人的賢慧，打了一個激靈。

褚翌似是懂她的心，抬起眼皮看了她一眼，道：「妳好好保養，不說三年抱兩，四年裡抱兩個，反正我們的孩子數目不能少於八個。」

隨安正低頭喝茶呢，突然聽到他這一句，立即嗆到了，咳嗽不止。

褚翌沒管她，慢悠悠地道：「想霸占著我，妳不多幹活能行？」

接下來的時光，隨安乾脆不肯開口了，免得一開口就被他單方面調戲。

褚翌沒有待到很晚。「好了，妳歇著吧，一切有我呢！」

隨安送他出門，褚翌走到門口，含笑轉身。「好了，婚前不能過於親近，免得到時候妳挺著大肚子進府。」

隨安臉紅得能滴出血來，強嘴。「那你剛才還幫我洗手。」這是調侃他之前未經人事的時候，說親嘴也能懷孕的事。

褚翌算不得情場老將，收拾個丫頭還是綽綽有餘。「妳是不滿足於只洗手呢，還是覺得帶著我的孩子進門更有底氣？」

「我錯了，您快走吧！」隨安討饒。

褚翌左右看了一眼，見四下無人，就捏了一下她的腮幫子。「等著我，別亂跑，這次要是再跑，我抓回來，一定打斷妳的腿。」

隨安連忙擺手。「不會、不會，我抱緊您的大腿還來不及呢！」

褚翌低頭看了一眼自己大腿，而後道：「要不妳跟我回府吧，反正也不差這一時。」

隨安呵呵。她有差！

第一百一十二章

如此平淡地過了幾日，宋震雲突然帶著人回來了。

他是天黑才回到宋家，隨安吃了一驚。「可是我……有什麼事？」

宋震雲一邊招呼人拉著馬車進門，一邊擺手。「沒事、沒事，她這不是想著妳快成親了，叫我給妳送嫁妝還有些人手過來。」

隨安鬆一口氣，想了想，喊了路邊一個作耍的小么兒，給他一些錢，讓他去褚府的胡同找武英家說一聲。

褚翌來得不算晚，進門的時候，宋震雲正帶著人吃飯，看見他連忙起身，恭敬地喊大將軍，比見到隨安的時候莊重多了。

隨安小吃醋。

褚翌只道：「你先吃飯，我沒有急事。」

天氣正適合，隨安便拿了兩張凳子，兩個人就坐在院子裡說話。

褚翌笑著遞了個元寶過來道：「賞妳的。」

隨安接在手裡，元寶雖小，卻是黃金，沈甸甸的，她笑問：「這是為何啊？」

「妳把我當成家主，我心裡歡喜，賞妳的。」

褚翌一來，整個院子的氣氛都不一樣了，宋震雲這真正的主人反倒局促得像是客人，而褚翌也的確姿態隨意，看不出緊張。

隨安見他眼下發青，關心地問道：「夜裡沒有睡好嗎？」

她問完就見褚翌一怔，接著含笑不語地望著自己。

這廝竟然放電。她心裡吐槽，跟你說正經的，不要亂放電。

褚翌但笑不語，神態卻更為放鬆。隨安只覺得肯定有事，他不肯說，她便先猜猜。

府裡能讓褚翌睡不好的人不多。

「是老夫人那裡？您怎麼惹著她了？」

褚翌心裡嘆氣。並不是他惹事，是他爹占了便宜卻又扛不住他娘，便把他推了出去。

話說回來，他想得很好，父母恩愛些，母親的火力便小些，到時候隨安的壓力也能減少點，誰知他爹竟然……

當然啦，這些事打死他也不會跟隨安詳細地說，免得上梁不正下梁歪，把她教壞。

說來說去，還是當日在華州的時候，那春日一醉給他的靈感。酒能使人放鬆心神，他就送了他爹一瓶好酒，其他的事，都是他爹自己的主意，誰知到頭來全推到自己身上，對母親說：「酒是兒子孝敬的。」

母親惱羞成怒，罰他去跪祠堂，連著兩夜都是在祠堂陪著祖宗們睡的。

好在工夫也不算白費，他爹好歹賴在了徵陽館的正房裡。

「這般擔心婆婆生氣？」他含笑問。

「算了，你不說，我不問了。」

兩個人話沒再說幾句，宋震雲便過來了，隨安起身，重新搬了張凳子給他。

宋震雲謝著坐下，硬是雙腿併攏，雙手放在膝蓋上，做了個小學生聆聽教誨的模樣。

褚翌衝他微微點頭，問道：「你此次回來，是先生那裡有什麼吩咐？」

宋震雲動了一下，就要站起來回話，可一想自己是傳話的，要是站起來回話，那豈不成了褚秋水在女婿面前站著了？於是只好坐好，道：「是，這一路太遠，一些大件的家具，我們尋思了，就在上京添置；她又另外找了些小件，叫我送回來。嗯，還有一匣子銀票，半車金條……」金條太沈了，一路上換了三輛馬車，馬兒們也是輪流著拉車，才沒有累壞。

相對於褚翌的淡定，隨安則顯得有些局促。她的目光落在院子裡唯二的兩輛馬車上，其中一輛果然是車輪都陷入到了土裡。

宋震雲又道：「她說這些錢是給你們倆的，也不用記入嫁妝單子，就做壓箱錢好了。另外還有屋裡的三個人，一個是醫婆，會接生，也會看病，另外兩個都有些身手，最忠誠不過，說給隨安當陪嫁。」

褚翌起身，對著宋震雲行了一禮。「多謝先生厚賜。」

宋震雲一時沒反應過來，等明白他這是替褚秋水受禮，連忙擺手。「沒、沒，她很高興。」

一句話說得隨安又有點心酸。

她側頭看了一眼已經站在門邊的三個人，這三人之中，當頭的是一個精神極好、四十歲多歲的婦人。感受到她的目光，那婦人立即碎步走了過來，身後兩個丫鬟模樣的人也跟著一起行動，到了隨安跟前行禮道：「奴婢羅氏，見過大姑娘。」

兩個丫鬟也口稱。「翠羽、紅拂見過大姑娘。」斂衽正容，對褚翌是一絲目光也不曾看過去。

隨安看了褚翌一眼，見他沒有替她出頭的打算，就道：「大娘跟兩個姊姊都快起來，這一路上辛苦了，妳們能來我自然歡喜不及，只是到底這裡離周薊太遠，從此教妳們背井離鄉，我實在過意不去。那個……女王的好意我心領了……」

她一說這個，羅氏帶頭，翠羽、紅拂一起跪下。「奴婢們出來之前，已經深受王恩，永生永世不能報答，若是大姑娘不要，奴婢們只得把性命交回去……」

隨安提著一口氣，情不自禁又看向褚翌。她就是個丫鬟出身，實在不喜歡使喚人。

誰知褚翌卻道：「妳隻身嫁入褚府，有幾個知心人陪著也是好事，妳若是心疼她們背井離鄉，那就多多善待人家。」

宋震雲在一旁也立即道：「大將軍說得是，她們都是忠心又能幹的，若是不留下她們，妳那誰也得日日掛心。」他突然發現，不好跟隨安談論褚秋水，沒法說妳爹或者是妳娘。

除了這三個人，宋震雲又叫了一路上同來的兩個護衛過來給隨安見禮，道：「她等著我們回去報信，我們就不多做停留了，今晚去客棧休息一夜，明日一早就走。」

雖然褚秋水沒有過來，但隨安還是有些不捨。「我前幾日已經捎信回去，若是知道你們過來，就不那麼匆匆忙忙的了。」如今信在路上，想來還沒有送到。

褚翌微笑。「反正今日宋先生不走，妳再寫一封就是。」

隨安點頭，褚翌又對宋震雲道：「我家名下有間客棧，離此地不遠，叫我的隨從帶著你們過去。」

宋震雲連忙躬身道：「多謝大將軍。」

褚翌頷首，聲音越發溫和。「隨安在世上至親不多，你也算其中之一，就不用同我們這般客氣。我在家行九，你喊我九郎好了。」

「不敢、不敢，大將軍勞苦功高，小的望塵莫及，實在不敢。」宋震雲快嚇尿了好嗎？連褚秋水都不敢喊褚翌九郎。

褚翌也不勉強，喊了外面的武英進來。「你帶著宋先生去同福客棧，記得要三間上房，酒水都不可怠慢了。」

武英垂首應下，請宋震雲等人出門。

宋震雲一頓，又跟隨安確認。「那我明日一早過來拿信？」有封信回去，也好討好一下褚秋水。

隨安道：「這樣也行。」

武英在旁，讓他們把馬匹也牽走了，客棧裡有上好的豆料餵馬。

宋震雲走後，褚翌看了一眼馬車，問隨安。「要不要我安排些人手過來？」

隨安則看向翠羽、紅拂，翠羽道：「將軍、姑娘，奴婢們足可以護住東西。」

隨安現在還沒有對半車金子生出「這都是我的」的心情。「那沒問題了，不用叫人過來。」這一日亂烘烘的就夠高調，若是再弄些人過來，鄰居們該上門了。

褚翌笑道：「行，那妳寫信吧，我回去了。」

隨安送到大門口，褚翌見羅氏幾個去馬車旁收拾東西，這才低頭淺笑著對隨安道：「妳不知道該怎麼稱呼，就先不寫稱呼，等過幾年就好了。」

隨安心塞，悻悻道：「過幾年怎麼好？我爹還能變回來嗎？」

褚翌笑。「不是，是過幾年妳就漸漸習慣了……」說完就輕聲笑了起來。

隨安鬱卒，隨即想到，自己還要將寄放在大慈安寺的親爹屍身給下葬了……一想到那場面，就不知道該哭還是該笑？

褚翌大概也想到了，臉上的笑容微斂。「交給我來辦就好，一個女婿半個兒，我很快就名正言順了。」

三句話不離調戲，不過隨安還是感動了，吶吶地說了一句。「沒有你，我可怎麼辦？」這話說得，跟給兒子娶了媳婦、擔心兒子忘了自個兒的老太婆一樣。

褚翌抬手敲她。「自然是有我的，我永遠都在妳前面。」

權勢、地位、財富，他得到過，後來放棄了，並不覺得多麼可惜，只是眼下這個人，他第一次失去了的時候，心裡痛苦；後來失而復得，喜悅成倍；再失去，痛苦數倍於前次。這次，他終於明白自己的心，他是一個孤單的人，找到她作伴，她便是最重要的，只有有她相伴，他才能快活，才覺得自己是圓滿的。

次日一早，宋震雲就過來取信，接過隨安的信收起來，而後面帶遲疑，隨安便問他還有什麼事？

「是……我想替她問一句，妳什麼時候再去看她？」

「若是得了空閒，我一定會去的。」隨安道。

宋震雲連忙點頭。「好，那我回去告訴她。」

隨安不知道該對他再說什麼，只道了一句。「一路順風。」

送走了宋震雲，她消沈了兩天才算是緩過來。

如今已經接受褚秋水變成女人的事實，她以後即便喊不出「娘」，也絕對不會再喊「爹」了。

這日，衛乙找了過來，說將軍府的人手都抽調到褚府幫忙，問她要不要去將軍府逛逛。

隨安答應了，讓羅氏跟翠羽留在家裡，她帶著紅拂去了將軍府。

等到了垂花門，衛乙讓隨安自己進去。「將軍在裡面等著妳呢！」

隨安道：「那你找個地方讓紅拂坐坐。」

衛乙忙笑道：「這是自然。」

隨安總覺得哪裡彆扭，但沒往細處思忖，直接進了門。

一路分花拂柳，進了正院，將軍府的正院建築比褚府的正院還要恢弘些。

「是不是有點不習慣？」褚翌帶笑走了出來。

她道：「還好。」

褚翌便攜著她的手帶她進門。

入眼卻是大紅簇新的嫁衣，一旁的几案上靜靜放著一頂鳳冠。

這麼華貴的禮服，一輩子只有一日，從此便要被放在箱子底層。

「穿上我看。」褚翌推了她的肩膀一把。

隨安並沒有拖泥帶水，穿上嫁衣，披著頭髮就出來了。

兩個人四目相顧，彼此的眸子都是清澈見底，突然有了一種，山中不知歲月的靜謐與安穩。

此後的一切，有褚翌多方努力，便顯得有條不紊。

若說褚府唯一麻煩些的，只有老夫人曾經提了兩次，想先看一看未來的兒媳婦，均被老太爺駁回了。「皇上的賜婚，妳要是看了不滿意，難不成還能退貨？」

老太爺自覺對不住住了半個月祠堂的兒子，因此就多了些脾氣去管教老夫人，老夫人白他一眼，卻沒再繼續說別的。

直到褚翌與隨安拜了天地、入了洞房。

隨安畫了濃妝，別說褚翌，就是連她自己照鏡子都認不出來，其他來洞房觀禮的人就更不用說了。大家見褚翌長身玉立、面上含笑，都知道他是極為滿意的，頓時各種祝福的話都一股腦兒地往外倒。

褚翌都含笑回禮謝了，也無一絲往日的倨傲。

等喜娘請了眾人出去入席，房裡便留給了他們倆。

隨安等了一陣，見褚翌沒有動彈，便開口。「我能不能洗洗臉？」一開口，臉上的粉就往下掉，也不知道翠羽怎麼那麼厲害，足給她糊了一公分厚。

說實話，她當時照了一眼鏡子，就在想，許多人成親前都是頭一次見面，這上妝上得越醜，相當於給新郎第一眼留下奇差的印象，然後用清水洗洗，再出來，便是中等之姿，有了之前的比較，新郎也會有種劫後餘生的慶幸跟喜悅吧？

褚翌聽到她開口，才鬆一口氣，隨安這才知道，原來他也接受不了。

褚翌走過來，坐到她身邊。「要不是看著身量一個樣，我都懷疑有人將妳換了。」然後大手一揮。「快去洗洗，看著妳這張臉，我怎麼洞房？」

隨安怕掉粉，就不跟他計較，拿下頭冠，去後面洗漱。

出來後，見褚翌立即看過來，眼中也有了滿意，頓時覺得自己剛才思忖得甚有道理。

褚翌坐直了身子，眼光落在她手裡的帕子上。

隨安微笑，嘴角的笑意是從未有過的婉轉風情，俏皮道：「你臉上不髒，我幫你擦一把？」

褚翌點頭，等她擦完了，要把帕子拿回去的時候，卻被他一把抱住，攬入懷裡，並且隨手將帕子拿過來，扔到了一旁的案桌上。

他身上還有自酒宴帶來的醇厚酒味，隨安暈乎乎的，一時沒了聲音。

褚翌摩挲她全身，翻出她身上戴著的荷包，往外一倒，那塊鷹擊長空的閒章滾到了大紅的被褥上。

他早就想要回來了，今日正是個好機會。

隨安輕聲道：「以後得了空閒，再刻個好的。」臉上通紅。剛才他摸著，還以為……結果……

褚翌「嗯」了一聲，扣著她後腦勺，在她臉上親了一口，而後才道：「這個就挺好，以後要忙著生孩子，哪裡有這工夫。」

隨安羞窘之後略有些慌亂，但兩個人並非第一次，她便漸漸恢復了，只是才恢復，就聽他在自己耳邊呢喃。「今兒身上好香……」

隨安一下子又沒出息地軟了，渾身的力氣漸漸被抽離，他俯身上來，她覺得只剩下心跳如鼓動。

等到再次回神，已經到了下半夜，她被他扶起來，嗓子乾得難受，肚子也餓，褚翌倒了一杯熱水，吹涼了，親手餵她。

她抱著他胳膊。「給我點飯吃。」

褚翌也有點餓，不過他是餓過了頭，反而覺得還能忍受。「幹活的是我，出力的是我，妳連搖旗吶喊都算不上，還餓成這樣？」

隨安不管他說啥，環顧四周，看見桌上擺著點心，忙推他去拿。

兩個人分別將兩碟點心吃了個乾淨，隨安才長舒一口氣。

洞房簡直比雪夜行軍還要累，她要睡了。

褚翌等了那麼久，可不是為了今日，不過略睡了一個時辰，就又精神奕奕，隨安只得投降。「您、您悠著點……我聽說，這東西一輩子都是有數的……哎喲，您這麼一下子出來這麼多，我……我……不是有句話說女人三十如狼、四十如虎嗎，我到了虎狼年紀可怎麼辦啊？」

褚翌差點被她說得笑岔了氣，這一笑，再找不回感覺，只得放她睡去。

他卻睡不著，看著天色白了就起身，單獨去了徵陽館。

第一百一十三章

徵陽館的門並沒有鎖，老太爺被兒子叫起來，眼角還帶著兩坨眼屎。

「還沒到認親的時辰呢！」

褚翌笑。「是，兒子睡不著了，跟爹說說話。」

他突然喊爹，老太爺哆嗦一下，不過心裡更多的是激動。

不過褚翌下一句話，就讓老太爺老臉通紅了。

倒不是別的，褚翌就是說：「都聽說懷了身孕的頭些日子脾氣暴躁，我看母親很有那樣子，父親還需要好好哄了，千萬別教母親氣壞了身子……」

老太爺臉紅之後就是生氣。「臭小子滾蛋吧！」說得好像剛成親的人是他一樣。

到了天明，認親的時候，隨安雖然上了精緻妝容，但老夫人跟老太爺怎麼會認不出來？

褚翌本來就是跪在老夫人面前，看見老夫人目瞪口呆、就要發火的樣子，連忙膝行兩步，捧著手裡的茶。「母親，如今天下太平，國泰民安，兒子以後也有機會日日在母親身邊盡孝了。兒子成了家，在座的族老們，正好給兒子做個見證，兒子一定同您的兒媳一樣孝順您！」

隨安沒亂動，但也抬頭，目光堅定。「母親請喝茶。」

老夫人經褚翌提醒，才想起今日認親，族裡人都來了，這可不是鬧騰的時候！

老太爺呢，此時方才明白，兒子早先處心積慮地撮合自己跟妻子，原來並不是一心盼著他們夫妻恩愛，而是為了挖個坑坑自個兒啊！

這一手調虎離山使得……老太爺心裡暗恨，並且默默吐血三升。

明明早上褚翌是來給他挖坑的，他歡歡喜喜地跳下去不說，又往要給小兒媳婦準備的紅包裡添了兩千兩銀票。

早知道，自己今日給兒媳婦的紅包就不包那麼多銀票了！可這時候能換嗎？他沒準備兩個紅包啊！

老夫人終究是接了茶，在褚翌殷勤、懇求的目光之下，喝了一口。

見面禮是一對玉如意，隨安則送上鞋襪做回禮。

褚翌這才轉向老太爺，老夫人的目光也轉向老太爺。

老太爺有了緩衝，自然態度比老夫人更好一些，殊不知這樣落在老夫人眼裡，就成了老太爺聯合兒子來瞞著自己。

然後老太爺就見到了史上最甜的褚翌，心裡酸溜溜的。

過了父母這一關，褚翌大大地鬆了一口氣。

他沒有出手去扶隨安——這時候扶，簡直就是拉仇恨啊！

其他的人看見褚翌這樣，就算心裡不明白、有疑惑，可見老夫人跟老太爺都按兵不動，其他人自然也就順利地過了這一關。

接下來應該去祠堂，老夫人卻將眾人都打發走了。「天色不早了，你們也跟著陪站了一上午，都回去歇息，午飯在各自房裡用吧！」

隨安看了褚翌一眼，褚翌回了她一個「淡定些」的目光。

兩個人雖然沒有拉手，但這番互動也極為教人生氣，因此眾人一走，老夫人就對丫鬟們喊。「都出去，把門關上。」

等丫鬟們魚貫而出，老夫人一拍桌子。「你們倆還不給我跪下！」

褚翌跟隨安連忙跪在老夫人面前。

老夫人咆哮。「褚隨安，妳膽子夠大！我說妳不喜歡當通房呢，原來看上了正室之位！」

老太爺在旁嘿笑。「妳也別偏心了，妳兒子膽子才是真大！沒有他同意，妳以為一個丫頭片子能把眾人都蒙在鼓裡？」

他說著話，心裡恨褚翌這王八羔子坑爹。沒想到，老夫人卻將他看成了與褚翌是一丘之貉。「你給我住嘴！」拿著雞毛撣子去揍褚翌跟隨安。

隨安一見，連忙爬起來跑。

褚翌沒跑，只不過假意地攔了兩下，身上挨了不少打。

「爹！父親！」褚翌一邊伸出胳膊抵擋，一邊給老太爺使眼色。

屋裡硝煙瀰漫，炮火紛飛。

老太爺很無良地等老夫人發洩了一波，才上來攔截。「妳這樣讓他們鼻青臉腫地走出去，皇上還當妳不滿意這門親事。」

老夫人嗆他。「我就是不滿意！」

褚翌一聽，擔憂地轉頭去找隨安，結果發現她竟然在偷吃小几上的點心……

「母親，您先消消氣，容兒子單獨稟報。」

老太爺制止。「慢著，有話就在這裡說。你剛才蒙蔽了我，現在又想蒙蔽你娘？想得美！」

老夫人覺得老太爺總算說了句人話，便跟著道：「有什麼事還需要偷偷摸摸的？直接說！」她也怕被兒子矇過去。

褚翌一咬牙。「其實兒子沒真的想娶她，可不娶不行啊！」

「怎麼個不行法，你倒是說說。她給你下毒了，還是拿刀逼你了？」老太爺搶先發問。

褚翌嘆了口氣。「兒子中毒的消息，父親該是知道的吧？」

老太爺心裡一咯噔。當時軍中來信，他當然擔心，但是褚翌說不嚴重，後來又大獲全勝，他就沒以為有多麼嚴重；之後雖然又傳了消息說褚翌去周薊求醫，但也很快就來了第二封信，說毒已經解了。

老太爺一共擔心了三天，但是他當時沒把這事告訴老夫人。

老太爺怒瞪褚翌，眼神意思是——「分明是你當初寫信說，暫且不要告訴你娘。」

老夫人皺著眉。「我知道林氏跟皇后合謀，怎麼你竟然著了道？」

褚翌苦笑。「何止啊！要不是隨安，兒子都沒命回來，更不要說光宗耀祖了。」

「她一個丫頭片子，能有什麼本事？」目光看向角落裡的隨安。

褚隨安做鵪鶉狀縮在小几後面。

褚翌看見就呵斥道：「妳還不給我過來！」

隨安只好挪過來，褚翌伸手敲她。「我娘打我，妳不上來保護我，竟然還自己躲得飛快！這才成親第一天，就給我來夫妻本是同林鳥，大難臨頭各自飛嗎？」

隨安伸出手指比了個「二」，而後對老夫人道：「我救了他兩次。第一次您跟老太爺都知道；第二次，老太爺只知其一，不知其二……我們去了周薊，外城的大夫看不了，幸虧我遇上熟人，否則我們只能眼睜睜看著將軍一直昏迷不醒，為此我還砸了周薊外城的一家藥店，陪了人家好幾百兩銀子……」

「什麼熟人，這麼大的本事？」老夫人將信將疑。

褚翌搶答。「是她家隔壁的一個鄰居，現在在周薊女王的身邊侍奉，長老們都稱其為宋公。」

老夫人不以為意。「一個鄰居？哼，一個鄰居能有這麼大面子？我還以為是親爹呢！」說完看著隨安，而後又把詢問的目光轉向褚翌。

老太爺這時的想法跟老夫人出奇地同步，只有褚翌吃驚地問老夫人。「您真是料事如神。」

過了半天，老夫人才鄙夷地看向隨安。「救人一命，勝造七級浮屠。妳這種救人就讓人家以身相許的念頭，實在是卑鄙無恥了些！」

虧得隨安不是頭一次見識她的犀利。

當然，也幸虧褚翌給她打了不少預防針。「天下婆媳是冤家，反正母親也沒多喜歡七嫂，妳起碼嫁妝比其他妯娌都多啊！那堆金子拿出來，保准閃瞎大家狗眼！而且妳有後盾啊！我雖然面上會說妳幾句，但心肯定站妳身邊！」

隨安不說百毒不侵，但是心裡有了防備，對老夫人的發難便從容多了。她淡淡道：「我是卑鄙，也無恥了，可誰教您將兒子養得太優秀、太教人心動啊？要是他長得歪瓜裂棗，我才不稀罕！」說著還撇了下嘴。

老夫人被她堵得，一時竟然不知道該說什麼好了。

褚翌暗中朝隨安豎了豎大拇指。這種拍馬屁於無形的功力，他還是望塵莫及。

過了半天，老夫人才找回神智。「敢情我養了個好兒子，就是給妳糟蹋的？」

「不是啊！我救他的時候，他已經被糟蹋得奄奄一息了！這不都是林頌鸞的功勞嗎？林家可不是我救的，也不是我送到上京的，更不是我賜婚給將軍的。」隨安淡淡補刀。

老太爺咬牙切齒。「說妳呢，何故扯上別人？」

老夫人無差別攻擊。「怎麼著，她說的不是事實，不是你幹的好事？」

隨安繼續道：「老夫人，若不是林頌鸞給將軍三番五次地下毒，我的確沒機會嫁給他。」

褚翌待她說完，立即呵斥。「行了，妳少說兩句，免得氣著我娘。」

老夫人發現，若論無恥，她竟然比不過兩個晚輩！

隨安動了動嘴，問褚翌。「我能不能說最後一句？」

「說。」

隨安便正色對老夫人道：「老夫人，太子中的毒跟將軍當日中的毒是一樣的，那毒在蠟燭裡，就是將軍命人給太子獻上的。」

老夫人變色。「妳給我住嘴！這話是妳敢說的?!」

褚翌接話。「她敢說，反正不是無藥可救，只是我沒讓她去救而已。」

老夫人身上出了一身冷汗。孩子們膽子也太大了，這是鬧著玩的？

褚翌見她臉色發白，連忙道：「這話也就敢在父親、母親面前說說，知道這事的人，不超過五個。本來是不打算告訴母親的，可是我跟隨安，也不是只有我跟她那麼簡單，您要是不信，跟我去將軍府，看看周薊那邊給她的陪嫁吧？」

老夫人一哼，看看就看看！

褚翌又問：「去將軍府之前，我們是不是先去祠堂拜祖宗？」

老夫人道：「先去將軍府！」她還沒打算這麼容易地認下這個兒媳婦呢！

褚翌只好認命地跟隨安一起服侍著父母去將軍府。

半車金子上面的印是周薊的王印，想說成是肅州那邊的庫銀都不成；而且不說肅州，就是整個皇宮內庫，也不一定有這麼多金子。

老夫人這下有些猶豫了，看了一眼隨安，隨安忙招呼羅氏、翠羽跟紅拂一起過來給她見禮。

「老夫人，她們三個是從周薊過來的。」一個一個地介紹給老夫人。

老夫人抿著唇，神情不豫。她沒帶丫鬟過來，教養使然，一有人拜見她，她就想發個紅包啥的，但今天紅包沒放在她身上。

羅氏跟翠羽三人對老夫人的心結自然不甚明瞭，她們也不知道隨安跟老夫人的前緣，不過羅氏卻知道，女王是頂頂重視自己這位小主子的，現在見老夫人有些不大喜歡小主子，羅氏立即笑著恭敬道：「老夫人不用擔心，我王說了，以後夫人有了孩子，每個孩子都有五百斤金子，以作讀書寫字、婚姻嫁娶之用；我王還說，這是她當外祖母的一點心意！」

褚翌噗哧。「噗……」忍不住抬頭看隨安。妳爹這身分適應得很好啊！

隨安也是頭一次聽羅氏說這個。

羅氏解釋道：「夫人，我王怕夫人待嫁羞臊，因故沒有跟夫人說明，不過王有書信證物在此。」

隨安心道，羞個頭啊！受驚倒是真的，不過這種時候她不能扯後腿，使眼色讓羅氏趕緊把東西拿出來，要知道，有人撐腰，她才能安穩地睡覺啊。

羅氏會意，從袖子裡取出一個小巧的匣子。眾人一見這匣子差點被閃瞎眼——是純金做的。

羅氏送到老夫人手裡，輕聲道：「老夫人，這有些沈。」

便是老夫人省得，接到手裡也差點沒接好，這匣子至少有十斤。

褚翌乾脆上前。「母親，我幫您拿著。」他突然覺得買櫝還珠不應該遭到嗤笑。

老夫人點頭，就著褚翌的手用匣子上的鑰匙開鎖，裡面放著九塊玉珮，在陽光下熠熠生輝，竟然完全壓過了黃金的光芒。

老夫人。「這……」

羅氏道：「族老們說，夫人是有福之人，最是旺夫、旺子之命，這玉料是周薊中山玉種料，我王說將來的小外甥一人一塊，可做出入周薊之信物。」

「……」

老夫人心情，那教一個複雜。

看見父母面上的表情，饒是褚翌也不得不承認，褚秋水這次辦的事竟然難得可靠。

老夫人經過這一遭，心情不好，但是好歹在羅氏等下人面前沒有給隨安難堪，就是沒理她，自己上了車。

褚翌送母親上車，又請父親上車。

老太爺不太樂意。他是個要強的人，本來還心疼自己紅包給多了，現在看見那一堆金子，就覺得自己拿出來的那點錢實在不夠看。

褚翌再請。「爹，兒子扶您上車。」

老太爺想跟兒子說說心裡話，又捨不得兒子這次難得的孝敬，最後還是搭著兒子的手，上了老夫人的馬車。

褚翌把父母都哄好了，到了隨安這裡，一使眼色，兩個人坐了後面的車。

上了車，褚翌就道：「哎喲，我這一大早的是為了誰忙活？還不過來給我捶捶腰？」

隨安也辛苦，拿著小捶敲了兩下，就撲在褚翌身上，死活不肯再動彈。

前面車裡，老夫人臉色陰沈，老太爺自覺不敢招惹，主動道：「她的身世我是真不知道，九哥兒一直瞞著我呢！」

老夫人哼了一聲。她倒是想過讓隨安暴斃的法子，懷了孕一不留神跌倒了，或者生產的時候大出血……

但是她沒想過把褚翌的命也搭進去。褚隨安要是真有周薊女王撐腰，若是不明不白地死了，不說別的，要是再給褚府眾人下個毒啥的，那可真是防不勝防啊！

只是，還是憋屈！

「難不成就這樣認了？」她喃喃自語。

老太爺見她沒發火，這才湊上來小心翼翼地道：「林氏的事，算我倒楣，是我帶他們上京的，但隨安這裡，可是妳給兒子選的……」

老夫人翻白眼。「那這事該怪我嘍？」

「當然不是怪妳，妳沒聽那羅氏說，她旺夫啊！這旺夫我雖然目前還沒怎麼發現，但救了九哥兒兩次倒是真的，妳說呢？教我說，只要九哥兒喜歡，他能好好地過日子，不比什麼都強？」

老夫人哼氣。「你是不是覺得他有了那一大筆錢，將來分家可以不用給他啦？」

老太爺一噎。娘兒們就是想得長遠，他趕不上啊！

回了府，老夫人下車，一甩袖子進屋。

老太爺咳嗽一聲。「你們該幹什麼就幹什麼去吧！」

褚翌連忙帶著隨安去祠堂，大老爺在那裡已經等了一個多時辰。

大老爺不善言辭，經歷過不少兵事，是個愛將才的人，自從得知最小的弟弟有帶兵遣將的天賦之後，心裡很是喜歡。

他面帶微笑地將香燭遞給褚翌夫婦，領著他們磕頭上香。

磕完頭，褚翌站起來，指著最下面的兩個牌位，道：「過來拜見二哥、三哥。」

他倆沒事，大老爺卻忍不住了，轉過身用袖子擦了擦眼睛。

二老爺、三老爺都是在戰場上身亡，其中二老爺是大老爺的親兄弟，三老爺是姨娘所生。

隨安跟著褚翌恭敬地行了禮。

褚翌見大哥抽噎聲越來越大，便使眼色讓隨安先出去，他輕輕地拍了拍大老爺的肩膀。

「大哥，有幾句話弟弟早就想說了。大哥的兒女不少，何不過繼幾個給二哥、三哥？這樣百年之後，二哥、三哥也有後人祭祀香火……」

第一百一十四章

大老爺一愣，接過褚翌遞過來的帕子擦了擦鼻涕、淚水，道：「現在逢年過節的也沒忘了他們。」

褚翌心裡一嘆。「你不妨跟大嫂商量商量，我想過繼的事情，只要你們同意了，父親、其他兄弟那裡再沒有不同意的。」

大老爺便道：「知道了，我會跟你大嫂商量的。」

大夫人一聽就同意了。現在府裡的情況，大房的人口最多，嚼用最大，大夫人的壓力也很大；嫡子、嫡女、庶子、庶女一大堆，除了成親的長齡幾個，其他的再過幾年也到了嫁娶的時候，可大夫人哪裡還有銀子貼補？

老太爺畢竟退了下來，銀錢上就不如在外帶兵時那麼寬裕，若是將兩個快到年紀的庶子過繼給二老爺、三老爺，不說別的，聘禮到時府裡就得多拿些，庶子跟嫡子可不一樣；另外將來百年後分家，他們也算各占一支……

不過大老爺一直猶豫，大夫人乾脆叫了褚翌過來商量。

褚翌便道：「其實我早先並沒有想到，只是帶兵在外，難免看見死傷。我之前奏請皇上恩准在中元節設立廟會，為陣亡將士的亡靈超度，才琢磨了二哥、三哥的事；而且大哥是老大，父親早年就說過府裡是要交到大哥手上，所以此事大哥擔起來是理所當然的。六哥、七哥、八哥的孩子都還小，過繼出去，也是養在膝下，反倒不如大哥這邊幾個姪兒年紀大了，也懂事，不用大人操心。」

大夫人被他說得眼淚汪汪。「九弟真的長大了，不枉全府人都疼你。」

褚翌忙站起來道：「大嫂可把我說羞了，弟弟已經成親，以後弟媳婦還要大嫂多愛護。」

到了晚上，褚翌早早就從老夫人那裡把隨安接走。

兩個人一人泡著一個大浴桶，褚翌便將白日跟大老爺說的過繼的事說了。

隨安讚嘆，褚翌也有點得意，當然他在此時提出此事是有圍魏救趙、乘機轉移父母心思的嫌疑，不過也是真心實意地想著二哥、三哥，只是稍微把握了一點點時機而已。

因為是賜婚，還要進宮謝恩，本應該是昨日進宮，但昨日有大朝會，皇上特意改了日子。

到了宮裡，沒想到皇上、皇后、賢妃都在。

皇上著意看了看隨安的相貌，笑著對褚翌道：「你可鬆了一口氣吧，小媳婦相貌清秀，周正得很。」

褚翌連忙施禮。「回皇上，臣牢記聖人教導，娶妻娶德，不敢質疑皇上賜婚。」

皇上笑著嗯了一聲，令人將賞賜之物給隨安。

皇后不鹹不淡地說了幾句，褚翌全當耳旁風，不是說「不敢當」就是說「臣無能」，好在賢妃機靈，婉轉地接過話題。

不料皇后最後又道：「本宮也替你開心，不過一見到你，就想起本宮苦命的孩兒，他還在肅州受苦，無人照料衣食。」

褚翌還沒說話，賢妃就立即擋了回去。「娘娘說得是，臣妾想一想，也是心痛不已，想起來都要偷偷哭一場。娘娘擔憂的無人照料衣食，臣妾倒是有心替娘娘分憂，只是三皇子才剛選妃，眼看著要大婚，臣妾竟是有心無力……」

褚翌默默給賢妃豎了豎大拇指。賢妃的意思明確，皇后既然心疼兒子，那就親自照顧去啊；可皇后又不肯離宮，偏做出一副心痛死了的模樣，還想當個慈母嗎？

從宮裡出來，隨安爬上車就撲倒了，哀號道：「以後沒大事了吧？」

褚翌一上車，上來就壓她。「沒了，妳只管生孩子就好。」堵住了她的哀號。

馬車到了褚府門口，車夫低聲稟告到家，褚翌在車裡沒露面，直接說：「去將軍府蹓躂一圈。」

進了將軍府的內院，趕車的人就換成了翠羽。

褚翌渾然不覺，抱著已經半昏不醒的隨安進了內室，兩個人一起泡到了熱水裡。他一邊咬她肩頭，一邊道：「以後洗澡這樣洗好了，我們倆先用一桶水，洗得差不多了，再共用另一桶水，這樣洗得格外乾淨，妳說我說得有沒有道理？」

隨安早就閉上眼睛，只管睡，如同緊閉著嘴的蚌殼一樣，任憑他折騰就是不開口。

嫁了人真的好累。

原本她還擔心府裡好多人都認識自己，總是覺得不好意思等等，現在是一點想法都沒有了。之前的大丫鬟們出府的出府、嫁人的嫁人，說實話，隨安最熟悉的人反而成了老夫人跟徐嬤嬤，不過徐嬤嬤不敢跟老夫人討論她。

只是沒了這事有那事。

很快地，老夫人就給隨安立了規矩。她有張良計，褚翌也有過牆梯，老夫人讓隨安給她捶腿，褚翌便給老夫人捏肩。

隨安有個難友陪著，心裡好受多了。

多虧了老夫人沒讓隨安在她臥室裡打地鋪，公公、婆婆睡一張床恩愛些也是有好處的。

半個月之後，老夫人晨起，剛坐到飯桌前，忽然一暈，隨安在她身旁，正好扶了一把，羅氏在隨安身後，也上前幫忙。

羅氏的手一搭到老夫人的手腕上，身子一頓，而後退後一步，看了一眼褚翌。

褚翌這才想起羅氏有些醫術，忙問：「是母親怎麼了？」

羅氏道：「看脈象，彷彿有了娠。」

褚翌一下子看向老太爺。

老太爺老臉一紅，難得地狡辯。「妳不會是看錯了吧，這事還是找大夫來！」

老夫人本來低著頭，使勁一拍桌子。「閉嘴！統統都給我滾蛋！」她的小日子遲了幾日，本不以為意，沒想到竟然有了，在這種時候有了！

老夫人真有了殺人的心。

她陰森森地磨牙，抬頭看著褚翌。「你行啊！這用兵如神，用到爹娘身上了啊！先是提出過繼，分散我們注意力，然後……不對，先是算計你娘！」

隨安忙道：「老夫人息怒。」

「妳也閉嘴！」

羅氏聲音一沈，道：「老夫人年紀大了，胎氣不穩，應該少生氣。」她聲音淡淡的，然而聽在眾人耳裡，卻令人渾身一震，老夫人竟然漸漸也跟著平靜下來。

羅氏說完就垂下頭，縮在隨安身後。

褚翌也跟著清醒過來，立即請示老太爺。「父親，我這就請個大夫，就說……」他轉頭看向隨安，決定乘機抹黑她一把。「就說隨安吃壞了肚子。」

老太爺心裡喜憂參半，聞言道：「說吃壞了肚子，讓人家以為咱們家的飯多麼不好呢，說吃撐了吧！」

心疼自己媳婦，所以就抹黑兒子的媳婦……爹，您最好以後沒有求到我跟前的時候！

褚翌也是典型的「只許州官放火，不許百姓點燈」。

老夫人聽這父子倆耍寶，眼睛餘光看著一旁無動於衷，一點也不擔心自己名聲壞了的兒媳婦，心裡有點奇異的彆扭。

大夫很快就請了過來，隨安扶著老夫人去碧紗櫥，那大夫把了脈，立即道恭喜。「喜脈無疑，只是孕婦肝火有些旺盛，若是一直降不下來，晚生開一副方子喝喝。」

褚翌忙道：「大夫請這邊來。」

大夫出了門，老太爺才從內室奔出來。

隨安立即帶著羅氏出來了。出來後，她忍不住伸手朝天拜了拜。感謝老天爺，這個弟弟或者妹妹來得忒及時，以後她再也不用立規矩了。

羅氏以為隨安是擔憂自己還沒懷孕，在她身後安慰道：「夫人別著急，您跟九老爺恩愛，也一定會……」

隨安連忙摀住她的嘴，認真道：「妳誤會了，咱們不說了啊！」

婆媳同時懷孕，哪怕她是年輕的那個，也會不好意思。

但怕什麼來什麼，一個月後，她早晨起來，忽然覺得頭暈腦脹；又過了沒幾天，周薊那邊一封信也快馬加鞭地寄了過來，女王也有了身孕。

有關此事，不明真相的老夫人跟老太爺有點擔心隨安失寵。

老夫人陰陽怪氣地說：「有了後娘就有後爹。」

隨安臉上陰笑。「呵呵。」大概她的表情太嚇人，乃至於老夫人竟然不敢多說什麼了。

知道真相的褚翌默默地為自己的前岳父、現在的岳母褚秋水，以及現在的岳父宋震雲點了兩排蠟燭。

不過事情也有好處。如褚翌所料想，隨安嫁給他之後，再也顧不上大牢裡的林頌鸞，她現在磨刀霍霍，就想砍宋震雲。

天牢人犯秋後處斬，褚家接連有喜，沒有一個人在這種時候提起林氏，更無人去觀刑。

轉過年來，先是老夫人喜得一女，眾人紛紛道賀，又過了一個月，隨安也被扶進了產房。

老夫人還沒出月子，老太爺喜孜孜地看著她喝雞湯，而後道：「那算命的說得不錯，隨安還真是個旺夫的命……」

老夫人皺眉。「瞎說什麼，人家是周薊的長老，可不是什麼算命的！你沒見皇上禪位都請人家算日子？」

周薊那邊得知她跟隨安都懷孕，好東西從來是一模一樣地兩份一起送來，這就教老夫人心裡熨貼了不少。

而產房外面，褚翌聽著隨安的叫痛聲，額頭都起了汗珠，來回走動兩步，突然一撩袍子。「我進去看一眼！」

七老爺、八老爺哪裡有他那速度，一不留神就給他跑了進去。

褚鈺氣得直跺腳。「這要是教母親知道，又該生氣了！」他是親哥，這話他敢說，其他兄弟都不敢。

褚越慢吞吞地安慰道：「七弟不要著急，九弟不是說看一眼，他一會兒出來就沒事了。」話裡意思是反正在座的也沒人敢往外說。

產房裡，隨安渾身濕透，如同剛從水裡撈出來，看見褚翌就撒嬌。「真的好痛啊！」

褚翌其實很緊張，但想著其他人的老婆都能生，到了他這裡，要是認慫，那隨安豈不是低人一等？於是外強中乾地呵斥道：「好痛也得生！」

他聲音很大，外面的嫂子們本來還羨慕他有勇氣衝進產房，聽到這一句，紛紛喊「呿」……

隨安是被他呵斥慣了的，這些日子，別說在外面，就是在床上也沒少挨訓，她「麻木不仁」地將他的呵斥擋在耳朵之外，抬頭吃力地對他道：「我跟你說，下輩子——」

褚翌一聽「下輩子」就受不了，立即打斷了她的話。「別說喪氣話，好好給我生！」看一眼那躺下後還像小山一樣的肚子，他的肚子立即隱隱作痛。

隨安氣得伸手拉他的胳膊，使勁咬了一下，然後才怒。「你讓我把話說完！混蛋！」

褚翌被她咬得齜牙。「妳說。」

隨安氣鼓鼓地道：「下輩子我要當男人，你這輩子讓我生多少，下輩子你給我翻倍生！」

屋裡的產婆們再也忍不住，低頭笑了起來。

兩個時辰後，褚翌的長子出生。

老夫人跟隨安的關係徹底改善，卻是因為此子出生之後。

老夫人雖然坐月子養身子，但她年紀大了，身體比不上隨安年輕，孩子生下來也弱小了些，好在是個女孩子，嬌養著並不十分令人擔憂。

只是這位最小的褚家姑娘，生來愛哭，是個哭包。

褚翌有次看見她，跟隨安道：「怎麼這麼能哭？跟妳爹似的。」被隨安擰著胳膊窩裡的肉轉了好幾圈。

誰知這位哭包姑娘竟然喜歡褚翌的長子，才兩個月，還在襁褓之中呢，兩個孩子並排著放在一起，她就不哭了。

老夫人稀罕得不行，話裡話外的意思是，她的乖孫子旺姑姑。

褚翌小聲嘀咕，就是旺，那也是旺爹、旺娘……

隨安也捨不得兒子，但是小姑娘就像有感應似的，姪子一抱過來就不哭，要是偷偷抱走，不教她看見，她也哭……無敵了。

褚翌知道隨安是心疼兒子，就道：「母親這裡白天人多，不如就讓妹妹跟著我們回院子，晚上我們再把他們倆送過來。」

老夫人想了想，道：「如此也好。」

結果沒兩日，老太爺受不了了，夜裡孩子們餓了要哭，尿了要哭，兩個孩子合起來，不是兩倍的哭聲，是四倍！

只好換成了姑姪倆白天在徵陽館。

但褚翌多奸猾，有幾次故意說他們睡得沈，留在母親那裡……

結果便是老夫人終於同意，閨女暫時跟著哥哥、嫂子去吧，她年紀大了，還得留著命給閨女攢嫁妝呢！

褚翌的兒子滿月時，新皇登基，太上皇則帶著皇后藉著避暑的名義去了雅州行宮。自此皇后一脈徹底凋落，承恩侯府覆亡。

沒幾日，新皇的恩賞就到了褚家，給褚翌的兒子賜了名字，褚湛清，取其意為「清澈透明」。

褚翌又著意討好，將之前皇后賜婚林氏給他的懿旨找出來，果真當著老夫人的面燒了。

老夫人見兒子孝、兒媳順，欣慰的同時，也算看開了，跟老太爺商議著，低調地將家財分給了兒女，大家依舊聚居在一處。

老太爺看著連綿的房舍，嘆道：「褚家，終於有了大族氣象。」

——全書完

番外

褚秋水如何會懷孕？

呵呵，還能有什麼原因？他自己找死唄。

他弄了「南天」給宋震雲聞，又親自給他剝了個石榴，讓宋震雲連石榴籽都一起吞了。

「這能怪我嗎？」女王哭得唏哩嘩啦。

說起來也不能完全怪她，她當初也是好意，為了給女婿報仇，打算好好地收拾收拾炮製出「南天」的白長老。結果大家紛紛來請願，說白長老做南天是利國利民，周薊最近的人口出生率比以前提高了百分之一百。

那以前是多少？在女王在位的前十年，一直是零，因為女王太殘暴不仁，男人們除了老頭子，其他的都不舉了。

女王當然懷疑，吃了藥就能舉起來？

她不信，但是她又不想自己吃，於是抓著宋震雲這個替罪羊。

按理說女王並不聰明，這麼陰宋震雲，宋震雲應該能發現才是，可惜宋震雲那時候，眼睛只落在她剝石榴的玉手上，別說是石榴，就是砒霜也毫不猶豫地喝了。

南天的藥效跟石榴結合，發揮得很快，不過一刻鐘的工夫，宋震雲的呼吸短了，心跳也快了，總覺得屋裡太熱，想出去。

「你做什麼去？」女王連忙拉他。

這一拉，宋震雲就覺得心蕩神搖，舒服，彷彿整個人都被她攥住了似的。

「我出去涼快涼快……」

女王眼珠子一轉，不能教他出去，他出去了，她怎麼觀察？

「別出去，萬一吹了風著涼怎麼辦？熱，就在屋裡脫件衣裳好了。」

宋震雲連忙脫了一件厚厚的外袍，但是臉色還是發熱。

說實話，他對女王有過覬覦之心嗎？嗯，不能說沒有。

但是他敢行動嗎？也是真不敢。

不過宋震雲覺得，今天自己的身體已經完全超出控制。

他吃力地問：「我可能真生病了，妳要不把白長老給我找來吧？」說完又認為自己不一定能支使得動她，就道：「算了，還是我去找他。」

這次女王乾脆擋在他面前，宋震雲一起身，正好撞到她的胸前。

鼓鼓囊囊的胸肉被這麼一撞，不痛？女王哎喲一聲，雙手捂胸，眼淚都被撞出來了。

宋震雲也顧不上自己，連忙拉她的手。「撞哪啦？我看看。」

女王扁著嘴哭。「肯定撞破了。」

宋震雲粗喘氣。「我、我吹吹就沒事了。」

她的外衣好脫，很快就露出裡面的肚兜，大紅色的鴛鴦戲水，說是遮擋，比不遮還要吸引人，光滑的美背則完全地暴露無遺。

女王見他眼睛都紅了，伸手摸了摸他的額頭。「你沒事吧？這東西又不是頭一次見，瞧你那傻樣……」

宋震雲覺得自己根本控制不住自己的腦子……不，連嘴也管不住，他聽到自己說：「那妳給我看看，好不好？」說完這話，他恨不能搧自己耳光。

可女王卻漫不經心地道：「好呀。」

她說好呀……

宋震雲再也忍不住了，一把將她抱進懷裡，那肚兜一下就飛到了一旁的水盆架子上。

女王還在嘟囔。「你的衣裳弄得我肉痛。」

宋震雲喘息。「我這就全脫了。」彷彿怕她飛走了，他一隻手緊緊地抱著她，另一隻手飛快地將自己的衣裳脫了個乾淨，鼓脹的胸肌下是結實的六塊腹肌。

女王嘟著嘴，伸手摩挲了一把。她就沒有腹肌。

到了這地步，她還不知死活，所以說自己找死也不為過了。

但她事後不認帳啊！老是拿話戳宋震雲的心不說，還嚇唬宋震雲。「我要告訴隨安！」

當這是小孩子受了委屈，回家告狀呢！

宋震雲別的都不怕，但怕隨安。

得知隨安懷孕，他大大地鬆一口氣，乾脆破罐子破摔，直接將女王壓了又壓。反正懷胎十月，隨安是肯定來不了周薊的，他先做夠了本再說。

結果，自然沒做夠本。不到一個月的工夫，女王天天睡不夠，宋震雲一著急，請了白長老過來一瞧，呵，懷上了。

接下來的日子，宋震雲再沒有之前的氣概，女王天天蹺著二郎腿，捧著肚子，時不時地威脅他一句。「你死定了，呵呵。」

長老們一見女王這架勢，完全就是母螳螂懷上崽子就吃了公螳螂的樣子，絕對不行啊！沒了宋震雲，周薊的男人以後又該不舉了，於是大家一窩蜂地輪流上陣安撫宋震雲不說，得知宋震雲怕隨安過來找他麻煩，於是變著花樣給上京褚家送禮，連女王寫的信也都攔截了，只挑著裡面的好話謄抄，那些責罵宋震雲王八蛋之類的話是一句沒說。

隨安只知道女王懷孕之後懷相不好，擔心都來不及，也就顧不上思索為何她總是要人代筆了；而且她私心覺得，以褚秋水之懶散，說不定真的會叫人代筆。

不過，她看著信上總是變著花樣地誇宋震雲勤快，任打任罵，心裡哼哼。

褚翌看著信，笑著道：「宋叔人是不錯，妳又牙酸個什麼勁？」

隨安眼神不善地看了他一眼。「她這是怕我過去收拾宋震雲，所以才一個勁兒地拐著彎地誇他呢！」

褚翌見她發火，立即點頭道：「嗯，妳說得有道理，這事是做得不太地道。論起來這件事我們不該管，但總該教我們知道，現在孩子都有了，唉，也難怪妳心裡不是滋味！」

隨安的臉一下子垮下來。「你說誰心裡不是滋味了？」

褚翌心道，說得就是妳，明明吃醋心裡嫉妒了，還不肯承認。但自從隨安懷孕，他就跟著英雄氣短，大男人的尊嚴在外面好歹還能維持一二，進了屋裡就差跪洗衣板了；往往隨安說一，他總是添上二，方才顯得婦唱夫隨、同仇敵愾、共同進退。

「我不是那個意思，妳瞧妳又誤會了不是？這不是因為他們沒事先告知，給了我們一個措手不及嗎？妳說我都這麼大年紀了，以後要喊個奶娃娃叫舅兄……」

隨安銜著他揚起眉毛。「那我還喊個奶娃娃叫小姑呢！」

褚翌一噎，不知道這戰火怎麼一下子就轉到了自己身上。

說實在的，這跟他想像的婚姻完全不一樣啊！

他的理想婚姻是，老婆全都聽自己的，且又體貼、又溫順、又聰明；現實的婚姻狀態卻是自己全都聽老婆的，自己又體貼、又溫順、又聰明……

等到女王那邊也成功產子，褚翌再看著自己兒子，也心酸了。同年的娃娃，自己兒子成了輩分最低的，上面一個大一個月的姑姑，下面一個小一個月的舅舅……

到了秋天，隨安出了月子又休養了一陣，活蹦亂跳的，嚷著要去周薊看弟弟。

「唉，總算有個正經的稱呼了。」不管是爹生的還是娘生的，她總是要喊弟弟。

褚翌忍住笑。他也算是沒有白受苦，最近吃飽喝足，對老婆就更加包容了，問道：「咱們過去，是帶著兒子一起，還是把孩子放在徵陽館？」

隨安猶豫道：「要不帶著吧？在車裡裝個吊籃，應該不算太顛簸。」想來「她」也想見見孩子。

褚翌道：「好，那我把小妹先送回去。」

隨安一時沒想到，還詫異地道：「臨走的時候再送不行嗎？」

褚翌沒多說，執意把妹妹抱到母親那裡，結果兩口子睡到半夜就聽到砰砰敲門聲。

「姑娘回去後一直哭，老夫人心痛，叫我們送過來。」徐嬤嬤精神萎靡。

褚翌就知道會如此，卻還是雙手接了過來，問：「一直都沒有睡嗎？」

徐嬤嬤道：「中間睡了幾次，可每次睡不足半個時辰就哭。」也就是說，哭累了睡一會兒，然後接著哭。

隨安慢褚翌一步，也趕過來，從褚翌懷裡接過哭哽咽的小姑娘。「夜裡風涼，我先抱她進屋。」

徐嬤嬤屈膝行禮。「有勞九夫人了。」

隨安點點頭，用披風替孩子罩著，轉身進了屋子。

褚翌便打發眾人。「行了，妳們也回去歇著吧！」

不鬧這一通，母親捨不得妹妹同他一起去周薊。

徐嬤嬤回到徵陽館，老夫人還沒睡，坐在榻上支著胳膊發愁。

「天都這麼晚了，快歇著，否則明兒一天沒精神。」

「嗯，我沒事，曦姊兒怎麼樣了？」褚翌的親妹妹叫褚曦。

徐嬤嬤就笑。「姊兒真真聰明，我路上跟她說去找湛清，她就不哭鬧了，九老爺抱到懷裡也沒有鬧，九夫人過來，一接過去，也沒有哭。我在院子外面聽了聽，一絲聲音都沒有，這才回來的。」

老夫人點了點頭，徐嬤嬤上前去幫忙抽走她的迎枕。「您躺下，今晚奴婢來值夜。」

老夫人就道：「妳說我是不是老了？從前多麼要強，左看不慣，右看不慣，現在……」

徐嬤嬤沒有多說，但懂得老夫人的意思。

老夫人有了幼女，七老爺跟九老爺都長成了，自然慈愛之心都給了最小的孩子。曦姊兒當初哭鬧，七老爺那邊也得了個哥兒，就想著看看抱過去能不能哄住？結果自然是不成。老夫人去看了一眼，七老爺跟德榮郡主從來不抱孩子，孩子都交給奶娘，有時候哥兒哭得比姑姑還要厲害。

曦姊兒雖然不懂事，但是知道誰是她的親人，到了九老爺這裡，不是九老爺親自抱妹妹，就是九夫人抱著，從來不假外人之手，九夫人又親力親為，不拿主子的喬，曦姊兒當然喜歡了。

老夫人倒是想抱，但是她也只能抱一會兒，否則就腰瘦背痛，起不了床，為此不知罵了老太爺多少遍「老殺才」。

當然，也不是說七老爺跟德榮郡主就不疼孩子了，可見識過褚翌跟隨安的疼法，真沒法說七老爺那裡更好。

從前，老夫人是嫌棄隨安的出身，可若是將德榮郡主和隨安都放到曦姊兒面前，老夫人也覺得曦姊兒交給隨安照料還放心些。

總歸不過一句：父母之愛子，則為之計深遠。

最終，曦姊兒還是跟著褚翌夫婦一起去了周薊。

搖晃的馬車裡，一個大大的吊籃足占了大半的車廂。吊籃掛在車裡，減弱了震動，人坐在馬車裡，只需要輕輕扶著吊籃，免得搖晃得太厲害。

隨安執意不許褚翌寫信，要去勘察出個實情，因此到了周薊，也是讓羅氏出面，一群人進了內城，再入宮城便容易了。

女王得到消息匆匆趕過來，臉上還帶著疲憊。隨安有點後悔是不是自己來得太突然了？褚翌卻突然躬身行禮問：「大人是有什麼煩心事？」

對隨安來說，不好確定稱呼，但在褚翌這裡就好解決了，「大人」也可代指母親。

女王摸了把臉，道：「小事，有一股山匪作亂。」

褚翌直起腰。「小婿過去看看。」

女王連忙點頭。「我叫人帶你去。」

褚翌道：「是不是先把隨安跟孩子們送回去？」

女王方才回神，拍著額頭道：「看我，都忘記了！來，我的大外甥，讓姥姥抱抱！」說著一把抱過隨安懷裡的孩子。

天氣熱，孩子穿著開襠褲，女王一低頭。「咦？我外甥的小鳥呢？」

隨安沒好氣地把孩子搶回來。「這是我小姑，妳外甥在這兒。」

湛清長得胖，已經有二十七、八斤沈，隨安也不能抱著走很久。

女王這才找對人，一下子笑得見牙不見眼。「哎喲，姥姥的大小夥子欸！」

她自稱一句姥姥，隨安就抖一抖，褚翌在一旁竭力忍笑。「他們都餓了、睏了，還是先進屋吧！」

女王這才抱著湛清往屋子裡走，邊道：「妳先進屋照顧孩子，妳弟弟在隔壁那屋呢！等妳忙完了再去看也不遲。」

隨安道：「行了，我知道了，妳快去忙吧！」又囑咐褚翌。「路上小心些。」

褚翌帶著衛甲等人過去，沒想到白長老帶著數萬人圍在山下，他心中一驚。這股山匪這麼厲害？

白長老認識褚翌，見了面忙上前行禮。「大將軍不用掛心，我們已經給上面的人用了南天之毒，慢慢熬就能熬死他們……」

好吧，這也是個法子。

褚翌問：「上面有多少人？」

白長老略窘。「嗯，有、有數十人吧！」

褚翌沈默了。

衛甲看了看圍山的數萬人，再看一眼衛乙，都不知道自己該有啥心情了？

褚翌在山下等了半炷香，發現周蓟圍山的士兵們已經開始造灶做飯。

他抬頭往上看了看，決定自己上去看看。

白長老在一旁，一會兒勸他回去，一會兒又留他吃飯。褚翌覺得自己這會兒很想打人，可白長老是救命恩人不能打，那就進山打土匪好了，反正，來都來了。

再說隨安這裡，安頓好兩個孩子的吃喝拉撒，等他們小手拉著小手睡熟了，這才捶了捶腰起身。

囑咐羅氏跟翠羽看好孩子，她自己去了隔壁。

敲了敲門，聽見裡面的宋震雲喊。「進來。」她才推門進去，然後大吃一驚。

只見宋震雲頭上纏著帕子，身上搭著棉被，旁邊放著一個用紅繩捆紮、整整齊齊的襁褓——坐月子的標準配備啊！

隨安都不知道該怎麼形容自己的心情，但是她的心情絕對不比在山下的褚翌好。

宋震雲正端著碗，看見是她，也是大吃一驚。

「隨、隨安……」

隨安已經完全懵掉了，這種情況應該有什麼反應？

顯然宋震雲自己也心虛，抖啊抖地說：「我、我不是、不是我、那、那……」

幸好，女王推門進來了。「咦，妳過來了？我怎麼沒聽見動靜？快來看看妳弟弟。」

女王走到床邊，看見宋震雲手裡的藥快抖得沒了，立即怒道：「宋震雲你找死啊！不想要你那腿了是吧?!還不好好喝藥！」

隨安這才明白，原來宋震雲面露菜色，不是因為坐月子，而是因為受了傷。

不是為了糊弄她而弄出來的苦肉計吧?!

隨安心裡當然不忿。她來這一趟是看弟弟，同時也是要教訓褚秋水跟宋震雲，現在宋震雲卻先一步受傷了，這跟足球場上的假摔有啥區別？

不過隨安再明白，也不可能上趕著去關心宋震雲的傷勢。她作勢看向襁褓裡的孩子，見那小小的一團，又白又軟，心情頓時變好。

恰好翠羽過來，在門外稟告小公子跟姑娘都醒了，女王便道：「正好，妳都抱妳那屋去吧，讓孩子們也在一起玩玩。」

隨安一想也對，與其在這裡看著這兩人礙眼，不如跟孩子們玩去。

她們都沒有意見，宋震雲捨不得孩子也不敢說話了。

隨安一走，女王立即拉宋震雲腦袋。「快點幫我……一下，痛死了……」

隨安這頭才把三個孩子都收拾好，結果女王又風風火火地趕了過來。「隨安，我有事出去一下，老宋那邊妳幫忙看一下。他的腿傷要喝羊乳，我叫人拿到妳這裡，一會兒妳給他送去。」

隨安不開心了。憑什麼呀！她一點也不想照顧後爹！

可女王沒給她機會，說完就一溜煙地跑了。

曦姊兒的月分大，睡得少了，雖然還不會自己坐，但可以趴著，隨安便讓她趴著看兩個小男孩。

曦姊兒看看湛清，再看看另一個只管睡的小娃娃，哇哇叫了兩聲，伸著小手往湛清的方向指，可見還是認得湛清。

隨安高興得不行，將她抱起來，用手托著頭親了一下。「曦姊兒知道那是親姪兒，是吧？哈哈。」

曦姊兒嗯嗯不停。

玩了半個時辰，曦姊兒打哈欠，隨安也跟著睏了，正要往床上躺下，褚翌卻大步推門進來。

他穿出去的衣裳都黑了不說，臉上也是黑一塊、白一塊。隨安一驚，連忙將昏昏欲睡的曦姊兒遞給翠羽，示意她放下，然後跑到褚翌跟前。「你怎麼啦？」

褚翌沒好氣地白她一眼，心裡鬱卒得半死。

那些山匪原本沒多厲害，可南天之毒有壞處也有好處，好處便是人聞多了，會變得力大無窮；不過好在褚翌有天生神力，雖說以一敵百不大現實，但一個人打十個人還是綽綽有餘。他剛撩起袍子解決了山匪，就見山下數萬人都一起衝了上來……

當然，要是事情這麼結束，那也沒什麼，關鍵是底下的人原本在生火做飯！好了，匆忙之中，火沒撲滅，結果山匪沒把大家怎麼樣，山火卻差點把他們烤熟了。

褚翌行軍打仗，對於火攻也有經驗，看見火勢，連忙讓人退後，然後用刀砍出安全範圍，這才堪堪把周薊數萬人的小命給保住。

「哈哈哈哈哈……」

隨安拿帕子給他擦臉，也是一路哈哈哈哈哈哈。

「算了，妳叫人備水我洗洗吧！對了，有喝的沒有？」

剛說完，就有人端了碗羊乳過來，褚翌直接伸手拿過來，一仰脖子喝光了。

隨安伸手撓了撓腮幫子，轉頭看向一旁的翠羽。「妳去給我弄點麵粉來。」

隨安端著「製作精良」的羊乳湯推開門，宋震雲大概知道她要來，連忙挪動了一下。

「我自己——」

隨安伸手止住他。「不用，你坐好，別亂動。」

她搬了張小桌子放到他面前，而後把「羊乳」放到上面。「喝吧，她交代的。」

宋震雲低頭看了一眼，默默地捧起面前的「大盆」。

女王又衝了進來，這回臉上帶笑。「老宋，女婿替你報仇了！哈哈，那些個小毛賊都被抓起來了！哦，你在喝啥？」

一旁被無視的隨安陰惻惻地笑笑，雙手抱胸。「羊乳啊！不是妳交代我端過來的？」

「啊？今天怎麼這麼多也沒腥氣味。好喝嗎？我嚐一口。」

宋震雲連忙捧著「盆」躲了一下，囁嚅道：「好喝。妳想喝，叫她們再給妳備來。」

「我就喝一口嚐嚐。」女王跳腳，伸手使勁擰他胳膊。

宋震雲的臉痛成菊花樣，看了一眼隨安，而後渾身一顫，不敢動了。

女王順利地搶過「盆」喝了一口——

半晌，屋裡響起隨安陰冷的聲音。「好喝嗎？喝呀，全給我喝了！」教你們倆在我面前秀恩愛！哼！

女王喝了半盆，剩下的全都給了宋震雲。

她一邊小聲喝，一邊使勁掐他。「你幹麼不一口氣都喝光？是不是留著等我回來好告狀？王八蛋！」

不過喝了麵粉湯也有好處，她再也不脹奶了。

——全篇完

2018年1月出版

獵獲美人心

文創風 600～601

「胎穿」為王府女兒，該是上輩子燒了好香吧？
看來老天爺對她的作弄還真是沒完沒了呢！

愛情是身子與心靈都化不開的蜜／十七月

侯遠山，高大健碩的俊朗男兒，身懷絕世武功卻隱身山村為獵戶；
沈葭，粉妝玉琢的絕世佳人，身世不凡卻險些命喪雪地狼爪下。
原以為，剋親剋妻的傳聞，會讓他此生注定孤身一人，
沒想到，雪地中救回的傾城美人，卻主動開口願委身於他！
拋開他無法坦白的過去，成親後的生活是美滿且饒富情趣的，
婚前一見她就結巴的夫君，婚後竟成了「撩妻」高手，
總是三言兩語就逗弄得她臉蛋羞紅、身子發熱、暈頭轉向，
在甜甜蜜蜜的小日子背後，他力守的一方幸福，真能固若金湯嗎？
一紙縣城的公告，昭示他們平靜的生活將起波瀾，
他為報救命之恩，冒死入京尋找失蹤師姊的下落，
她則因棲身之處曝了光，再次陷入王室紛擾，險些丟了性命。
經過一番波折，曾經渴望的生活伸手可及，但如今她竟毫不戀棧，
只求回歸平淡，與摯愛的夫君和孩子離開這是非之地，
然而，那始終惦念著她的人，真能就此放手嗎？

3 月 PUPPY 美麗的邂逅

Doghouse X PUPPY

花花世界，霓虹燈下，
男人為歡而愛，女人為愛而歡，
當黎明來臨，激情褪散，
這一夜是偶然擦撞的火花，
抑或將點燃出恆久的光芒？

NO／515

一夜拐到夫 著 宋雨桐

這個行事作風霸氣冷漠的男人，現在是在勾引她沒錯吧？
可，他不是她今晚想色誘的目標耶！他這誘惑她的舉動，
分明是逼她把他當種馬嘛！她絕對不是故意碰他的喔……

NO／516

搞定一夜情夫 著 季莊

發生一夜情，還鬧出「人命」，完全顛覆了她的生活！
但是當雷紹霆突然出現在她面前、不斷糾纏她之後，
她決定主動出擊，搞定這個男人，讓孩子有個爸爸！

NO／517

一夜夫妻 著 左薇

唐海茵很意外，像莫傑這樣的鑽石級單身漢居然會看上她，
還對她展開熱烈的追求，甚至開口要求她嫁給他。
她覺得就像麻雀變鳳凰，卻發現他會娶她並非是因為愛……

NO／518

一夜愛上你 著 梅莉莎

原本以為跟他只是一夜情，從此以後不再有交集，
但她卻情不自禁愛上他，還偷偷生下他的孩子……
沒想到如今再度重逢，他竟然成了她的僱主?!

3/21 在 **萊爾富** 與妳邂逅 **單本49元**

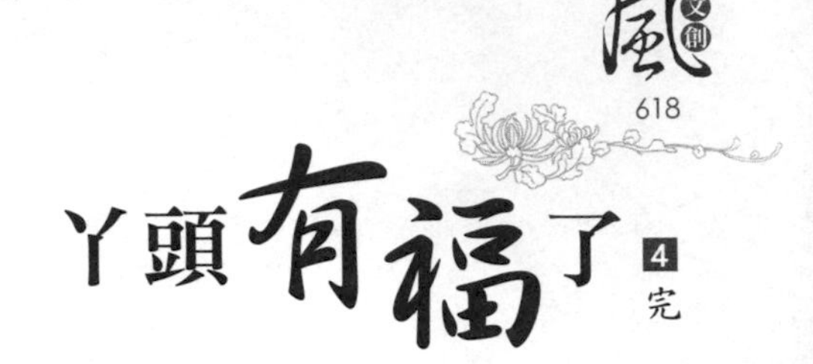

國家圖書館出版品預行編目資料

ㄚ頭有福了 / 秋鯉著. --
初版. -- 臺北市 : 狗屋, 2018.03
冊 ; 公分. --（文創風）
ISBN 978-986-328-843-5（第4冊：平裝）. --

857.7　　107000508

著作者	秋鯉
編輯	張蕙芸
校對	沈毓萍　簡郁珊
發行所	狗屋出版社有限公司
地址	台北市104中山區龍江路71巷15號1樓
電話	02-2776-5889～0
發行字號	局版台業字845號
法律顧問	蕭雄淋律師
總經銷	知遠文化事業有限公司
電話	02-2664-8800
初版	2018年3月
國際書碼	ISBN-13　978-986-328-843-5

本著作物由阿里巴巴文學信息技術有限公司授權出版

定價250元
狗屋劃撥帳號：19001626
網址：love.doghouse.com.tw　E-mail：love@doghouse.com.tw